Georg Engel

Endstation Fremdenlegion

Georg Engel

Endstation Fremdenlegion

EOS VERLAG ERZABTEI ST. OTTILIEN

Deutsche Bearbeitung: Dr. Lösch Friedemann, München
Titelbild: Pinter Péter, Budapest

Die Deutsche Bibliothek – CIP-Einheitsaufnahme

Engel, Georg:
Endstation Fremdenlegion / Georg Engel. –
St. Ottilien : EOS Verl., 1997
ISBN 3-88096-900-0 brosch.

Gesamtherstellung: EOS Druckerei, 86941 St. Ottilien

Inhalt

Vorbemerkungen zur deutschen Ausgabe

Der beispiellose Verkaufserfolg der ungarischen Originalausgabe dieses Buches und die Auszeichnung mit einem ersten Preis bei der 42. Frankfurter Buchmesse haben den Autor ermutigt, sein Werk jetzt auch in deutscher Sprache vorzulegen. Dabei wurde die deutsche Fassung gegenüber der ungarischen Version inhaltlich und sprachlich gestrafft, ohne das zentrale Anliegen zu verändern.

Das Buch beschäftigt sich vordergründig mit dem Kriegshandwerk, genauer gesagt, mit dem »schmutzigen Krieg« in Algerien. Als hier 1954 die algerische »Front de Libération Nationale« (FLN) den Kampf gegen die französische Kolonialmacht aufnahm, beantwortete Frankreich diese Herausforderung mit dem Gegenterror seiner Fremdenlegion. Bis zur Proklamation der Unabhängigkeit Algeriens am 3. Juli 1962 lieferte sich die »Légion Etrangère«, unterstützt durch reguläre französische Kampfverbände, einen blutigen Guerillakrieg mit den in Kleingruppen operierenden, hochmotivierten algerischen Freiheitskämpfern.

In diesen großen Rahmen eingebettet, erleben wir das Schicksal eines blutjungen Ungarn, der als Widerstandskämpfer nach der Niederschlagung des ungarischen Aufstands gegen die damalige Besatzungsmacht UdSSR aus seiner Heimat geflohen war und in Paris in die Gewalt der französischen Polizei gerät. Mit dubiosen Praktiken wird der völlig ahnungslose Siebzehnjährige gefügig gemacht und zum »freiwilligen« Eintritt in die Fremdenlegion bewegt.

Der schüchterne Legionär begegnet hier drei ungarischen Kameraden, die, ähnlich wie er, ihre Heimat verlassen mußten und nun versuchen, sich in der neuen Situation zurechtzufinden. Den Rekruten steht in einer nordafrikanischen Kaserne eine ungemein harte Ausbildung bevor. Der bunt zusammengewürfelte Haufen junger Männer unterschiedlicher Herkunft und Nationalität – ehemalige deutsche Kriegsgefangene, Abenteurer, Kriminelle, familiär Entwurzelte und vom Leben Enttäuschte gehören dazu – wird durch harten militärischen Drill zu einer

schlagkräftigen Elitetruppe geformt. Ein rauher Umgangston, der sich oft in brutalen Schikanen entlädt, drakonische Bestrafungen bei kleinsten Vergehen sind an der Tagesordnung. Aber es gibt auch leuchtende Beispiele echter Männerfreundschaft und großartiger Kameradentreue, die keine nationale Zugehörigkeit mehr kennt – vor allem, wenn es im kämpferischen Einsatz um Leben und Tod geht.
Unser junger Freund versteht es, sich klug und mit vollem persönlichen Einsatz seiner Umgebung anzupassen. So gelangt er schnell in die Rolle eines erfolgreichen Anführers, der sich Respekt und Anerkennung verschafft und dessen Tapferkeit auch militärisch gewürdigt wird. In lebhaftem Kontrast zum harten soldatischen Alltag stehen die Erlebnisse des jungen Legionärs zum zarten Geschlecht. Einfühlend geschilderte Liebesszenen verklären die rauhe Wirklichkeit und vermitteln einen Einblick in eine andere, sentimental angehauchte Welt.
Die Bedeutung der vorliegenden exakt recherchierten Schilderungen, die in romanhafter Form dem Leser angeboten werden, ist in mehrerlei Hinsicht zu sehen: Zum einen hat die aus angeworbenen Ausländern bestehende Fremdenlegion, die im Jahre 1831 zur Eroberung Algeriens aufgestellt wurde, mit ihrer einzigartigen Aura aus Geheimhaltung und Heldentum die Welt immer fasziniert; sie ist selbst bis heute Objekt zahlreicher Spekulationen geblieben. Zum anderen könnte diese Truppe – sieht man von der Art der Rekrutierung und der Motivation des Einzelnen ab – als Vorläufer der multinationalen Kampfverbände gelten, die heute bei internationalen Streitkräften in ähnlicher Form bereits existieren, beziehungsweise sich im Aufbau befinden.
Schließlich zeigen historische Parallelen, wie die Demütigung der Weltmacht Amerika in Vietnam zehn Jahre nach Beendigung des Algerienkrieges und die Freiheitsbewegungen in Afghanistan und Tschetschenien in jüngerer Zeit, daß das hier geschilderte Geschehen nichts an Aktualität eingebüßt hat!

München, im März 1997 Dr. Friedemann Lösch

1. Von Paris bis Marseille

Es war ein herrlicher Augusttag im Jahre 1959, als ich in Paris ankam. Ich hatte gerade meine Hotellehre in der Schweiz abgeschlossen, war siebzehneinhalb Jahre alt und trotz meiner Jugend schon ziemlich selbstbewußt. Zwei Jahre zuvor hätte ich nicht davon zu träumen gewagt, einmal diese Stadt sehen zu dürfen, und so kann man sich denken, welch freudiges Gefühl mein junges Herz klopfen ließ. Ich ahnte noch nicht, daß diese wunderschöne Stadt mit all ihren Geheimnissen, die ich kennenlernen wollte, mich einmal direkt in die Hölle führen sollte...

Ich stand mit meinen beiden Koffern vor dem Gare de l'Est und überlegte: Mein Lehrmeister hatte mir zum Zweck des Erlernens der französischen Sprache eine Stelle in einem Hotel vermittelt. Dort sollte ich mich sofort nach meiner Ankunft in Paris melden. Doch ich spielte mit dem Gedanken, zuerst einmal die Stadt anzusehen. In meiner jugendlichen Ungeduld entschied ich mich für Letzteres.

Ich gab mein Gepäck in die Aufbewahrung und zog mit einem Fotoapparat bewaffnet los, in Gedanken bereits die ganze Stadt erobernd, während ich die Champs- Élysée entlangschlenderte und den Place d'Italie überquerte. Leider war die Rue d'Engen bereits die Endstation meiner Eroberungsreise. An dieser Stelle gingen meine Illusionen in die Brüche: Kaum war ich um die Ecke gebogen, wurde rundherum alles von Polizei abgeriegelt. Die Straße war voll von Menschen, die wild durcheinanderliefen. Es wurde geschrien und, wie mir schien, auch geflucht, aber es gab kein Entkommen. Zwar sah ich einige in Hauseingänge verschwinden, ich selbst war aber zu überrascht, um etwas zu unternehmen. Ehe ich mich versah, steckte ich mit zwanzig oder fünfundzwanzig Passanten, darunter laut schreiende Franzosen, in einem alten Kastenwagen. Wohin es gehen sollte, war ungewiß, aber mir schwante nichts Gutes. Ich blick-

te auf die Uhr. Es war 20.34 Uhr und heute war der 16. August 1959. Kaum in Paris angekommen – und nun das! Es muß doch alles ein Irrtum sein und sich bestimmt bald aufklären!
Nach gut zwanzig Minuten hielten wir. Die hintere Ladetüre wurden aufgerissen, man schrie herum, zerrte uns aus dem Fahrzeug und schubste uns durch eine Tür in einen langen Gang. Fünf Frauen, die sich unter uns sich befanden, wurden von uns getrennt. Einer der Polizisten schrie mich an und drehte mich gleichzeitig mit dem Gesicht zur Wand. Ich mußte die Hände heben und die Beine spreizen und so weit von mir strecken, daß ich nur noch auf den Zehenspitzen stand. Mir war zum Heulen vor Angst, aber ich beherrschte mich. Ich stand eine Ewigkeit so da, meine Knie begannen zu zittern, lange würde ich das nicht mehr aushalten!
Ich sah, wie fast alle Mitgefangenen nacheinander in ein Zimmer geführt wurden und kurz darauf wieder herauskamen. Plötzlich wurde ich am Kragen gepackt und gleichfalls in Richtung dieses Zimmers gestoßen. Ich war ein wenig erleichtert, denn ich hoffte, daß sich jetzt alles rasch aufklären würde. Stattdessen schob mich mein Schinder links an dem Zimmer vorbei eine Treppe hinunter, an deren Ende eine Eisentüre offenstand. Ich sah ein Gitter und Augenblicke später fand ich mich in der gleichen unbequemen Haltung wie vorher. Meine Taschen wurden geleert, Fotoapparat, Hosengürtel und Schnürsenkel weggenommen.
Nachdem die ganze Zeit über kein Wort mit mir gewechselt wurde, nahm ich allen Mut zusammen, um ein Gespräch zu beginnen. Ich brachte gerade im schlechten Französisch ein »Entschuldigen sie bitte« heraus – und schon landete eine schallende Ohrfeige auf meiner linken Backe.
Ich wurde in eine dunkle Zelle gesperrt. Es verging eine Weile, bis sich meine Augen an die Dunkelheit in dem feuchten, stinkenden Loch gewöhnt hatten, und ich die Umgebung wahrnehmen konnte. Durch eine etwa zehn mal zehn Zentimeter

große Öffnung über der Zellentür fiel ein schmaler, schmutziggelber Lichtstrahl herein. Die Wände waren aus massiven, groben Gestein. Rechts von mir ragte ein kleiner Mauervorsprung aus der Wand, daneben stand ein Eimer mit einem Holzdeckel, dessen Bestimmung unschwer zu erraten war. Links an der Wand befand sich ein Brett, etwa 1,70 Meter lang und ungefähr sechzig Zentimeter breit, darauf lagen vier Pferdedecken. Ich durchmaß mit einem Blick den ganzen Raum. Er war etwa sechs Quadratmeter groß und ungefähr 2,50 Meter hoch.

Das sollte Paris sein? Diese Stadt hatte ich mir anders vorgestellt! Vorbei schienen meine Hoffnungen und Träume von der lebenslustigen französischen Metropole! Vergeblich zermarterte ich mein Hirn: Warum bin ich hier? Ich habe doch nichts Unrechtes getan, habe niemanden angesprochen, geschweige denn beleidigt. Weiß der Teufel, was diese Franzosen gegen mich haben. Mit vielem hatte ich gerechnet, aber nicht damit, am ersten Tag eingesperrt zu werden. Daß ich zu heulen begann, kann mir in dieser Situation niemand verdenken.

Über zwei Tage blieb meine Lage unverändert, nie bekam ich jemanden zu Gesicht. Am dritten Tag sperrte man meine Zellentür auf. Im Türrahmen stand ein Herr in Zivil. Sein Lächeln gab mir Mut. Es wurde mir wärmer ums Herz. Er winkte mir, ihm zu folgen. Doch die drei Tage hatten mich mißtrauisch gemacht; ich empfand die Freundlichkeit als Scheinheiligkeit. Der Mann stand vor mir mit einer Miene, als wenn mit mir überhaupt nichts Unrechtes geschehen wäre. Er legte kameradschaftlich seinen Arm um mich und redete freundlich und tröstend auf mich ein. Wegen meiner schlechten Französischkenntnisse verstand ich nur die Worte »mon fils... pardon...erreur... tout va bien... tu es jeune...« Ich verstand soviel wie, daß er sich entschuldigen wollte, daß es ein Irrtum sei und alles wieder gut würde. Was er mir allerdings wirklich sagen wollte, blieb mir unklar.

Ich folgte ihm bis zu dem Flur, in dem ich drei Tage vorher so lange an der Wand hatte stehen müssen. Beamte eilten hin und her. Mir blieb kaum Zeit, ihnen Beachtung zu schenken, denn mein Begleiter öffnete plötzlich eine Tür und wir traten in ein Zimmer. Es war ein Büro wie viele andere: Auf einem Schreibtisch lag ein Haufen ungeordneter Papiere, darauf standen oder lagen mehrere leere Kaffeebecher. Am Boden entdeckte ich unzählige Zigarettenkippen, an der Wand stand ein Aktenregal, darüber sah man ein Portrait von General de Gaulle. Kurz gesagt, der Raum war ein kompletter Saustall! Das einzige, was mir sauber und ordentlich vorkam, waren meine beiden Koffer, die neben dem Schreibtisch standen. Meine andere Habe lag auf dem Tisch: Portemonnaie, Fotoapparat, Brieftasche, Uhr, Hosengürtel und Schnürsenkel. Die letztgenannten Sachen durfte ich wieder an mich nehmen, frische Wäsche aus dem Koffer holen und ein in der Ecke hinter der Tür befindliches Waschbecken benützen. Danach fühlte ich mich wie neu geboren. Der Herr in Zivil schob mir einen wackeligen Stuhl hin. Während ich den Hosengürtel in die Schlaufen schob und die Schnürsenkel einfädelte, versuchte er, mit einem altmodischen Telefon irgendeine Verbindung herzustellen. Sein wütendes »merde«, auf Deutsch »Scheiße«, verriet mir, daß etwas nicht klappte. Er schnellte hoch, öffnete derartig gewaltsam die Bürotür, daß sie fast aus den Angeln ging. Er steckte seinen Kopf in den Flur und plärrte mit einer Stimme, die das Haus erzittern ließ, nach einem Janot. Dann warf er die Tür mit einem ohrenbetäubenden Knall zu, setzte sich hinter seinen Schreibtisch und wartete, im Gesicht ein breites Grinsen. Kaum eine Minute verging, als die Tür von außen geöffnet wurde, allerdings leiser als zuvor. Im Türrahmen erschien ein respektvoll wirkender junger Mann. Laute Worte schlugen ihm entgegen, eingeschüchtert gab er Antwort. Ich vernahm bruchstückhaft: »Oui, oui, excusez monsieur commissaire, oui, oui, le legionaire vient ici, traduit hongrois, tout de suite, caffé noir«. Danach verschwand er. Er mußte sich entschuldigt haben, dann verstand ich etwas von einem ungarischen Legionär, der schnell zum Übersetzen kommen sollte und ein Wunsch nach schwarzem Kaffee. Sicher allerdings wußte ich nur eines, daß mein Gegenüber eine führende Persönlichkeit war, wie ich gleich vermutet hatte.

Ich sollte also annehmen, daß meine Situation im Begriff war, sich zum Guten zu wenden. Doch die übertriebene Freundlichkeit machte mich mißtrauisch. Das barsche Auftreten gegenüber dem Untergebenen hatte mich erschreckt und gleichzeitig gewarnt. Ich gab mit lauter Stimme in deutscher Sprache meine Gedanken wieder:

»Ne, ne, Väterchen, du kannst soviel reden, wie du willst, ich verstehe dich doch nicht. Es muß schon jemand her, der Ungarisch oder Deutsch spricht.«

Ich merkte sofort, wie mir daraufhin das Blut in dem Kopf schoß, und ich benötigte keinen Spiegel, um zu wissen, daß ich rot geworden war.

Er hatte mich verstanden und musterte mich mit bohrenden Blicken. Gleich bekommst du deine Abreibung, mein Junge, sagte ich mir. Gedankenverloren deutete ich mit dem Daumen in Richtung Tür, von wo ein leises, vorsichtiges Klopfen zu hören war.

»Entrez!« brüllte mein Gegenüber. Ich erschrak und wurde ziemlich klein auf meinem Stuhl. Einen kleinen Trost bereitete es mir, daß der gerade eintretende Janot nicht besser dran war als ich, vielleicht sogar schlechter; denn er zitterte am ganzen Körper und es schien mir wie ein Wunder, daß er das mitgebrachte Tablett heil auf dem Schreibtisch abzustellen vermochte. Als ich das reichhaltige Frühstück erblickte, spürte ich auf einmal, wie ausgehungert ich nach zwei Tagen und drei Nächten war. Der Herr in Zivil beantwortete meine stumme Frage, indem er erst auf das Tablett und dann auf mich deutete. Alle meine Hemmungen schwanden, und ich langte gierig zu.

Rechts neben mir blieb Janot stehen. Aus Angst es könnte ihm einfallen, alles wieder mitzunehmen, beeilte ich mich mit dem Essen.

»Raus!«

Wie vom Blitz getroffen, verschwand der arme Janot. Es war das erste deutsche Wort, das mein »Beschützer« von sich gab. Ich fragte:

»Sprechen sie deutsch?«

»Jaja!«

»Dann können sie mir sagen, warum ich hier eingesperrt worden bin?«

»No, no! Pas compris, seulement un peu! »Sprechen ja, nix compris!«

Er schien meine Frage nicht ganz verstanden zu haben, deshalb erklärte ich:

»Gut, ja gut! Compris? Nicht einmal so schlecht, mein Herr, wenigstens etwas verstehen sie!«

Mutig fügte ich noch die Frage hinzu:

»Sagen sie, schreien sie eigentlich immer so mit ihren Mitmenschen herum, wie mit Janot?«

»Janot, c'est un cochon, c'est un idiot!«

Ein Schwein, ein Idiot, sollte der nette Mensch sein?

»Das ist schwer zu begreifen, denn es sind nicht gerade die feinsten Ausdrücke!«

Il est mon fils! Tu compris?«

»Ja, ich habe verstanden. Er ist ihr Sohn? Wenn sie nur nicht so schreien würden, dann wäre alles viel besser und vor allem könnte ich sie besser verstehen!«

»Tu gut! Mon fils!«

Nein, Väterchen! Alles nur das nicht! Dein Sohn möchte ich nicht sein! Bitte geben sie mir jetzt meine Sachen, ich möchte so schnell wie möglich zu meiner Arbeitsstelle im Hotel. Dort macht man sich bestimmt schon Sorgen um mich. Schauen sie sich meinen Paß nur ruhig an. Es ist alles in Ordnung.

»Tout c'est correct! Compris?«
Mann, langsam frage ich mich, ob das, was sie von ihrem Sohn Janot gesagt haben, nicht viel besser zu ihnen paßt!«
»No, no! Pas bien, cinque année!«
»Was, fünf Jahre? Man hat mir gesagt, höchstens ein Jahr muß ich hierbleiben, um die Sprache zu erlernen!«
»No, no! Cinque année, mon fils, c'ést dommage pour toi!«
Nein, nein, Papa! Nur ein Jahr! Ich brauche keine fünf Jahre, um diese Sprache zu erlernen. Langsam zweifle ich daran, ob ich es überhaupt noch möchte. Ich wurde gleich nach meiner Ankunft so schlecht behandelt, daß ich kaum noch an einen schönen Aufenthalt in diesem Land glauben kann. Ist das die französische Gastfreundschaft? Ich habe leider noch nichts von ihr bemerkt. Ich habe mir das alles ganz anders vorgestellt!
Er betrachtete mich mit einem Ausdruck des Bedauerns, so als wenn ich schwer krank wäre.
»Warum geben sie mir keine Antwort mehr? Was ist los? Haben sie mich irrtümlich hierher gebracht? Das kann passieren, kann ich gut verstehen,« meinte ich, um ihm entgegenzukommen.
Er schenkte mir jetzt allerdings keine Beachtung mehr, sondern blätterte wortlos in meinem Ausweis. Das zerrte an meinen Nerven.
Inzwischen war es 11 Uhr geworden. Ich suchte weiterhin das Gespräch:
»Väterchen, würden sie bitte meinen Arbeitgeber anrufen?«
Keine Reaktion! Na sowas! Zuerst quasselst du mir den Kopf voll, und jetzt hat es dir die Sprache verschlagen! Naja, das kann ich gut verstehen. Du bist ganz wie dein Sohn, der mir das Frühstück gebracht hat. Und jetzt schweigst du.
»Verdammt nochmal, jetzt reicht's mir!«
Ich hörte plötzlich hinter mir ein herzhaftes Lachen und bemerkte einen Neuankömmling, der noch hinzufügte:
»Das ist echt ungarisches Temperament, Michel!«

Bevor Väterchen noch etwas erwidern konnte, sprang ich auf und begrüßte den Ankömmling auf Ungarisch:
»Du bist auch Ungar?«
»Ja«
»Józsi ist mein Name!«
»Ich heiße Imre!«
»Gott sei Dank, daß du gekommen bist. Mit diesem alten Herrn kann ich mich nicht verständigen!«
»Ja, ich weiß! Darum hat er mich rufen lassen!«
»Ach so, er hat mir nichts davon gesagt. Weiß der Teufel, was er alles gefaselt hat! Irgend etwas von fünf Jahren. Sag, Imre, gehörst du auch zur Polizei?«
Nein, Józsi! Ich bin Soldat, gehöre zur Legion. Ich bin gerade auf Urlaub in Paris. Gleich nebenan ist mein Büro. Ich werde öfters zum Dolmetschen gerufen!«
»Janot«, dröhnte es auf einmal dazwischen. Ich bat Imre:
»Bitte sag ihm, er sollte nicht immer so laut schreien. Mein Trommelfell besteht nicht aus Stahlplatten.«
»Mach dir nichts daraus, Józsi, daran mußt du dich gewöhnen!«
»Gewöhnen? Wieso?«
»Naja, wenn du zu uns kommst, wirst du merken, daß es nicht immer leise zugeht!«
»He, zu euch kommen? Wer hat dir denn diesen Unsinn erzählt?«
»Na, wer wohl? Michel natürlich!«
»Bitte? Wer ist denn dieser Michel überhaupt?«
»Du selbst nennst ihn doch Väterchen, Józsi!«
»Weißt du, Imre,« entgegnete ich einigermaßen amüsiert, »ich habe ihn so getauft, weil er mich schon den ganzen Morgen seinen Sohn nennt.«
»Ich weiß, der nennt jeden so, auch mich. Vor zwei Jahren habe ich ihn kennengelernt. Er riet mir, diese Uniform anzuziehen. Was, glaubst du, hat er vorhin Janot diktiert? Deinen Vertrag natürlich, Józsi!«

»Wozu? Ich habe meinen Vertrag schon in der Schweiz erhalten! Heute sollte ich mit der Arbeit beginnen. Was also soll der Blödsinn hier?«
»Hör mal gut zu, Józsi! Es gibt genau zwei Möglichkeiten für dich: Entweder fünf Jahre hinter Gitter oder fünf Jahre Legion! Was ist dir lieber? Du kannst wählen!«
»Ich möchte weder das eine noch das andere! Mein einziger Wunsch ist, hier zu verschwinden. Ich habe genug Geld, um wieder in die Schweiz zurückzufahren. Sag ihm das!«
»Lieber nicht, Bruder, denn dann läßt er dich auf der Stelle wieder einsperren! Das kann ich einem Landsmann nicht antun. Verstehst du mich?«
»Ja, ich verstehe dich. Sehr nett von dir! Aber das geht doch nicht. Ich habe doch nichts verbrochen!«
»Doch!«
»Was denn?«
»Du bist immerhin illegal nach Frankreich eingereist!«
»Ach, was du nicht sagst!«
»Das sage nicht ich, Józsi, sondern Michel. Und was der sagt, das gilt!«
»Scheiße!«
»Pst! Das versteht er. Nun unterschreibe den Vertrag, bevor er sich's anders überlegt!«
Mit einem ängstlichen Seitenblick auf Michel fügte er hinzu:
»Tut mir leid, ist mir rausgerutscht! Es ist eine feine Geste von ihm, daß er dir eine Chance gibt, nicht eingesperrt zu werden.«
»In diesem Fall habe ich gar keine andere Wahl als anzunehmen«, murrte ich, »denn in den Keller bringen mich keine zehn Pferde mehr!«
»Das kann ich gut verstehen«, meinte Imre und legte die acht Abzüge des Vertrages so vor mich hin, daß ich sie alle unterschreiben konnte.
Ich tat es mit wehem Herzen, aber ohne gleich alle Hoffnungen fahren zu lassen. Ich dachte, wenn sie mir meinen Paß zurück-

geben, dann bin ich wieder weg, auch wenn ich dabei meine beiden Koffer einbüße.

Einige Augenblicke später aber merkte ich, wie schlecht meine Lage wirklich war: Väterchen steckte meinen Paß in einen Umschlag, auf den er meinen Namen schrieb, dann setzte er seine Unterschrift unter den Vertrag. Imre tat es ihm gleich, nahm alles an sich und forderte mich auf:

»So, Józsi, schnapp dir deine Uhr, dein Portemonnaie, deine Brieftasche und den Fotoapparat. Einen Koffer nimmst du, den anderen nehme ich, dann komm mit! Sag Michel noch schnell auf Wiedersehen, obwohl ich dieses Wiedersehen sehr bezweifle!«

»Was?...Warum?«

»Weißt du, es wird immer brenzliger in Algerien. Nur wenige kehren von da zurück – und die meisten nicht mit heilen Knochen!«

»Nein, dann bleibe ich lieber hier«, wehrte ich erschrocken ab.

»Keine Angst, Józsi, so schlimm ist es auch wieder nicht! Ich werde dir heute abend einige Tips geben, wie man ganz gut überleben kann.«

Wir verabschiedeten uns von Kommissar Michel, der sich dabei ein hämisches Grinsen nicht verkneifen konnte. Ich folgte meinem Landsmann und ließ ihn in seinem Saustall allein.

Während wir durch den Flur gingen, hatte ich Zeit, mir Imre genauer anzusehen. Meiner Schätzung nach war er nicht älter als zweiundzwanzig, ungefähr 1,85 Meter groß, mit breiten Schultern, dunklen Haaren, die größtenteils unter seinem Käppi steckten. Die Uniform imponierte mir: sie war aus khakifarbenem Tergal, der Gürtel schneeweiß, die Schuhe braun, die Socken grün, ebenso die Krawatte. Auf schwarzen Schulterblättern prangten goldene Knöpfe. Ob man mich auch so elegant einkleiden würde? – Mit einem energischen Kopfschütteln wischte ich die letzten Gedanken weg. Das ist nichts für dich! Du hast doch deine Kellnerklamotten dabei – die passen besser zu dir!

Wir waren inzwischen am Ende des langen Flures angekommen. Mein Begleiter riß mich aus meinen Überlegungen:
»Hast du Geld?«
»Natürlich!«
»Wieviel?«
»Vierzigtausend Francs und Kleingeld!«
Er stieß einen anerkennenden Pfiff aus und klopfte mir auf die Schulter:
»Weißt du was, Bruder? Wenn wir hier jetzt hinausgehen, siehst du gegenüber unser Büro. Darin sitzt ein Unteroffizier, dem wir deinen Paß und deinen Vertrag übergeben. Dann behauptest du, irgendetwas bei Michel vergessen zu haben. Auf diese Weise kommen wir wieder raus, und Paris gehört heute nacht uns, o.k.?«
»Nichts ist o.k., Imre! Warum soll ich ihm sagen, ich hätte etwas vergessen?«
»Weil sie dich sonst nicht mehr rauslassen, und dann kannst du Paris vergessen, du Blödmann!«
»Und was, bitte, soll ich vergessen haben?«
»Na irgendetwas! Deine Uhr zum Beispiel!«
»Die habe ich doch am Handgelenk!«
»Dann nimm sie eben ab und stecke sie in die Tasche! Komm, ich habe Durst!«
Damit beendete er unser Gespräch und führte mich zu dem genannten Büro. Darin saß hinter einem Schreibtisch ein leibhaftiger Elefant – wenigstens so kam dieser Mann mir vor. Imre trat vor, wartete, bis ihm Beachtung geschenkt wurde und salutierte dann in strammer, respektvoller Haltung. Er erzählte irgendetwas auf Französisch und zeigte dabei auf mich. Der Elefant musterte mich mit stechendem Blick, stand plötzlich ruckartig auf, trat mit einem gezwungen aussehenden Lächeln vor mich hin und ergriff meine rechte Hand. Er schüttelte sie so kräftig, daß ich ganz schnell sagte:
»Ich habe leider meine Uhr bei Michel vergessen!«

»Willkommen in der Familie, mein Junge!« dröhnte er.
»Ich möchte meine Uhr holen, bitte!«
»In Ordnung! Die Koffer bleiben inzwischen hier. Sergeant, sie begleiten unseren Neuen!«
Imre wiederholte die Grußzeremonie, dann konnten wir gehen.
»He, der hat mir fast den Arm ausgerissen«; klagte ich, »und angeschaut hat er mich! Ich habe gedacht, daß er mich mit den Augen durchlöchern möchte! Sag mal, habt ihr noch mehr von diesen Typen als Vorgesetzte?«
»Einige schon, Józsi«, gab Imre zur Antwort, »aber der ist noch harmlos. Naja, du wirst sie schon noch kennenlernen!«
Schöne Aussichten, dachte ich mir und blickte von der Straße aus noch einmal zurück zu dem Tor. Darüber sah ich eine Tafel mit der Aufschrift »Bureau d' Engagement Volontaire de Légion Etranger«.
Links vor dem Tor stand ein Wachhaus in blau-weiß-rot. Etwas weiter rechts befand sich das Eingangstor zur Gendarmerie, wo pausenlos Menschen in Zivil und Uniform ein und aus gingen. Hätte ich damals gewußt, was in den nächsten fünf Jahren auf mich zukommen würde, dann wäre ich mit Sicherheit zwei Straßen weiter einfach davongerannt. Aber ich gehörte zu jener Sorte junger Menschen, die neugierig auf alles sind, was ihnen noch nicht bekannt ist. Die alles sehen und ausprobieren wollen, denen allerdings erst die Augen aufgehen, wenn es manchmal zu spät ist!
So folgte ich dem Mann, der sich um mich angenommen hatte. Er wirkte auf einmal wie verwandelt, war lustig und riß einige derbe Witze über den Krieg in Algerien. Zu meiner Beruhigung versicherte er mir, daß ich heute abend, solange ich in seiner Nähe bliebe, nichts zu befürchten hätte. Ich fragte, ob es keine Schwierigkeiten gäbe, weil wir nicht in das Büro des Elefanten zurückgekehrt sind. Er lachte nur darüber und meinte, Schwierigkeiten seien da, um überwunden zu werden. Ohne Probleme sei das Leben langweilig. Ich mochte ihm da nicht Recht ge-

ben, kam jedoch nicht mehr dazu, meine Einwände vorzubringen, denn Imre hielt plötzlich an und meinte:
»So, Józsi, jetzt gehen wir zuerst einmal essen!«
Er deutet auf ein Lokal auf der anderen Straßenseite. Es sah aus wie eines der zahllosen Cafés in Paris. Hinter dem Wort »Café« stand aber noch »Restaurant«. Ich meinte:
»Weißt du was, Imre, ich überlasse jetzt dir die Führung, denn ich bin zum erstem Mal in meinem Leben in Paris und ich habe zu dir Vertrauen.«
»Das kannst du auch haben, ich werde dich nicht enttäuschen. Komm jetzt!«
»Warte! Etwas weiter vorne ist ein Zebrastreifen!«
»Macht nichts! Die Autofahrer halten schon, wenn ich über die Straße gehen will!«
»Bei diesem Verkehr?«
»Aber ja! Auch du hast mich doch vorher für einen Polizisten gehalten! Die Autofahrer reagieren nicht anders, du wirst gleich sehen!«
Tatsächlich! Als Imre den ersten Schritt vom Gehsteig auf die Straße tat, hielten, wie auf ein Kommando, die Fahrzeuge an. Imre lächelte und winkte, die Autofahrer winkten zurück. So konnten wir gemütlich die Straße überqueren. Als wir in das Lokal eintraten, wurde mein Begleiter stürmisch von einem kleinen rundlichen Männlein begrüßt. Das Kerlchen hatte eine bis zu den Knöcheln reichende, wohl früher einmal weiße Schürze umgebunden. Imre stellte mich als seinen Freund vor, was ich angesichts unserer noch frischen Bekanntschaft beeindruckend fand. Eine Seitentür ging auf, eine äußerst hübsche Blondine mit strahlendem Gesicht erschien und fiel in Imres ausgebreitete Arme. Ich kann nicht leugnen, daß ich ein bißchen neidig auf meinen neuen Freund wurde und gerne mit ihm getauscht hätte, vor allem als er von jenem hübschen Wesen abgeküßt wurde. Dann trat das Mädchen einen Schritt zurück, sah Imre prüfend an und nannte ihn mit weicher Stimme »mon Legionnaire«!

Imre lächelte und zeigte auf mich. Daraufhin wandte sie sich mir zu, wobei ihre Miene durchaus Interesse verriet. Ohne den Blick von mir zu wenden, fragte sie meinen Kompagnon:
»Et c'est le beau garçon?«
Die Antwort bekam ich nicht mit, ich stand da wie angewurzelt. Sie legte ihren linken Arm um meine Schulter und küßte mir mit der reinsten Selbstverständlichkeit auf beide Wangen, daß mir das Blut in den Kopf schoß und mir ganz heiß wurde. Völlig unbewußt schlang ich meinen rechten Arm um ihre schlanke Taille und so schlenderten wir gemeinsam zu dem Tisch, den uns der Wirt anbot. Ich spürte ihren warmen Atem an meiner rechten Wange und getraute mich nicht, den Kopf zu bewegen. Noch nie war mir der Versuch, lässig zu wirken, so mißlungen, wie in diesem Moment. Doch so unerfahren ich jetzt wirken mochte, ich hätte in diesem Moment mit niemandem auf der Welt freiwillig getauscht!
Imre ging vor uns. Am Tisch angekommen, drehte er sich zu uns um, ohne ein unverschämtes Grinsen zu verbergen. Durch einen Wink bedeutete er uns, daß wir auf einer Eckbank nebeneinander Platz nehmen sollten. Ich fand das sehr anständig von ihm. Daß ich mich in einem wahren Rausch befand, schien meinen Freund zu amüsieren. Imre sprach mit dem Mädchen, ohne daß sich seine lustige Miene veränderte. Abwechselnd sahen mich beide an. Ich spürte, daß ich zum zweiten Mal an diesem Tag rot wurde, stellte aber fest, daß es mir diesmal nicht unangenehm war.
Sie lehnte sich an mich, dabei berührten mich ihre Brüste, was mich wie ein Blitz traf. Sie flüsterte mir ganz leise etwas ins Ohr, was ich nicht verstand. Ein schallendes Gelächter ließ mich aufblicken. Ich bemerkte, daß auch der Wirt an unserem Tisch Platz genommen hatte. Jetzt fürchtete ich, daß sich die Situation zu meinen Ungunsten verändern könnte. Aber nichts dergleichen geschah! Sie drückte mich enger an ihre Schulter, streichelte mit ihrer linken Hand meinen Nacken, was zur Fol-

ge hatte, daß die beiden lustigen Trottel links und rechts neben uns immer lauter lachten.
»Herrgott, was gibt's denn hier zu lachen, Imre?« platzte ich endlich auf Ungarisch heraus. Imre antwortete mir frech ins Gesicht:
»Die Luise ist verliebt in dich! Du siehst zwar auch nicht unverliebt aus, aber du traust dich nicht, es zu zeigen.«
Ohne ein weiteres Wort zu sagen, drehte ich meinen Oberkörper ganz zu ihr, umarmte sie, sah ihr leidenschaftsvoll in die Augen und küßte sie auf ihre feurigen Lippen. Ich merkte, daß ich sie überrascht hatte, aber Sekunden später erwiderte sie mein Verhalten. Mit freudigem Schauer registrierte ich ein leichtes Beben, das durch ihren Körper ging. Einen Moment lang blickten wir uns, ohne die Umarmung zu lösen, in die Augen, was mehr sagte als alle schönen Worte. Die plötzliche Stille riß mich aus meinem Traum. Ich schaute zu Imre hinüber und folgte mit meinen Augen seiner Blickrichtung. Er beobachtete den kleinen dicken Wirt, der aufgestanden war, um zur Theke hinüberzugehen. Dort angelte er sich eine Flache Pernod und vier Gläser. Zum Tisch wieder zurückgekehrt, schenkte er ein. Ich versuchte höflich abzulehnen, da ich es vermied, Alkohol zu mir zu nehmen. Aber es gelang mir nicht. Auch Imres Hilfeversuch blieb zwecklos. Er erklärte mir, warum der Wirt so hartnäckig war: Wer seine Tochter küssen könnte, der müßte auch einen Pernod mit ihm trinken und damit basta!
In meinem Schreck stellte ich keine weiteren Fragen mehr, sondern versuchte, mich aus Luises Umarmung zu lösen. Da sie sich dagegen sträubte, reichte ich ihr ein Glas, so daß sie wenigstens ihren linken Arm von mir nehmen mußte. Ich nahm ebenfalls ein gefülltes Glas in die Hand, blickte in die Runde und sagte: »A votre santé!«
Ich leerte mein Glas in einem Zug und stellte danach zufrieden fest, daß die beiden Männer wieder lächelten. Da mein Magen knurrte fragte ich meinen Freund, wie es mit dem Essen stünde.

Er versicherte, er hätte schon bestellt. Ich merkte, wie mir langsam der Alkohol in den Kopf stieg. Zu Imre sagte ich, daß ich auf weitere alkoholische Getränke unbedingt verzichten wollte.
»Das wird leider nicht gehen«, versicherte mir mein Landsmann, »denn zum Essen gehört Rotwein – und darauf wird Pierre bestehen. Ich gebe dir einen guten Rat, Józsi, schon wegen Luise solltest du Pierre nicht verärgern!«
»Wenn das so ist, nehme ich es in Kauf!«
»Was denn?«
»Den Brummschädel, den ich morgen haben werde! Doch bevor ich noch etwas trinke, möchte ich mich bei dir entschuldigen!«
»Wofür denn?«
»Wegen Luise! Ich hielt sie anfangs für deine Freundin und war ein bißchen neidig auf dich, als sie dich umarmt hat. Das tut mir ehrlich leid!«
»Mach dir nichts draus, Józsi! Ich finde es sehr nett von dir, daß du so denkst, aber deswegen brauchst du dich nicht zu entschuldigen. Luise ist so etwas wie meine Schwester, und Pierre ist wie ein Vater zu mir. Als ich vor drei Jahren hier ankam, war sie erst vierzehn Jahre alt. Bevor ich zur Legion ging, lebte ich hier und wurde von Pierre wie ein Sohn behandelt. Er wollte mich sogar adoptieren, der Gute! Aber dann kam Michel dazwischen und überredete mich, in die Armee einzutreten. Nun bin ich per Zufall nach zweieinhalb Jahren wieder hier. Vorher hielten wir, so gut es ging, brieflichen Kontakt miteinander. Ich hatte Pierre nämlich versprochen, daß ich nach meiner Entlassung wieder zurückkommen würde, um das Lokal einmal zu übernehmen. Das hat nichts mit Luise zu tun. Einen Sohn hat Pierre nicht und Luise interessiert sich nicht für das Lokal. Jeden Monat lege ich die Hälfte meines Soldes auf die Seite, um nach der Entlassung nicht mit leeren Händen dazustehen. Sei beruhigt mein Freund, du bist mir keinesfalls in die Quere gekommen. Im Gegenteil! Es wäre mir sehr schwer gefallen, al-

lein herzukommen. Seit neunundzwanzig Tagen treibe ich mich schon in Paris herum. Heute ist mein letzter Urlaubstag. Wenn ich dich nicht kennengelernt hätte, wäre ich vermutlich wieder abgereist, ohne Pierre besucht zu haben...«
Nach kurzer Pause fügte er hinzu:
»Bevor wir zu essen beginnen, möchte ich dich um etwas bitten: Sei so gut und bleibe heute bei Luise im Lokal, während ihr Vater und ich ausgehen, um einige Bekannte zu besuchen. Pierre hat sonst wenig Zeit, aber jetzt möchte er mit mir die Gelegenheit nutzen. Für dich ist das ohnehin eine gute Möglichkeit, von Paris auf eine schöne Weise Abschied zu nehmen. Nicht wahr?«
»Aber was sagt ihr Vater dazu«, wollte ich wissen.
»Mach dir darüber keine Sorgen! Wenn ich jemanden als meinen Freund vorstelle, dann ist er in dieser Familie willkommen.«
»Imre, du wirst mir immer sympathischer! Wann kommt ihr wieder zurück?«
»Das weiß ich noch nicht! Irgendwann, spätestens morgen mittag.«
»Und wo schlafe ich?«
»Wo denn wohl, kleiner Idiot? Stell jetzt bitte keine dummen Fragen mehr, sonst überlege ich mir es noch, ob ich dich mit Luise allein lassen kann!«
»Nein, nein, geh nur! Es wird schon nichts passieren!«
»Noch etwas, Józsi! Und das ist das Wichtigste! Versuche auf keinen Fall, dich zu verdrücken, um der Legion auszukommen! Das wäre sehr schlecht für mich – und auch für dich!«
Ohne zu zögern, nickte ich ihm zu. Er sah mich sehr ernst an, nickte mir ebenfalls zu und erklärte, er würde jetzt in die Küche gehen, um Pierre zu helfen. Luise und ich sollten inzwischen den Tisch decken.
Ich blieb noch einige Minuten gedankenverloren sitzen. Noch vor einer Stunde befand ich mich in einer auswegslos erschei-

nenden Situation. Jetzt saß ich hier bei Luise und war sehr glücklich. Nie hätte ich mir träumen lassen, daß in so kurzer Zeit so viel geschehen konnte! Dabei stimmte mich die Erinnerung an das Streitgespräch mit Kommissar Michel richtig lustig. Zu dem Zeitpunkt fühlte ich mich noch als Verlierer. Nun war mir durch die Bekanntschaft mit Luise eine riesige Belohnung zuteil geworden, jetzt fühlte ich mich als Sieger auf der ganzen Linie!

Inzwischen hatten einige Gäste das Lokal betreten, und wir mußten uns um sie kümmern. Luise zeigte mir, wo Bestecke und Tischtücher zu finden waren und überließ mir das Eindecken der Tische. Während dieser Arbeit mußte ich immer wieder Luise beobachten. Dabei bemerkte ich, daß es ihr mit mir nicht anders ging. Unaufgefordert begann ich, Gläser zu spülen, Aschenbecher zu leeren und Tische abzuwischen, bis plötzlich Pierre mit einer riesigen Schüssel Salat aus der Küche kam, die er auf unseren Tisch stellte. Freundlich begrüßte er die neuen Gäste und überließ die Schüssel Luise. Dann verschwand er wieder in der Küche.

Durch einen Wink gab mir Luise zu verstehen, daß wir uns setzen sollten. Was jetzt folgte, übertraf alle meine Erwartungen: Ein Menü wurde serviert, bestehend aus Salat Nigois, kalter Languste für vier Personen, Bordeaux-Wein, Mineralwasser für mich, Sauce Tartar, Remoulade und Calypsosauce, Toast, Butter, Parmaschinken und Zuckermelone! Begleitet wurde die Mahlzeit von einer heiteren Unterhaltung zwischen Imre und Pierre. Danach räumte Luise den Tisch ab, um ihn mit neuen, sauberen Tellern wieder einzudecken. Pierre und Imre gingen wieder in die Küche, um wenige Minuten später mit einem Tablett mit vier Gemüseschüsseln zurückzukehren. Es folgte ein gespicktes Rinderfilet in Madairasauce, garniert mit Champignons, Spargeln, junge Erbsen, Karottenvichy und Kartoffelkroketten. Lange dauerte es, bis wir mit dem Hauptgang fertig waren. Dabei schien das Gesprächsthema von Imre und Pierre genau so unerschöpflich, wie die ständig nachgereichten Gerichte. Dann standen Luise und ich auf und trugen das benützte Geschirr in die Küche. Wir umarmten und küßten uns, als hätten wir eine Ewigkeit auf diese Gelegenheit warten müssen. Wir nahmen zwei lange Brote, eine Obstschale mit diversen Früchten und eine Käseplatte und gingen zum Tisch zurück. Nach dem reichhaltigen Nachtisch gab es noch schwarzen Kaffee mit Kognac.

Pierre war der erste, der aufstand. Er sagte etwas zu Imre, was ich nicht verstand. Ich sah meinen Freund fragend an und dieser übersetzte mir:

»Pierre findet, daß du müde aussiehst. Es wäre gut, wenn du dich für eine Stunde aufs Ohr legst, damit du am Abend wieder fit bist. Luise soll dir meine frühere Kammer zeigen, in der du auch übernachten kannst!«

Bei den letzten Worten zwinkerte er mir vielsagend zu.

»Also bis dann«, meinte ich, ergriff Luises Hand und ließ mich führen.

Ich sah Imre gutmütig winken, während wir die Treppe zur oberen Etage hinaufstiegen. Luise zeigte mir das Zimmer, das eigentlich gar nicht wie das eines Junggesellen wirkte. Es war sehr ordentlich. Neben der Eingangstür befand sich auf der rechten Seite ein großes Fenster, das einen Blick in den Innenhof gewährte. Links sah ich eine Tür mit einem Messingschild auf dem »Bain« stand. Direkt daneben bemerkte ich einen Kleiderschrank. In der Mitte des Zimmers stand ein weiß gestrichenes Metallbett, verziert mit Messingkugeln und Ringen. Ich zog mein Jackett aus, setzte mich auf die Bettkante öffnete die Schuhe und zog sie aus. Ich blickte gerade noch auf die Uhr, um festzustellen, daß es genau 17 Uhr war, als ich auch schon von der Müdigkeit überwältigt in einen Tiefschlaf fiel.

Als ich wieder erwachte, brauchte ich einige Minuten, um mich zu erinnern, wo ich war. Ich blieb eine Weile mit geschlossenen

Augen liegen und ließ dabei das Geschehene wie einen Film vor meinem geistigen Auge ablaufen: Meine Abfahrt aus Bern, die Ankunft in Paris, den Spaziergang am Place d'Italie, die Nächte in einem dunklen Loch, den schreienden Kommissar, den lustigen Imre, den rundlichen Pierre – und schließlich Luise! An dieser Stelle riß der Film. Ich fuhr hoch, sprang aus dem Bett, ging zur Tür und stellte mit Schrecken fest, daß sie von außen abgesperrt war. Das kurz aufflammende schlechte Gefühl verließ mich rasch wieder, weil ich mir sagte, daß mich Luise eingeschlossen hätte, um mir meine Ruhe zu sichern. Ich öffnete die Tür mit der Aufschrift »Bain« und entdeckte darin zu meiner Freude eine Dusche. Nach dem Duschen setzte ich mich wieder aufs Bett. Ein Blick auf die Uhr zeigte mir, daß es immerhin schon 8 Uhr vorbei war. Ich zog meine Brieftasche hervor, um nach meinem Arbeitsvertrag zu suchen, auf dem die Adresse und die Telefonnummer meines vorgesehenen Arbeitgebers standen. Erfreulicherweise war alles da: mein Geld, etwa achthundert Schweizer Franken und vierzigtausend französische Francs, einige Fotos und Adressen. Nur von dem Arbeitsvertrag fehlte jede Spur!
Ein Klicken im Schloß ließ mich auffahren. Schon öffnete sich die Tür, und ein mir unbekanntes Mädchen trat ein. Ich war total überrascht, denn ich hatte weder Schritte noch sonstige Geräusche gehört, die ihr Nahen verraten hätten. Die junge Frau gab mir die Hand, ich erwiderte ihr »Salut«. Sie deutete auf sich und nannte ihren Namen »Ivonne«. Ich folgte ihr auf den Flur hinaus, während sie das Zimmer wieder absperrte und mir mit einem vielversprechenden Lächeln den Schlüssel überreichte. Fröhlich stiegen wir die Treppe hinunter und gelangten so zu dem Raum, in dem wir so lange gespeist hatten. Ich hielt nach Luise Ausschau, sah sie aber nirgendwo. Ivonne schien meine Enttäuschung zu bemerken, denn sie bemühte sich, mir etwas zu erklären, wobei sie immer wieder auf meine Uhr zeigte. Ich verstand, daß ich mich noch einige Zeit gedulden sollte.

Ich weiß, daß nach 15.00 Uhr niemand mehr zum Unterschreiben da ist. Und grinsen sie nicht so dämlich, sonst überleg ich es mir noch!«
Deutlich sah man Krüger die Erleichterung an. Imre unterschrieb den Urlaubsschein und gab das Zeichen zum Losfahren. Krüger, plötzlich ganz fröhlich und munter, erkundigte sich nach dem Ziel der Fahrt. Imre kurz und präzise:
»Place de Versailles, Ecke Rue Gerard! Und fahren sie schnell, aber anständig!«
Die Fahrt begann anders, als der Sergeant es sich wohl vorgestellt hatte. Krüger versuchte, laut fluchend, den ersten Gang einzulegen, gab dabei mehrmals Vollgas und ließ den Motor aufheulen. Das Vehikel vibrierte, rührte sich aber nicht vom Fleck. Passanten blieben stehen und staunten uns an. Einer schrie uns wütend an, aber wir verstanden ihn nicht. Endlich schaffte es Krüger doch, den Wagen in Bewegung zu setzen. Er wischte sich mit dem Unterarm den Schweiß von der Stirne und stöhnte:
»Na endlich, du Scheißkarre!« Krüger hatte inzwischen eine Lücke im Verkehr erspäht, winkte mit der linken Hand anstatt zu blinken und gab Vollgas. Der Wagen tat einen Riesensatz, allerdings nach hinten und verpaßte dem hinter uns geparkten Auto eine Mordsbeule. Krüger fluchte:
»Ich hab' mir doch gleich gedacht, daß es der Rückwärtsgang ist, weil er so leicht rein ging!«
Endlich erwischte er den zweiten Vorwärtsgang, wir fuhren los. Die Fahrt verlief zwar schnell, wie von Imre verlangt, aber keineswegs anständig. Nach wenigen Metern jagten wir auf eine Kreuzung zu, in deren Mitte ein Verkehrspolizist stand. Krüger nahm den Gang heraus und ließ den Motor aufheulen. Der Beamte drehte sich um, verließ bei unserem Anblick fluchtartig seinen Platz und schimpfte hinter uns her. Krüger schaltete wieder in den zweiten Gang und gab Vollgas. Reifen quietschten, Autos blieben stehen, wir blickten in teils wütende, teils

amüsierte Gesichter. Ich mußte Imre bewundern, dessen Gesicht während der riskanten, ja halsbrecherischen Fahrt keine Spur von Aufregung oder gar Nervosität zeigte. Im Gegenteil. Es schien ihm richtig Spaß zu machen. Nur als wir einmal in die Gegenrichtung einer Einbahnstraße fuhren und mit einem Hupkonzert der anderen Autofahrer bedacht wurden, hielt er sich die Ohren zu. Erst am Ziel machte er wieder den Mund auf.
»Krüger! Da vorne an der Ecke halten sie an!«
Dabei zeigte er auf ein Café. Nebenbei meinte er noch, zu Krüger gewandt:
»Fahrkarten für die Metro haben wir keine!«
Zuerst begriff ich den Sinn dieser Bemerkung nicht. Als ich aber sah, wie wir auf einen Metroschacht zujagten, schloß ich die Augen und wartete darauf, daß wir die Treppen hinunterstürzten. Da verstummte der Motor, mich riß es nach vorn, wir hielten. Imre tippte mich mit dem Finger an und versicherte:
»Du kannst die Augen aufmachen, wir sind da!«
Zu Krüger gewandt, fragte er:
»Haben sie außer Autofahren noch etwas gelernt?«
»Ja«, gab dieser stolz zur Antwort, »ich bin MG-Schütze und Funker.«
»Warum sind sie dann nicht in einem Einsatzregiment?«
»Ich weiß es nicht, Sergeant. Nach der Ausbildung hat Hauptmann Callou mich als Ordonanz in Anspruch genommen.«
»Warum nahm Callou sie nicht mit nach Algerien zurück?«
»Das weiß ich auch nicht!«
»Nun gut, wir reden noch darüber.«
Imre sprang vom Jeep, gab mir seine Aktentasche und befahl mir, darauf aufzupassen, bis er zurückkäme.
»Sergeant!« rief ich ihm nach, worauf er stehen blieb und auf mich wartete. Ich sprang ebenfalls vom Wagen, erreichte ihn mit ein paar Schritten:
»Imre, ich habe noch Schweizer Geld. Könnte ich es nicht irgendwo umwechseln lassen?«

Er blickte sich suchend um, zeigte dann auf eine Bank gegenüber und wies mich an, dort wechseln zu lassen und anschließend im Café auf ihn zu warten. Ich ging zum Auto zurück, nahm die Aktentasche an mich und fragte Krüger, ob er mich ins Café begleiten wollte. Er nickte. Nachdem ich mein Geld gewechselt hatte, nahmen wir auf der Terrasse des Cafés Platz. Ich lud Krüger ein, mein Gast zu sein und gab mir alle erdenkliche Mühe, mit ihm ins Gespräch zu kommen, doch es gelang mir nicht. So saßen wir uns stumm gegenüber und sahen dem Verkehr zu, bis nach einiger Zeit Imre zurückkam. Er hatte ein Paket mitgebracht, das, wie er sogleich erklärte, Reiseverpflegung für zwei Personen enthielt. Er legte es auf einen freistehenden Stuhl und nahm selbst Platz. Jetzt löste er seine Krawatte und krempelte die Hemdsärmel hoch. Dabei bemerkte er, daß wir bald aufbrechen müßten, weil er vor der Abreise noch etwas auf dem Bahnhof zu erledigen hätte.
Das Café war vor dem Bahnhof meine letzte Station in Paris. Oft habe ich mir später eingeredet, was mir andere Freunde auch bestätigten, daß ich mir keine Vorwürfe machen mußte, weshalb ich zur Fremdenlegion gekommen war. In der Tat! Weder hatte ich einen triftigen Grund gehabt noch aus einer Laune heraus erwogen, in die Legion einzutreten. Viel zu spät begriff ich, daß man meine Unwissenheit schamlos ausgenützt hatte.
Natürlich wurden nicht alle, die sich als Legionäre verpflichteten, wie ich hereingelegt. Es gab viele, die wirklich etwas verbrochen hatten und durch die Verpflichtung dem verdienten Gefängnis entgingen. Bei anderen war es die Abenteuerlust, die Angst vor dem Alleinsein oder eine menschliche Enttäuschung, die sie in die Legion trieb. Irgendeinen Grund hatte jeder, der fünf Jahre seines Lebens für eine unsichere Zukunft zu opfern gedachte.
Fünf Jahre scheinen anfangs überschaubar, man denkt sich nicht viel dabei. Nach einem halben, spätestens nach einem

Jahr werden sie zu einer Ewigkeit. Jetzt erkennt man seine Fehler, die Sinnlosigkeit einer Entscheidung, aber es ist zu spät, alles zu rückgängig zu machen. Diese Erkenntnis führt dann oft zur Verzweiflung, die in Desertion oder Selbstmord mündet!

Nachdem wir unseren Kaffee ausgetrunken hatten, bezahlte ich. Wir bestiegen wieder unseren Jeep und die anschließende Fahrt blieb erstaunlicherweise frei von unangenehmen Erlebnissen. Vor dem Bahnhof standen fünf Lastwagen, in denen Soldaten saßen. Imre stieg ab, klemmte sich die Aktentasche unter den Arm, drückte mir sein Paket in die Hand und ließ mich alleine stehen.

Er ging zu einem Lastwagen, grüßte und kam mit einem Unteroffizier zu uns zurück. Einige Schritte vor mir blieben sie stehen. Imre ließ mich das Paket ablegen und stellte uns einander vor:

»Adjudant Huhn, Legionär Kovács!«

Huhn sah mich prüfend an und meinte:

»So also sehen sie aus! Dann zeigen sie mal, was sie können. Hinlegen und Liegestütze machen!«

Ich erinnerte mich sofort an die Ermahnung, die mir Imre vor der Abfahrt gegeben hatte und tat dem Adjudanten den Gefallen. Ich zählte mit und nach zwanzig Liegestützen durfte ich aufhören. Ich stand auf, und der Adjudant wollte jetzt wissen, ob ich Sport triebe. Ich bejahte und zählte meine bevorzugten Sportarten auf: Schwimmen, Volleyball, Dauerlauf. Huhn nickte anerkennend, reichte Imre die Hand und ging.

Imre schritt zu den Lastwagen und plärrte einige Befehle. Die Soldaten sprangen daraufhin herunter und stellten sich nebeneinander in Dreierreihen auf. Auf einen Wink von Imre entfernten sich die Lastwagen. Jetzt schritt Imre die Dreierreihe ab, zählte, baute sich vor den Männern auf und begann:

»Alle mal herhören! Ich predige nicht zweimal! Mein Name ist Kovács, ich bin Sergeant und trage die Verantwortung für euch. Wie ihr wohl begriffen habt, seid ihr Soldaten und habt zu gehorchen! Darum warne ich euch. Benehmt euch während der Reise anständig. In jedem zweiten Abteil des Zuges wird sich ein dienstälterer, erfahrener Legionär befinden, den ihr zu fragen habt, wenn ihr das Abteil verlassen wollt. Laßt euch gesagt sein: Wer sich einbildet, daß er machen kann, was er will, nur weil er eine Uniform trägt, irrt sich gewaltig. Ich werde jedem eigenhändig die Visage einschlagen, der sich nicht an die Regeln hält!«

Imre wiederholte seine Rede auf Deutsch und Französisch, bevor er alle in Zweierreihe zum Zug marschieren ließ. Die beiden letzten Wagen waren für die Soldaten reserviert. Nach einiger Aufregung war die Horde verladen und schließlich stand Imre mit noch drei Soldaten auf dem Bahnsteig. Er rief mich heran und stellte uns einander vor. Zu meiner Freude waren es drei Ungarn. Imre wies uns ein Abteil im letzten Wagen zu. Er selbst werde später zu uns kommen. Wir nahmen in dem Abteil Platz, saßen uns eine Weile stumm gegenüber und tauschten lediglich prüfende Blicke aus. Plötzlich begann der mir gegenüber Sitzende zu lachen. Wir stimmten zögernd ein, schließlich lachten alle; worüber wußte eigentlich keiner. Aber dadurch kam eine Unterhaltung in Gang. Anfangs war ich das Ziel eines Verspottungsversuchs, da ich als Jüngster erkannt worden war. Doch als sie merkten, daß mich das sehr unangenehm berührte, ließen sie es sein.

Natürlich hatte ich mit meinen siebzehneinhalb Jahren noch nicht so viel zu erzählen; deshalb lauschte ich aufmerksam den Geschichten meiner Reisegefährten. Béla war mit seinen achtundzwanzig Jahren der älteste und hatte schon eine Menge durchgemacht. Árpád kam aus Debrecen, war fünfundzwanzig, Jonás aus Szeged dreiundzwanzig. Letzterer glaubte am meisten erlebt zu haben und machte mit seiner Lebensgeschichte den Anfang. Ich fand, daß er älter aussah als er war. Mit seinen hervorstehenden Backenknochen, dem spitzen Kinn und Oberlippenbart sah er aus wie Attila, der Hunnenkönnig in verkleinerter Ausführung. Wie wir alle war er 1956 aus Ungarn geflüchtet, nachdem der nationale Volksaufstand gegen die russische Besatzungsmacht mißlungen war. Wenn Jonás all die Heldentaten, von denen er uns erzählte, wirklich durchgeführt hätte, wäre unser Aufstand niemals niedergeschlagen worden. Nachdem Jonás den fünfundzwanzigsten Panzer vernichtet und den hundertsten Russen erschossen hatte, unterbrach ihn Béla mit der Bemerkung:

»Bleib' auf dem Teppich, du Spinner! Laß mir bitte auch noch ein paar übrig, schließlich war ich damals auch dabei!«

Wir lachten alle herzlich über diese Zurechtweisung, dann setzte Jonás seine Erzählung über einen Aufenthalt in Nancy fort:

»Kaum in Nancy angekommen, hat sich eine steinreiche Frau an mich herangemacht. Sie war schön, wenn auch ein bißchen älter als ich. Trotz meiner Proteste nahm sie mich mit nach Hause. Sie war derart verknallt in mich, daß sie mich am liebsten angekettet hätte. Nach zwei Monaten wollte sie mich heiraten, aber es wurde auch ohne Hochzeit ein harmonisches Zusammenleben. Ich mußte anfangen zu arbeiten, denn sie besaß zwei Reinigungsfirmen...«

»...und ein Mietshaus mit sechzig Wohnungen«, fügte Béla spaßeshalber hinzu, worauf er wieder die Lacher auf seiner Seite hatte.

»Ja stellt euch vor, welche Arbeit«, fuhr Jónas unbeirrt fort, »jeden Tag mußte ich in die Reinigungsbetriebe gehen und die Abrechnungen kontrollieren. Und erst die vielen Mieter mit diplomatischem Geschick zum Zahlen zu bewegen! Am Abend war ich total fertig und dann begann erst das 'mon amour' hier, und ›mon amour‹ da!«

Erneut ergriff Béla das Wort und spottete:

»Nach zwei Jahren sind alle Mieter ausgezogen, die Reinigungsfirmen haben Pleite gemacht, und du bist in die Legion abgehauen«.

»Nein«, protestierte Jónas, »ich blieb noch einen Monat in Pa-

ris. Dann ging mir das Geld aus. Ich mußte mein Zimmer verlassen und stand auf der Straße. Der Zufall führte mich in ein großes Warenhaus. Als ich die vielen Köstlichkeiten zum Essen sah, überfiel mich der Hunger. Glaubt mir, der erste Diebstahl ist mir sehr schwer gefallen!«
Nach einem Anflug von Trauer im Gesicht sprach er weiter:
»Anfangs hat man nichts gemerkt, es war ja so viel da. Aber als ich vor drei Tagen eine Salami in meinen Hosenbund geschoben habe, bemerkte dies eine Kundin. Sie schrie und alle Leute rannten herbei, weil sie glaubten, ich hätte ihr was getan. Man rief die Polizei. Und die brachte mich zur Legion«.
Wir brachen in schallendes Gelächter aus. Da öffnete sich unsere Abteiltür und Imre erschien. Er hatte zwei Karton Dosenbier dabei.
»So, Kinder«, meinte er, »wir müssen uns noch fünfzig Minuten bis zur Abfahrt gedulden. Ich muß noch nach den anderen sehen, dann komme ich zurück. Erzählt inzwischen nicht alles. Ich will auch noch mitlachen! Bis gleich!«
Jetzt war ich dran meinen Landsleuten zu erzählen, wie ich ihn kennengelernt hatte. Ich berichtete vom Kommissar Michel und dem Elefanten, ließ jedoch Luise aus meiner Geschichte heraus. Zu schön war meine Erinnerung ans sie, als daß ich mit ihr prahlen oder sie den spöttischen Bemerkungen meiner Begleiter ausliefern wollte.
Imre kam zurück, machte es sich bei uns bequem und forderte uns auf, bis zum nächsten Morgen nicht mehr auf die Streifen auf seinen Schultern zu achten. Er wäre jetzt nicht mehr im Dienst, und unter uns hieße er Imre. Wir freuten uns darüber, was er mit einer Dose Bier für jeden quittierte; mir gegenüber erwähnte er, daß sich in dem Freßpaket Limonade für Kinder befände. Ich nahm das Angebot dankend an uns stieß mich nicht daran, daß ich mich dadurch wieder einigem Spott aussetzte.
Zufällig fuhr gerade der Zug los, als wir miteinander anstießen.

Und so verließen wir, jeder ein Getränk an den Lippen, die französische Hauptstadt.
»Auf's Überleben«, prostete Imre uns zu, während er seine Dose zum Munde führte. Wir erwiderten den Spruch. Keinem von uns kam in diesem Moment in den Sinn, daß einer nicht überleben würde. Imre ließ kurz anklingen, daß sich für jeden Legionär noch vor Algerien Möglichkeiten zum Sterben böten:
»Wir sind mit vierundsiebzig Rekruten und zwölf Urlaubern losgefahren. Ich hoffe, daß in Marseille noch alle da sind, aber das muß ich stark bezweifeln. Ich würde mich freuen, wenn wenigstens wir fünf ohne Probleme ankommen könnten.«
Wir gaben ihm alle vier unser Wort darauf, obwohl zumindest mir ein Geheimnis blieb, was für Probleme er da meinte. Imres Gesicht verriet uns, daß er uns unbedingten Glauben schenkte. Mit einigem Stolz fügte er hinzu:
»Ich weiß, Jungs, aber trotzdem vielen Dank!«
Für einen Moment trat Stille ein. Gern hätte ich gewußt, woran meine Begleiter dachten; ihren ernsten Gesichtern nach zu schließen möglicherweise an unsere Heimat, die wir fünf, wie viele andere, hatten verlassen müssen. Endlich brach Árpád das Schweigen. Er nahm Jonás Fuß in die Hand und besah dessen Stiefel genau, dann meinte er:
»Man sieht sofort, von wo du herkommst!«
»Warum?« fragte Jonàs verblüfft.
»Weil du noch Kuhmist an den Stiefeln hast! Den größten Teil haben sie dir erst im Westen von der Sohle gesprengt!«
Das nachfolgende Gelächter und die damit verbundene Heiterkeit wischten alle Schwermut wieder weg. Aufgemuntert erwarteten wir die Erzählung der nächsten Lebensgeschichte. Die Reihe war an Árpád.
Seine Geschichte begann traurig mit dem Tod seiner Eltern und eines Bruders während des Aufstandes. Ein wenig Trost bereitete ihm, daß die Schuldigen dafür gebüßt hatten. Er lebte anschließend in Paris, manchmal mit, manchmal ohne Arbeit. Er

hatte eine Freundin, die ihn verließ, weil er oft so traurig war und sich hängen ließ.
»Naja«, meinte er, Menschen, die ihre Familie ständig um sich haben, können sich nicht vorstellen, wie es ist, wenn man wildfremd leben und immer neu anfangen muß. Selbst wenn man hart ist, braucht man ein bißchen Wärme und Geborgenheit. Es ist auf die Dauer unerträglich, wenn man nicht weiß, wo man hingehört. Das ist der Grund, weshalb ich mich verpflichtet habe. Imre hat mir versprochen, daß in der Legion ein Zusammengehörigkeitsgefühl existiert. Besonders unter Landsleuten sollen Verständnis und Hilfsbereitschaft herrschen. Nur der Anfang, die Grundausbildung, wird schwer sein!«
Béla nickte zustimmend und meinte:
»Ich habe bereits in der Volksarmee eine Grundausbildung mitgemacht, und das war alles andere als Zuckerschlecken. Warum ich nun in die Legion eingetreten bin, weiß ich eigentlich selbst nicht. Es ging mir ganz gut. Ich war Kunstmaler, hatte mein eigenes Atelier, verdiente nicht schlecht, und einsam war ich auch nicht. Wenn ich so nachdenke, fühle ich mich wie ein richtiger Trottel. Aber sei es wie es sei, und mag da kommen, was will, ich bleibe jetzt dabei. Ihr braucht sicher einen Schutzengel mit einer starken Hand!«
Dabei streckte er uns zwei Hände hin wie Kohleschaufeln. Wie er mit solchen Pranken malen konnte, war mir unbegreiflich. Jetzt erst fiel mir auf, was für ein starker Kerl dieser Béla war. Lachend erklärte er, niemand hätte etwas von ihm zu befürchten, aber wehe denen, die Hand an einen seiner Freunde legten! Dadurch angenehm berührt, fand Imre:
»Es freut mich, besonders den Jungen in deiner Obhut zu wissen; umso mehr, als ihr wahrscheinlich in der gleichen Kompanie ausgebildet werdet!«
Er gab Béla ein Zeichen, weitere Bierdosen zu verteilen und begann damit, uns wertvolle Ratschläge für die Zukunft zu erteilen:
»Ich muß euch sagen, daß es unter Soldaten sogenannte Rad-

fahrer gibt, die sich durch ihren Übereifer bei den Kameraden unbeliebt machen. Meistens nimmt so etwas ein schlimmes Ende. Man soll aufrichtig sein und gehorsam und auch Befehle ausführen, die einem ungerecht erscheinen. Hinterher kann man sich bei einer höheren Stelle beschweren. Wenn Freiwillige für eine Arbeit gesucht werden, meldet euch, allerdings ohne zu drängeln. Versucht beim Sport und beim Schießen immer zu den Besten zu zählen, was aber nicht heißt, daß ihr alles übrige vernachlässigen könnt. Lacht bei einer Übung nie einen Schwächeren aus, sondern helft ihm. Man muß seinen ganzen Willen aufbringen und seine letzte Kraft opfern, um zu zeigen, daß wir alle gleich sind. Mutig und tapfer sind die, die ihr Wissen und Können miteinander teilen. Das ist ungemein wichtig!«
Wir hörten aufmerksam zu. Béla, der viel älter war als Imre, nickte zustimmend. Ich selbst nahm mir fest vor, die Ratschläge so gut wie möglich zu befolgen. Später mußte ich noch oft an diese Worte denken und Imre dankbar für die Ermahnungen sein.
Wir sangen dann miteinander traurige und lustige ungarische Volkslieder und blieben bis Dijon wach, obwohl jedem die Müdigkeit anzusehen war. Imre stand einige Male auf, um in den Nachbarabteilen nach dem Rechten zu sehen. Auf der Strecke zwischen Dijon und Lyon kam ein Legionär und meldete, daß bei ihm ein Mann fehlte. Imre ließ nachzählen und stellte fest, daß tatsächlich jemand abging. Erst in Marseille erfuhren wir, das der Betreffende, ein Russe, aus dem Zug gesprungen und geflüchtet war. Nach Lyon gingen sechs weitere Personen verloren: Ein Italiener, zwei Österreicher und drei Deutsche. Sie mußten es sich noch einmal überlegt haben und desertiert sein. Imre gab zu, daß er mit noch größeren Verlusten durch Desertion gerechnet hatte. So kamen wir mit siebenundsechzig Rekruten in Marseille an.

2. Von Marseille bis Algerien

Es war früh am Morgen, aber schon richtig hell, als unser Zug in Marseille hielt. Wir mußten noch einige Zeit in unseren Abteilen verweilen, bis die mit uns gereisten Zivilpersonen den Bahnsteig verlassen hatten. Draußen warteten Soldaten im Kampfanzug auf uns. Sie trugen weiße Käppi, in ihren Gürteln steckten dicke Knüppel. Imre verriet mir, daß diese Soldaten zur Militärpolizei gehörten. Von nun an würde es für uns strenger sein als bisher. Mein Glück war es, als einziger noch in Zivilkleidern zu stecken. So mußten Nichteingeweihte glauben, ich wäre noch ohne Vertrag und deshalb müßte man mich nachsichtiger behandeln. Bei dem Gedanken, ein paar Fotos zu schießen, bemerkte ich, daß ich den Fotoapparat offensichtlich bei Luise gelassen hatte. Imre tröstete mich, daß das ein Grund wäre, später einmal nach Paris zurückzukehren. Im übrigen hätte mir die Militärpolizei den Fotoapparat ohnehin sofort abgenommen.

Inzwischen war der Bahnsteig von Zivilisten frei. Imre erklärte, daß er als der Verantwortliche für den Transport mit der Übergabe auf einen Hauptmann warten müßte. Er legte uns, bevor er ging, noch ein paar Dinge ans Herz:

»Wir werden uns in drei Wochen noch einmal sehen, wenn ihr auf das Schiff nach Algerien verladen werdet. Józsi, von dir erwarte ich, daß du bis dahin das nötigste Französisch gelernt hast. Béla, du bist der Älteste und solltest versuchen, die drei zusammenzuhalten. Distanziert euch ruhig ein wenig von den anderen, ohne allerdings abweisend zu wirken. Wenn ihr jemandem helfen könnt, dann tut es. Nur vertraut niemandem zu sehr! Wenn ihr mitbekommt, daß jemand desertieren möchte, tut so, als wenn ihr es nicht wüßtet. Niemand verraten, aber das Vorhaben auch nicht gutheißen!«

Nach diesen Worten verließ er uns. Ein trauriges Gefühl wollte in uns aufkommen, doch im gleichen Moment vernahmen wir auf Französisch und Deutsch ein wüstes Geschrei:

»Los ihr Scheißer, bewegt euch! Ihr seid ja nicht im Urlaub hier!«
Wenige Augenblicke später wurden wir aus dem Zug geholt und, wie die anderen, auf dem Bahnsteig hin und her geschubst, bis wir in drei fast gleiche Gruppen eingeteilt waren. Ich war der dreiundzwanzigste der ersten Gruppe und als einziger in Zivilkluft. Die verächtlichen Blicke der neben mir Stehenden verrieten offene Abneigung. Ein Sergeant baute sich vor uns auf und bleute uns ein, wenigstens einigermaßen im gleichen Schritt zu marschieren. Wir sollten nicht aussehen wie ein zusammengewürfelter Haufen, den die Zivilisten auslachten.
»Reißt euch zusammen«, endete er.
Nach kurzem Fußmarsch erreichten wir eine Stelle, an der vier Lastwagen und drei Jeeps auf uns warteten. Ein Lastwagen war bereits mit unserem Gepäck beladen. Wir wurden auf die drei anderen verteilt. Die anschließende Fahrt ging durch um diese Zeit noch nicht sehr belebte Straßen. Einige Zeit fuhren wir am alten Hafen entlang. Laut schreiend priesen Fischer ihre Waren an. Der Anblick auf die vielen Schiffe faszinierte mich ebenso, wie der Blick aufs weite Meer. Für kurze Zeit vergaß ich, was hinter mir lag. Ich fühlte mich glücklich, hier zu sein. Meinen Kameraden schien es genauso zu ergehen.
Nach der Einfahrt in eine alte Hafenfestung mußten wir von den Lastwagen herunterspringen und uns in den bekannten Gruppen aufstellen. Ich wurde aus der Gruppe herausgeholt und einem älteren Legionär anvertraut, der sich anscheinend um meine Einkleidung zu kümmern hatte. Er wies mich an, meine Koffer aus dem Gepäck, das gerade abgeladen wurde, herauszusuchen. Wir gingen zum Kleiderlager, wo uns ein älterer, rothaariger Legionär recht unfreundlich empfing. Er schrie mich an, daß er nur meinetwegen so früh am Samstagmorgen hätte aufstehen müssen. Seine Miene hellte sich auch nicht auf, als ich ihm versicherte, es täte mir leid, und ich könnte nichts dafür. Mit kurzem Blick nahm er Maß von mir und holte dann

einige Kleidungsstücke aus den Regalen. Er wollte meine Schuhgröße wissen. Ich erhielt ein paar Halbschuhe und ein Paar Stiefel mit Gamaschen. Ich zog mich auf der Stelle um und stellte fest, daß kein einziges Kleidungsstück paßte. Während ich meine Taschen der Zivilklamotten leerte, merkte ich, wie mich mein Begleiter und der Rotschopf mit verdächtig neugierigen Blicken beobachteten. Ich rechnete mit allem und ließ meine Geldbörse keinen Blick aus den Augen.

Jetzt erinnerte ich mich daran, was mir Imre einmal über dienstältere Legionäre erzählt hatte: Weil viele ihren Sold immer gleich versaufen, sind sie stets scharf darauf, von finanzkräftigeren Kameraden auf ein paar Bierchen eingeladen zu werden. Scheinheilig fragte ich, wann denn die Kantine öffnete. Die beiden Legionäre wirkten sofort wie verwandelt. Höflich gaben sie mir Auskunft. Ich bat sie, nachher meine Gäste zu sein. Der Rotschopf wollte sogar wissen, wieviel Geld ich denn besäße. Ich nannte irgendeinen Betrag und zeigte die in Paris gewechselten Scheine. Das beeindruckte die beiden. Für meine soeben ausgehändigte Uniform erhielt ich neue Stücke, die wie angegossen paßten, ja sogar das Eßgeschirr und die Feldflasche wurden mir in nagelneue Gegenstände umgetauscht. Völlig überrascht war ich, als mir der Rotschopf anbot, für die drei bis vier Wochen, die ich in Marseille zu verbringen hatte, eine Stellung in seinem Kleiderladen zu verschaffen. Dabei versicherte er, ich hätte fast nichts zu tun und wäre von der Dreckarbeit befreit, während die anderen Kippen sammeln und Küchendienst machen müßten. Dieser Vorschlag war zu verlockend, um nicht auf ihn einzugehen. Ich schlug ein. Der Rotschopf versprach mir, dafür zu sorgen, daß ich ab Montag früh nach der ärztlichen Untersuchung bei ihm anfangen könnte. Vor dem Abschied gab er mir noch den Rat, gut auf mein Geld zu achten. In der Vergangenheit wäre es schon oft vorgekommen, daß unter Rekruten gestohlen wurde.

Ich hatte das zwar alles schon einmal von Imre gehört, tat aber trotzdem sehr überrascht. Wir verabredeten uns um 10 Uhr in der Kantine, dann führte mich mein Begleiter zur Unterkunft. Ich staunte nicht schlecht, als ich sah, daß wir Rekruten alle zusammen in einem einzigen Raum untergebracht werden sollten. Rundherum standen Doppelbetten, in der Mitte des Raumes sah man eine lange Tischreihe. Mein Begleiter stellte mich dem Zimmerersten, der den Rang eines Korporals innehatte, vor. Er erklärte, ich wäre bereits für eine Arbeit eingeteilt und kniff dabei vielsagend ein Auge zu. Der Korporal schien sofort zu verstehen, daß ich ihm nützlich sein könnte und gab sich freundlich. Ich sah mich nach meinen Landsleuten um und entdeckte sie in einer Ecke. Béla kam mir entgegen und sagte, er hätte mir schon einen Platz reserviert. Der Korporal wollte protestieren, doch als ich ihm zu verstehen gab, daß ich unbedingt mit meinen Landsleuten zusammen sein wollte, gab er nach, nicht ohne mich zu warnen, ich solle auf der Hut sein. Soviel Sorge um meine Person fand ich inzwischen nicht mehr rührend, sie machte mich eher stutzig. Ich kam mir vor wie das Huhn, das so lange gehätschelt wird, wie es goldene Eier legt. Eigentlich konnte es mir nur recht sein, daß die Kerle so hinter meinem Geld her waren. Das konnte mir lange zum Vorteil gereichen, vor allem als ich erfuhr, daß Bier in unserer Kantine weit billiger war als anderswo.

Der Korporal machte sich nun daran, uns das vorschriftsmäßige Herrichten der Betten und das Einräumen der Kleider in die Schränke zu zeigen. Er ließ uns eine halbe Stunde Zeit, es ihm nachzumachen. Dabei erwies sich das Herrichten der aus Strohmatratzen bestehenden Betten als ungemein schwierig. Im Schrank war jedem auch noch so kleinen Gegenstand ein bestimmter Platz zugeordnet.

Der Korporal kam nach der angesagten halben Stunde zurück, um die Betten und Schränke zu kontrollieren. Nacheinander riß er alle Betten wieder auseinander, die Kleider warf er aus den Schränken auf den Fußboden. Dann verschwand er, um uns

zehn Minuten Zeit zu lassen, alles wieder in Ordnung zu bringen.
Diese Schikaniererei wiederholte sich viermal. Endlich, es war bereits 9 Uhr, meinte er, jetzt gefiele ihm alles besser und brachte er seine Verwunderung darüber zum Ausdruck, weshalb wir es nicht gleich so ordentlich gemacht hätten. Er sprach mit lauernder Miene und sah uns der Reihe nach an, so als wartete er auf eine Widerrede. Doch keiner tat ihm den Gefallen. Wir standen neben unseren Betten und schwiegen. Der Korporal teilte zehn Mann für den Küchendienst ein, weitere fünf zum Tischdecken im Speiseraum, die übrigen wies er an, um 12 Uhr mittags auf der Terrasse zu erscheinen. Wer besoffen wäre oder nicht erschiene, müßte mit einer drakonischen Strafe rechnen.
Ich war froh, daß meine Freunde und ich unter denen waren, die bis 12 Uhr dienstfrei hatten, denn unter uns gab es viel zu besprechen. Ich wollte meine drei Kameraden gerade einladen, meine Gäste in der Kantine zu sein, als mich der Korporal unterbrach und mich bat, mit ihm zu kommen. Ich versprach, gleich nachzukommen und erzählte meinen Freunden schnell die Geschichte von der Einkleidung. Béla meinte, ich sei für mein Alter schon ein gehöriges Schlitzohr. Ich versprach allen dreien, sie mit neuer Kleidung zu versorgen, sollte ich tatsächlich an jenem Arbeitsplatz landen. Wir verließen das Gebäude und blieben draußen erst einmal eine kurze Zeit stehen, atmeten die frische Meeresluft und genossen die Aussicht auf die Stadt und den alten Hafen.
Es war Jonás, der die Stille unterbrach:
»Wir wären wohl besser zur Marine gegangen als in die Wüste. Was meint ihr dazu?«
»Bei der Marine nehmen sie keine Leute, die früher Mieten eingetrieben und alte Frauen bankrott gemacht haben«, spottete Béla.
»Schon gut, schon gut, es war nur so eine fixe Idee von mir«,

verteidigte sich Jonás und forderte dadurch erst recht unser Gelächter heraus.
Wir schlenderten zur Kantine, wo wir sogleich den Rotschopf sahen. Ich stellte ihm meine Freunde vor, worauf er sich in Lob und Anerkennung für den Mut und die Kameradschaft der Ungarn erging.
»Aber jetzt«, leitete er geschickt zu seinem Lieblingsthema über, »trinken wir erst einmal auf unsere Bekanntschaft!«
Wir setzten uns an den Tisch, an dem der Korporal und der Legionär, der mich zum Kleiderlager geführt hatte, auf uns warteten. Ich ging mit Jonás zur Theke und fragte, ob ich auch zwei Karton Bier auf einmal erhalten könnte. Dieser versicherte mir, ich könne soviel erhalten, wie ich zu zahlen bereit wäre. Ich kaufte noch zwei Coca-Cola für mich und drei Schachteln Zigaretten für meine Freunde. Jonás half mir, das Zeug zum Tisch zu tragen.
Als wir so gemütlich beisammen saßen, fragte ich den Korporal, ob das mit dem Bettenauseinandernehmen und Schränkeausleeren öfters gemacht wird, also ob es zur Tagesordnung gehöre. Er meinte, wir sollten froh sein, daß wir unsere Sachen nicht im Hof zusammensuchen mußten. Bei den kleinen Fenstern unseres Unterkunftsgebäudes wäre es ihm zuviel Arbeit gewesen, alles hinauszuwerfen. In Zukunft könnte aber sowas durchaus passieren.
Daraufhin ergriff der Lagerist das Wort:
»Das ist alles, was du kannst! Du meinst, du wirst dadurch schneller Unteroffizier, wenn du deine Autorität auf diese Art bei den Rekruten zeigst, du Blödmann«!
So ging es eine Weile hin und her, wobei wir uns mit der Rolle der Zuhörer begnügten. Der Rotschopf war nach dem sechsten Bier voll in Fahrt. Der andere Legionär war zurückhaltender und meinte:
»Ihr könnt mich mal! In zwei Monaten bin ich entlassen, und dann werde ich eure blöden Gesichter ganz schnell vergessen!«

»Und nach drei Monaten kommst du zurück«, warf der Rotschopf ein, »und bettelst um ein Glas Rotwein! Denn so einen versoffenen Kerl wie dich will doch im zivilen Leben niemand haben! Warte wenigstens noch drei Jahre, dann bekommst du deine Rente und hast alles, was du für deine durstige Kehle brauchst!«

»Eigentlich hast du recht, man sollte ihnen die zwölf Jahre nicht schenken. Aber ich habe einfach die Nase voll!«

»Aber deinen Hals noch nicht, wie ich sehe!« entgegnete der Korporal. »Hier brauchst du nur ein bißchen herumzulaufen und dir von den Jungen das Saufen bezahlen zu lassen. Als Zivilist müßtest du arbeiten, was du dir nach zwölf Dienstjahren ja gründlich abgewöhnt hast!«

Das alles klang so abgesprochen, als wenn sie immer wieder das gleiche erzählen würden. Diese Leute gehörten zu jener Sorte von Veteranen, die in kein Kampfregiment mehr versetzt wurden und bis zur Ausmusterung nur mehr leichte Arbeit leisten mußten. Für die Dauer unserer Ausbildung mochten sie noch etwas gelten, aber wir wären schlecht beraten gewesen, uns an ihnen ein Beispiel zu nehmen. Nachdem sie den ersten Karton geleert hatten, war es bereits Zeit, zum Essen anzutreten. Es zeigte sich, daß die Drohung des Korporals gefruchtet hatte, denn alle Mann traten nüchtern an. Nur der Korporal schwankte etwas und gab mit schwerer Zunge seine Befehle. Wir betraten in Schlangenlinie den Essensraum, wo sechs Mann an einem Tisch Platz nahmen. Auf jedem Tisch standen ein Krug Rotwein und vier Flaschen Bier. Die fünf dafür eingeteilten Rekruten brachten das Essen. Hinterher brauchte nur jeder sein Tablett mit nach vorne zu nehmen und zum Spülen abzugeben. Bis 14 Uhr verordnete der Korporal Mittagsruhe, die wir nach der Reise und dem anstrengenden Vormittag gerne wahrnahmen. Für das restliche Wochenende bekamen wir mit Ausnahme der fünf Leute, die für den Küchendienst eingeteilt waren, frei, allerdings keinen freien Ausgang. Die meisten ver-

brachten diese Zeit in der Kantine und erzählten sich etwas. Ich lernte gegen Abend ein paar Spanier kennen, ungemein temperamentvolle Leute, die sonst immer unter sich blieben. Sie hatten eine Gitarre dabei und saßen singend in einer Ecke unseres Unterkunftsgebäudes. Ich entdeckte drei oder vier Italiener, zwei Belgier, vier Franzosen, zwei Polen, einen Jugoslawen, alles andere waren Deutsche. Wie ich später in Erfahrung bringen konnte, bestand die Fremdenlegion zu siebzig Prozent aus Deutschen. Auch sie saßen in kleinen Gruppen zusammen, tranken Bier und sangen Lieder von ihrer Heimat.
Es erwies sich als ungemein schwierig, mit irgend jemandem aus diesen Gruppen richtig bekannt zu werden. Man verhielt sich zwar nicht abweisend, war aber doch sehr zurückhaltend, vielleicht weil niemand wußte, wie es weitergehen würde.
Meine Landsleute Béla, Jonás und Árpád saßen in der Kantine bei dem übrig gebliebenen Karton Bier. So setzte ich mich allein auf die Festungsmauer und sah mich um. Von hier oben konnte ich die ganze Festung überblicken; sie war nicht sehr groß im Vergleich zu der, die man gegenüber auf dem Berg sah. Wie ich erfuhr, gehörten beide zusammen und waren nur durch die Straße getrennt. Ihr Name war Fort St. Nicola, untere und obere Festung. Die Unterkünfte waren für vier- bis fünfhundert Soldaten eingerichtet; sie waren umgeben von Büros und Lagerhallen, die man mit Ersatzmaterial für die in Algerien stationierten Einheiten vollgestopft hatte. Wöchentlich wurde neue Ware herangeschafft, auf Schiffe verladen und nach Algerien versandt. Bald sollte uns das gleiche Schicksal zuteil werden. Ich war ziemlich neugierig darauf, denn ich hatte noch nie eine Schiffsreise erlebt. Als ich die großen Schiffe ein- und auslaufen sah, überkam mich unwillkürlich ein Fernweh. Ich konnte es kaum erwarten, bis ich selbst mitfahren durfte.
Um 22 Uhr war Anwesenheitsappell angesetzt. Der Korporal und der wachhabende Unteroffizier gingen durch unseren Unterkunftsraum, zählten die Anwesenden und machten das Licht

aus. Am morgigen Sonntag, so wurde uns gesagt, hätten wir frei und könnten ausschlafen.
Um 6 Uhr morgens wurden wir durch eine Trillerpfeife jäh aus dem Schlaf gerissen. Schnell sprangen wir aus den Betten. Ich war richtig erschreckt, aber hellwach. Der Korporal sagte, wir hätten eine halbe Stunde Zeit, um uns zu waschen und die Betten zu machen, danach sollten wir auf der Plattform antreten. Obwohl es im Waschraum nur für zwölf Personen Platz gab und wir über sechzig Personen waren, waren wir erstaunlicherweise um 6.30 Uhr alle fertig. Der Korporal kam zur Inspektion und ließ noch einige ihre Gamaschen richten. Ein Sergeant und ein Adjudant kamen hinzu. Der Korporal meldete, daß der Transport von Paris mit siebenundsechzig Mann angekommen wäre, sieben Leute seien desertiert. Der Sergeant stand vor uns, zählte selbst nach und wiederholte dem Adjudanten:
»Siebenundsechzig Mann, ein Korporal, fehlend sieben!«
Nach diesen Worten stellte er sich neben den Korporal. Nun schritt der Adjudant unsere Front ab, zählte noch einmal und sah jedem in die Augen; dann blieb er in der Mitte vor uns stehen und wartete. Einige Minuten vergingen. Ein Offizier im Rang eines Hauptmanns trat vor uns hin und begann zu sprechen:
»Ihr seid jetzt Angehörige der französischen Armee. Jeder von euch hat freiwillig einen Vertrag unterschrieben und sich damit verpflichtet, alles zu akzeptieren, was auf ihn zukommt. Noch habt ihr zwar keinen Eid abgelegt, aber das heißt nicht, daß ihr euch nicht an die Regeln halten müßt. Während der kurzen Zeit, die euch hier noch bleibt, werden einige versuchen, zu desertieren oder sich etwas anzutun. Diese Handlungen werden schwer bestraft. Das ist der Grund, warum ich heute hier bin. Ich will euch zeigen, daß sich Vergehen, wie Desertion, nicht lohnen!«
Er gab die Anweisung, wir sollten uns in einer Reihe aufstellen. Wir ahnten, daß uns etwas äußerst Unangenehmes bevorstand. Einer nach dem andern mußte eine Treppe hinabsteigen.

In einem Kellerraum standen die sechs Männer, die auf der Strecke Lyon aus dem Zug gesprungen waren, mit Handschellen aneinander gefesselt. Vor ihnen lag auf einer Bahre die total zerquetschte und bis zur Unkenntlichkeit entstellte Leiche des bereits vor Lyon geflüchteten Russen. Die sechs hinter ihm Stehenden waren schrecklich zugerichtet: Die Köpfe kahlgeschoren, die Gesichter blau und grün geschlagen und an der Brust eines jeden hing ein Schild: »Wir sind Deserteure und Diebe. Wir haben die Ehre der Legion beschmutzt.«
Hinter ihnen standen zwei Gendarme und vier Militärpolizisten mit Maschinenpistolen. Wir mußten zweimal an den Geschundenen vorbeigehen, dann führte uns der Korporal in die Unterkunft zurück und meinte so beiläufig, ein Kommentar wäre wohl überflüssig.
Vielen war der Appetit für das Frühstück vergangen. Ich zählte im Speiseraum nur siebzehn Personen. Auch Jonás kam erst zehn Minuten später, ziemlich bleich im Gesicht. Béla gab wieder einmal seinen kalten Humor zum Besten:
»Ich bin erstaunt über deine Schwäche, Jonás! Im Zug hast du erzählt, du hättest so viele Russen erschossen, hier aber siehst du einen, und schon wird dir schlecht dabei!«
Obwohl wir aufgrund unserer Erfahrungen während des Aufstandes in Ungarn nicht gerade zimperlich waren, hat uns der Anblick der Deserteure doch nachhaltig beeindruckt.
Der weitere Tag war ausgefüllt mit Unterhaltungen über das Gesehene und jeder machte sich so seine eigenen Gedanken darüber. Auf diese Weise kam sich der eine oder andere näher. Ich lernte zum Beispiel einen Deutschen kennen, der aus der Ostzone stammte. Er erzählte mir, daß er in der Volksarmee der DDR Funker war, in die Bundesrepublik floh und auch hier überall Schwierigkeiten bekam. Nach zwei Jahren war er deshalb in die Legion eingetreten. Daß er einst Funker gewesen war, interessierte mich besonders. Schon während meiner Schulzeit in Ungarn hatte ich mich in meiner Freizeit mit Funk-

geräten beschäftigt. Der Deutsche bot mir an, mit ihm zu üben, falls ich Lust hätte. Ich nahm dankend an. Mein neuer Freund hieß Peter Klein, war vier Jahre älter. Ich war froh, ihn kennengelernt zu haben, denn ich konnte viel von ihm lernen. Gerne wollte ich, wie es mir Imre schon geraten hatte, in der Legion Funker werden.

»Peter, hast du noch Geld?« fragte ich ihn.

»Nein, schon lange nicht mehr!«

»Dann kommst du heute nachmittag zu mir und meinen Landsleuten in die Kantine. Wir trinken dann ein paar Bier zusammen!«

Als wir uns dann trafen, saßen alle vom Vortag schon beisammen, als schienen sie auf mich zu warten. Der Rotschopf warnte mich, mich nicht von irgendwelchen dahergelaufenen Typen ausnehmen zu lassen. Ich beruhigte ihn mit den Worten, er bräuchte deswegen nicht zu verdursten.

Diesmal kaufte ich an der Theke nur einen Karton Bier. Unsere Unterhaltung verlief heute viel lockerer als die vom Vortag. Auch der Korporal wirkte gelöst und gab Tips, wie man sich beim Verhör durch die Spionageabwehr zu verhalten hatte. Ab und zu streiften mich böse Blicke der anderen Rekruten, die an Nebentischen saßen. Sie wußten nicht, daß ich auch in ihrem Interesse handelte, wenn ich dem Korporal und seinen beiden Kumpeln ein paar Bier spendierte. So lange sie ihr Bier hatten, ließen sie uns in Ruhe. Ich erklärte dies auch Peter Klein, der versprach, den Sachverhalt den anderen weiterzusagen. Bald darauf sah ich, wie mir die Spanier vom Nebentisch heimlich zuwinkten. Zumindest sie hatten rasch begriffen!

Plötzlich schoß mir ein Gedanke durch den Kopf. Ich fragte den Rotschopf, ob in seinem Kleiderlager oft Kontrollen durchgeführt würden. Stolz tönte er, er hätte das Lager seit fünf Jahren unter sich und noch nie hätte es jemand ohne seine Erlaubnis betreten. Nur Offiziere hätten dazu die Befugnis, und die sähen keine Veranlassung, sich mit Kontrollen abzugeben. Bei der einmal im Jahr stattfindenden Inventur kommen sie lediglich, um zu unterschreiben. Ich schlug dem Rotschopf vor, heute abend ein paar Karton Bier zu kaufen und im Kleiderlager zu verstecken, da wochentags die Kantine bis 19 Uhr geschlossen blieb. Diese Vorratshaltung war für den Rotschopf verlockend, und er war über meinen Vorschlag hellauf begeistert.

»Da werden auch alle anderen froh sein, wenn sie unter der Woche jederzeit Bier kaufen können«, frohlockte ich. »Sie bekommen es von uns zum normalen Kantinenpreis, nur unseren Freunden geben wir es billiger. Aber alles muß streng geheim bleiben, denn wir wollen uns nicht für eine Bestrafung aufdrängen!«

Gesagt, getan! Ich kaufte fünf Karton Bier, einen mit Limonade und einen mit Coca-Cola. Peter Klein kümmerte sich, sobald es dunkel wurde, um den Transport und gab die Information weiter, daß es künftig im Kleiderlager Bier zu kaufen gäbe.

Ich merkte, wie mich die Kameraden zu respektieren begannen. Gleichzeitig bemühte ich mich eifrig, meine französischen Sprachkenntnisse zu erweitern. Meine Landsleute meldeten sich freiwillig für den Küchendienst, Peter übernahm die Reinigung des Schlafraumes. Der Korporal war froh über diese freiwilligen Meldungen, weil er auf diese Weise nicht immer neue Leute einteilen mußte. Und wir nahmen nun für uns wichtige Stellungen ein. Béla, Jonás und Árpád sorgten fürs Essen, Peter paßte auf unsere Sachen im Unterkunftsraum auf, und ich gab Bier und Kleider aus. Wer nicht für feste Arbeit eingeteilt war, mußte laufend unangenehme Tätigkeiten verrichten, wie z.B. Dusche und WC reinigen, Kartoffeln schälen, Kippen auflesen oder sogar auswärts schuften.

Täglich kamen Neue bei uns an. Ich mußte sie einkleiden und lernte dabei die verschiedensten Typen kennen. Manche lieferte die Gendarmerie bei uns ab, Verbrecher oder Unglückliche, die zum Eintritt in die Legion »überredet« worden waren. Viele aber kamen freiwillig, junge Leute, die einfach von zuhause weggelaufen waren und denen das Geld ausgegangen war. Einige hatten schon tagelang nicht mehr richtig gegessen. Andere waren schmutzig und heruntergekommen und freuten sich, nach ausgiebiger Dusche endlich einmal wieder saubere Kleider zu besitzen. Es gab auch welche, die wegen eines Familienkrachs oder aus Abenteuerlust ihr Zuhause verlassen hatten, mit einem Taxi ankamen, vom Fahrer die Koffer hereintragen ließen und äußerst erstaunt waren, als sie für ihre Zivilkleider lediglich fünf Schachteln Zigaretten erhielten. Am Ende der Woche waren etwa hundert Neue angekommen. Wir fuhren mit einem Lastwagen die Zivilkleider in die obere Festung und holten neue Uniformen dafür ab.

Das Geschäft mit dem Bier florierte ausgezeichnet, weil der Rotschopf soviel kassierte. daß es für neuen Nachschub immer gut reichte. Nach und nach wurden alle siebenundsiebzig Rekruten aus Paris mit neuen Uniformen versorgt. Für mich war das alles ein bißchen viel, was ich mir erlaubte, und ich wunderte mich schon, daß keinem Vorgesetzten je etwas auffiel. Meine drei Landsleute in der Küche benahmen sich um keinen Deut besser. Sie ließen in unbeobachteten Momenten Konservendosen, Hartwurst und andere Delikatessen mitgehen. Unsere Nachschubmöglichkeiten verbesserten sich noch zusätzlich, als meine Freunde Arbeit im Lebensmittellager annahmen und damit direkt an der Quelle saßen.

In der darauffolgenden Woche ging es uns nicht so gut, da wir mehrere Impfungen gegen tropische Krankheiten über uns ergehen lassen mußten. Unser Geschäft blühte immer mehr auf. Täglich verkauften wir zwölf Karton Bier, vier bis fünf Salami und unzählige Konserven. Mein Verbandskasten, den ich als Kasse benutzte, war randvoll mit Geld. Unter einem Regal hatte ich die Zigaretten versteckt, die wir ebenfalls als Zahlungsmittel annahmen. Irgendwie würden wir die auch wieder zu Geld machen!

Es war Freitag, der 27. August. Das Wochenende stand bevor.

Ich wollte gerade die Kasse verstecken, da traten zwei Sergeanten der Militärpolizei in unser Kleiderlager. Ich erschrak tödlich. Der blonde Sergeant musterte mich wortlos und sah seinen Begleiter fragend an. Mir wurde immer mulmiger zumute. Jetzt bin ich dran! Der Schreck machte jedoch bald der Erkenntnis Platz, daß ich einem falschen Alarm erlegen war: Der Blonde bat mich freundlich um zwei Bier. Ich holte zwei Flaschen und stellte sie, ein wenig unsicher, vor die beiden hin. Sie taten einen kräftigen Schluck. Jetzt fühlte ich mich schon etwas wohler.
»Du heißt doch Kovács?« wollte der Blonde wissen.
»Ja, Sergeant!«
»Dann bist du der kleine Bruder von Sergeant Kovács?«
»Wenn er das gesagt hat, bin ich es wohl!«
Im Hintergrund vernahm ich die Stimme des Rotschopfs:
»Józsi, ein Bier, ich verdurste!«
Es war immer dasselbe mit ihm. Die meiste Zeit schlief er. Wenn er aufwachte, dann nur, um das zu löschen, was ich nicht Durst, sondern Brand nennen möchte. Ich brachte ihm sein Bier und wandte mich wieder den beiden Sergeanten zu. Sie legten plötzlich einen Briefumschlag, auf dem ich meinen Namen erkennen konnte, auf den Tisch. Ich öffnete den Umschlag und entnahm ihm eine Postkarte, die Imre geschrieben hatte.
»Kleiner, ich bin überfordert und brauche deine Hilfe! Die zwei Figuren wissen Bescheid!«
Ich sah mir die beiden Figuren an. Wenn Imre sie geschickt hatte, mußten sie in Ordnung sein. Ich las weiter:
»Wenn die drei anderen keinen Dienst haben, sollen sie mitkommen. Bis heute Abend! Imre«.
Ich blickte auf die Uhr. Es war 16.30 Uhr. Der blonde Sergeant riet mir:
»Du ziehst dir eine Sommeruniform an. Am besten suchen wir dir eine aus!«

Es war bei der großen Auswahl nicht schwer, etwas Passendes zu finden. Da erschien Jonás in der Türöffnung. Er erkannte die Unteroffiziere und wandte sich erschrocken zum Gehen. Ich half ihm aus der Situation, indem ich ihn aufforderte:
»Bitte hole mir doch meine Halbschuhe vom Zimmer und vergiß nicht, Peter Bescheid zu sagen!«
Er begriff und entfernte sich rasch.
»Um 18 Uhr holen wir dich hier ab, Kovács! Du, Gino, meldest ihn für die Zeit bis Samstagbend beim Korporal ab! Oder kommt noch jemand mit?«
»Ich glaube der, der eben hier war«, gab ich zur Antwort.
»Gut, dann sag' ihm Bescheid! Also bis später!«
Mit diesen Worten verabschiedeten sich die beiden. Kaum waren sie weg, begann der Rotschopf zu protestieren. Es wäre unfair von mir, ihn mit der ganzen Arbeit allein zu lassen. Während ich ihn zu beruhigen versuchte, kam Jonás zurück. Ich eröffnete ihm, daß wir zu Imre fahren würden, und er sollte Béla und Árpád verständigen, daß einer von den beiden mich am Wochenende im Kleiderlager vertreten müsse. Schließlich wollten wir ja keinen Fremden an unsere Kasse lassen. Der Rotschopf war froh, einen Helfer für seine Arbeit zu bekommen und half mit, auch für Jonás eine Sommeruniform auszusuchen. Auch Jonás erhielt eine Ausgangserlaubnis.
Kurz vor 18 Uhr fuhr ein Jeep vor. Einer der Sergeanten sagte im Wachbüro Bescheid, damit wir beim abendlichen Appell nicht als Deserteure gemeldet würden. Als wir losfuhren, nannten uns die beiden Sergeanten unser Ziel: ein Erholungsort für Legionäre, etwa siebzig Kilometer von Marseille entfernt. Der Ort hieß Maele-Moesque, lag direkt am Meer und bestand aus zahlreichen Bungalows und einem großen Restaurant. Der herrliche, von Palmen und Lorbeerbüschen bewachsene Strand entsprach allen Anforderungen einer Trauminsel. Ich fühlte mich nach Afrika versetzt. Auf dem weißen Sand waren nur

wenige Leute zu sehen. Wir standen da und hielten nach Imre Ausschau, konnten ihn aber nicht entdecken. Einer der beiden Sergeanten versicherte, Imre würde schon kommen, wir bräuchten uns keine Sorge zu machen. Wir sollten im Restaurant warten, da sie uns verlassen müßten, weil sie im Dienst waren. Jonás und ich grüßten zum Abschied, setzten uns auf die Terrasse und warteten. Inzwischen war es bereits 19 Uhr geworden. Da uns niemand bediente, bat ich Jonás, etwas zu trinken zu holen.

»He, für mich auch ein Bier«, kam es aus dem Hintergrund. Es war die Stimme von Imre!

Ich blickte mich um und traute meine Augen nicht! Das Bild paßte zu einer Postkarte oder einem Werbeprospekt: An einer Palme, wenige Meter von uns, lehnte Imre, braungebrannt wie ein Neger. Er trug Shorts mit kitschigem Blumenmuster und zu seinen Füßen knieten links und rechts zwei schwarzhaarige Schönheiten, ebenso braun wie er. Ich war fasziniert, unfähig, etwas zu sagen oder mich zu bewegen. Imre riß mich aus meinem Erstaunen in die Wirklichkeit zurück:

»Bruderherz, willst du nicht zu uns herkommen?«

Mit schnellen Schritten folgte ich der Einladung. Ich reichte meinem Freund die Hand. Er sah mich an und meinte:

»Gut siehst du aus, Junge!«

»Und du noch besser«, war meine Antwort. Die beiden spärlich bekleideten Engel erhoben sich.

»Monique«, stellte mir Imre die Puppe auf seiner rechten Seite vor. »Angelique« nannte er die zu seiner linken. Mein Blick blieb auf Angelique haften. Sie gab mir freundlich lächelnd die Hand. Er ergriff Monique am Arm und stieg mit ihr auf die Terrasse, während ich mit Angelique hinter den beiden herging.

»Bist du von hier?«

»Nein, von Marseille!«

»Und Monique?«

»Ist meine Schwester!«

Wir hielten einen Moment und ich fragte weiter:
»Kennst du Imre schon länger?«
»Nein, erst seit gestern. Und du bist sein Bruder?«
»Wenn er das sagt«, wiederholte ich meine Antwort vom Nachmittag. Sie sah mich sehr lieb an, wobei ein herausforderndes Schmollen auf ihrem Mund lag.
»Józsi«, rief mir Imre zu, geh' mit Angelique in meine Hütte und zieh dir die Badehose an, die dort für dich bereit liegt!«
Jonás saß inzwischen auf der Terrasse und wirkte ein wenig enttäuscht. Ich machte mir darüber keine Sorgen, denn Imre hatte gewiß nicht umsonst seine Landsleute hierher eingeladen. Und schon kam die Bestätigung aus seinem Mund:
»Kommt später zurück, denn ab 21 Uhr ist Tanz!«
Ich winkte, nahm Angelique an der Hand uns ließ mich von ihr entführen. Die genannte Hütte war gut zweihundert Meter vom Restaurant entfernt und sah aus der Nähe richtig romantisch aus; nur die vielen Flaschen, die rund um das Häuschen umgekehrt im Boden steckten, fand ich störend. Zum Wasser waren es nur etwa fünfzig Meter. Hinter der Hütte sah man einen Hügel, bewachsen mit saftig grünen Büschen. Anstelle der Tür gab es einen Vorhang aus Schnüren und Glasperlen, die aneinanderklapperten, als Angelique hindurchging. Ich suchte nach einem Lichtschalter, da der Raum relativ dunkel wirkte. Angelique bemerkte es und klärte mich auf, daß hier keine Lichtschalter existierten. Meine Augen gewöhnten sich langsam an das Halbdunkel. Ich entdeckte statt Betten nur Luftmatratzen und Schlafsäcke, einen primitiven Tisch und vier Hocker. Ein paar Nägel in der Wand dienten als Garderobe. Angelique gab mir die Badehose, setzte sich selbst eine Bademütze auf und trat hinaus. Ich beeilte mich mit dem Umziehen, stürmte hinaus und sah, daß Angelique das Meer schon fast erreicht hatte. Erst im Wasser holte ich sie ein. Wir schwammen nebeneinander her ein Stück ins offene Meer hinaus. Zum ersten Mal badete ich in meinem Leben im Meer. Es tat mir gut, ich genoß es

richtig. Das Wasser hatte eine angenehme Temperatur und fühlte sich ganz seidig an. Es war wunderschön!
Nach etwa hundert Metern kehrten wir um. Es war inzwischen schon etwas dunkel geworden, als wir den sandigen Strand wieder erreichten. Ich faßte Angelique an der Hand und wollte mit ihr zur Hütte gehen. Sie aber hielt mich zurück. Ich drehte mich um und schon spürte ich ihren Körper an dem meinen. Ich legte mein Arme um sie und suchte ihre Lippen. In diesem Augenblick schoß mir Luise in den Kopf. Ich fand, daß dies nicht der richtige Moment dafür war und versuchte, den Gedanken zu verscheuchen. Da ich fürchtete, Angelique könnte das spüren, schloß ich sie noch fester in meine Arme. Nach einem langen Kuß schlenderten wir, ohne uns loszulassen, auf die schwach erkennbaren Umrisse der Hütte zu. Drinnen war es stockdunkel. Ich versuchte vergeblich, mich zu orientieren, um zwei Handtücher zu finden. Angelique gab mir eine Taschenlampe, mit deren Hilfe ich alles fand. Danach legte ich die Lampe auf den Tisch. Angelique ergriff die Lampe und machte das spärliche Licht aus. Ich nahm das Mädchen in die Arme und vergaß Imre, Jonás und das angesagte Tanzen. Beim Berühren ihres Körpers begannen meine Hände zu zittern. Ich spürte ein tiefes Verlangen nach Kontakt und Zärtlichkeit, die Dunkelheit nahm uns alle Scheu.
Anschließend hatte ich eigentlich keine Lust, zum Tanzen zu gehen. Um jedoch meine Freunde nicht zu verärgern, zog ich den bereitliegenden Trainingsanzug an und wartete, bis Angelique fertig war. Sie drückte mir einige Kleidungsstücke in die Hand und erklärte, daß diese für Imre und Monique bestimmt wären. Dann machten wir uns auf den Weg.
Imre empfing uns mit einigen spaßigen Bemerkungen:
»Hast du die Tür und die Fenster verschlossen und das Licht ausgemacht?«
»Selbstverständlich! Und den Wasserhahn habe ich auch abgedreht im Bad! Bist du zufrieden?«

Er lachte laut auf. Ich reichte ihm die mitgebrachten Kleidungsstücke, in die er und Monique rasch hineinschlüpften. Ich sah mich nach Jonás um, konnte ihn aber nirgendwo entdecken. Der Innenraum des Lokals war inzwischen reichlich voll. Selbst bei uns auf der Terrasse waren außer unserem Tisch noch vier bis fünf Tische besetzt. Die beiden Mädchen gaben zu verstehen, daß sie kurz verschwinden müßten. Ich sah ihnen verzaubert hinterher.

»Józsi«, riß mich Imre aus meinem Traum, »wenn meine Informationen stimmen, fahren wir übernächste Woche schon nach Algerien. Sei bis dahin vorsichtig mit deinen Geschäften!«

»Was für Geschäfte?« fragte ich erschrocken.

»Tu nicht so! Jonás hat mir alles erzählt!« gab er ernst zurück.

»Diese alte Tratschtante kann den Mund nicht halten! Ich wollte es dir eigentlich nicht erzählen.«

»Das weiß ich, Kleiner! Ich habe keine Sorge, daß du den Mund nicht halten könntest. Daß ich es aber von Jonás erfahren mußte, gefiel mir nicht!«

»Wo steckt denn der Kerl überhaupt?«

»Er steckt in der Küche und arbeitet. Ich wollte nicht, daß er aus der Übung kommt. Ich habe allerdings Vorsichtsmaßnahmen getroffen, daß er keine Salami klauen kann!«

Darüber war ich beruhigt. Ich versprach Imre, in Marseille in Zukunft nichts anderes mehr als Bier verkaufen.

Die beiden Schwestern kamen zurück und unterbrachen unser Unterhaltung. Obwohl Monique wesentlich kleiner war als ihre Schwester, sahen sich die beiden sehr ähnlich. Es wurde ein langer und schöner Abend!. Wir tanzten mit ihnen und unterhielten uns bis spät in die Nacht.

Der folgende Samstag und der Sonntag waren wunderschön. Als endlich der Abschied nahte, weinte Angelique so wehmütig, daß ich nur mit Mühe meine eigenen Tränen zurückhalten konnte. Sie gab mir ihre Adresse und ließ mich schwören, ihr baldmöglichst zu schreiben.

Während der Fahrt nach Marseille dachte ich an Luise und erkannte, daß diese mir trotz ihrer Jugend den Abschied weit leichter gemacht hatte. Jonás sprach während der ganzen Fahrt kein Wort, er machte einen ungemein beleidigten Eindruck. Ich war mir sicher, daß wir das alles wieder in Ordnung bringen könnten.

Am Montag hatten wir wenig Zeit, denn wir wurden von Verhör zu Verhör gehetzt. Gegen Ende der Woche bekam jeder eine Spritze verpaßt, die uns für die folgenden drei Tage ans Bett fesselte. Es bestand absolutes Alkoholverbot, täglich erhielten wir nur eine Fleischbrühe und trockenes Brot als Mahlzeit. Trotz strengen Verbots schlich ich mich noch einmal ins Kleiderlager, um unser Geschäft aufzulösen. Ich nahm das gesamte Geld an mich, ließ dem Rotschopf die vier restlichen Karton Bier zurück, schenkte dem Korporal dreißig Päckchen Zigaretten und bat Peter, die Lebensmittel unter sich und seinen Gehilfen aufzuteilen.

Am Sonntag, unserem letzten Feiertag, wagte ich, wenn auch nur über Béla, Jonás anzusprechen.

»Frag' ihn doch mal, was ihn bei unserem letzten Ausflug so beeindruckt hat, daß er nicht mehr mit mir reden kann!«

Jonás berichtete, er sei in die Küche abgeschoben worden, wo ihn eine Köchin bewachte und ihn zum Geschirrspülen zwang. Nach dem Abwaschen mußte er die ganze Küche aufputzen. Als er mit der Arbeit fertig war, versperrte ihm die Köchin den Weg und nahm ihn in die Arme. Da sie den Körperbau einer Catcherin besaß, mußte er befürchten, daß ihm dabei alle Knochen gebrochen würden. Dann nahm sie ihn mit auf ihr Zimmer und was dort geschehen ist, mochte er lieber nicht erzählen.

Ich war nach dieser Aussprache sehr erleichtert, vor allem darüber, daß Jonás nicht auf mich böse war. Jetzt berichtete ich meinen Landsleuten von unseren Einnahmen. Wir hatten eine stolze Summe zusammengebracht und waren uns einig, sie zu

teilen, falls wir uns trennen müßten. Ich durfte die Kasse behalten, denn bei mir wußten sie die Kameraden in guter Obhut.
Am nächsten Morgen erfuhren wir, daß wir am Mittwoch, dem 8. September, um 8 Uhr nach Algerien eingeschifft werden sollten. Ich wußte gar nicht, ob ich darüber froh oder traurig sein sollte, war doch die Zeit in Marseille zuletzt sehr angenehm verlaufen. Mir war unklar, was jetzt auf mich zukommen würde. Also blieb mir nichts anderes übrig, als der Dinge zu harren.
Am Dienstag mußten wir von allem, was wir bei der Einkleidung doppelt erhalten hatten, ein Stück wieder zurückgeben. Der restliche Tag galt den Vorbereitungen für die Überfahrt. Am Abend betranken sich viele sinnlos, manche begannen Schlägereien, deren Ursachen mir bis heute rätselhaft geblieben sind. Nur wenige blieben, wie ich, im Unterkunftsgebäude. Ich packte meine Sachen mehrmals ein und aus, bis mir klar wurde, daß dieses sinnlose Handeln nur durch meiner inneren Unruhe zu erklären war. Ich sah mich um, ob einer der Anwesenden mich beobachtet hatte. Aber nur der Spanier Martinez lächelte freundlich zu mir herüber. Ich legte mich, gleich ihm, aufs Bett, um meine Gedanken zu ordnen. Es dauerte lange, bis ich über die dreieinhalb Wochen ein klares Bild gewinnen konnte. Viel war geschehen in dieser kurzen Zeit. Einerseits hatte ich interessante Menschen und Vorgänge kennengelernt, andererseits wollte ich mich immer noch nicht mit meiner Situation abfinden. Ich mußte als Legionär in Zukunft mit allem rechnen, vielleicht ließen sich so die Überraschungen am leichtesten ertragen! Froh über diese Erkenntnis wunderte ich mich, daß sie mir nicht schon früher gekommen war. Ab dieser Stunde nahm ich mir vor, mein Leben als großes Rätsel zu sehen, das zu lösen ich auf der Welt war. Dazu müßte ich aber noch viel lernen, dachte ich und schlief dabei ein.
»Aufstehen! Aufstehen, ihr faule Bande!« mit diesen Worten wurden wir aus dem Schlaf gerissen.
Wie üblich sprang ich aus dem Bett und stellte mich davor. Mit

einem schnellen Blick auf die Uhr stellte ich fest, daß es erst 5.30 Uhr war, was ebensowenig mit der Zeit des Morgenappells übereinstimmte, wie die vier Gesichter der anwesenden Militärpolizei. Unser Korporal war nicht zu sehen, auch einige Plätze vor den Betten waren leer, darunter die von Árpád und Jonás. Einer der PM-Leute stellte sich in die Mitte des Raumes und sagte mit lauter Stimme:
»Alles mal herhören! Wir sind gewohnt, mit Leuten wie euch umzugehen. Aber einige von euch haben gestern unsere Erwartungen übertroffen! Ihr könnt euch bei euren Kameraden bedanken, wenn ihr bei der Ankunft in Algerien schlecht behandelt werdet. Ihr habt jetzt genau dreißig Minuten Zeit euch fertig zu machen, die Betten abzuziehen und unten im Hof anzutreten. Der Raum ist so zu verlassen, wie ihr ihn bei der Ankunft vorgefunden habt!«
Nachdem sie weg waren, erkundigte ich mich bei Béla nach unseren Freunden.
»Halt dich fest«, kam die Antwort.
»Warum, was ist passiert?« fragte ich erschrocken.
Bélas Gesicht war von Trauer und Schmerz gekennzeichnet. Die Antwort traf mich wie ein Blitz:
Árpád ist tot!«
»Árpád ist tot?« wiederholte ich die Worte langsam und mit einer Ruhe, die mich selbst wunderte.
»Árpád ist tot, ja, Kleiner!« schrie mich Béla noch einmal zur Bekräftigung an.
»Und Jonás?« fragte ich rasch.
»Ist beim Verhör!«
Nach einer kurzen Pause fuhr Béla fort:
»Jonás hat mit Árpáds Tod nichts zu tun. Wir saßen heute nacht draußen, Árpád hatte sich ganz ruhig von uns entfernt. Gegen zwei Uhr morgens wollten wir zu Bett gehen. Jonás machte noch einen Rundgang an der Mauer entlang. Völlig aufgelöst kam er zurück und führte mich zu der Stelle, wo Árpád sich

von der Mauer auf die Felsen hinabgestürzt hatte. Wir konnten ihn von oben zwar nicht genau identifizieren, waren uns aber sicher, daß er es sein mußte. Jonás schickte mich ins Bett und erstattete Meldung bei der Militärpolizei.
»Stillgestanden!« wurden wir unterbrochen, »erste Gruppe auf den Lastwagen!«
Nach uns erhielten die anderen vier Gruppen den gleichen Befehl, und so füllten sich die fünf bereitstehenden Lastwagen. Auf der Straße standen noch weitere zehn Wagen, so daß wir alle gemeinsam abtransportiert werden konnten. Fünfzehn Minuten später erreichten wir den neuen Hafen von Marseille, von dem aus wir Europa verlassen sollten. Wir mußten einzeln absteigen und sofort durch eine Öffnung im Rumpf des Schiffes verschwinden. Es ging zahlreiche Stufen hinunter, bis wir einen riesengroßen Laderaum erreichten, in dem etwa zweihundert Feldbetten in langen Reihen aufgestellt waren. Naserümpfend tat ich meinen ersten Eindruck kund:
»Béla, hier stinkt's!«
»Das merk ich auch, Kleiner«, bestätigte Béla und der hinzukommende Peter war der gleichen Meinung. Da ich noch einmal nach oben wollte, bat ich meinen deutschen Freund:
»Du, Peter, bleibst du mal eine Weile unten?«
»Ja, Józsi!«
»Dann sei doch so gut und halte für uns drei Plätze an deiner Seite frei. Wir gehen inzwischen an Deck, später löst dich einer von uns ab.«
Darauf vertrauten wir ihm unsere Taschen an und baten ihn noch, uns Jonás nachzuschicken, wenn er auftauchen sollte, dann kletterten wir wieder die Stufen hinauf. Oben angekommen, sogen wir begierig die frische Meeresluft ein. Es war nicht schwer, ein ruhiges Plätzchen zu finden, denn außer uns befanden sich nur einige Matrosen an Deck, die mit ihrer Arbeit beschäftigt waren und uns nicht beachteten. Ich schlug Béla vor, später während der Fahrt unsere Schlafsäcke herauf-

zuholen und hier zu nächtigen. Er erklärte sich sofort damit einverstanden. Er kramte sich eine Zigarette hervor, zündete sie an und blieb eine Weile still sitzen. Ich ließ sie ihn genießen und hing meinen eigenen Gedanken nach. Obwohl die Ereignisse der Nacht genug Gesprächsstoff geboten hätten, schien Béla nicht darüber sprechen zu wollen. Ich war froh darüber.

»Eine Tasse Kaffee für einen guten Platz auf dem Deck«, hörten wir plötzlich die Stimme von Jonás. Jonás schien guter Laune, ein sicheres Zeichen, daß er nicht über den nächtlichen Vorfall reden wollte. Stattdessen berichtete er uns von seiner neuen Tätigkeit als »Inspekteur«:

»Ich bin heute seit halb fünf hier anwesend, nur daß ihr es wißt! Ich bin, sagen wir mal, als Vorhut von der Abwehr direkt hierher gebracht worden und bin jetzt eine wichtige Person auf dem Schiff!«

Dabei baute er sich mit Stolz geschwellter Brust vor uns auf, die Hände würdevoll auf den Hosengürtel gestützt, die Beine steif und etwas auseinander stehend. Unser Erstaunen erfüllte ihn sichtlich mit Genugtuung. Er fuhr fort:

»Ich kann' euch ja sagen: ich arbeite schon von Anfang an für das militärische Abwehrbüro!«

»Oooh!« taten wir überrascht.

»Pst!« machte er, das ist streng geheim! Nicht einmal unsere Offiziere dürfen wissen, daß ich ein Agent bin! Ihr müßt wissen, daß seit heute morgen das Leben von über sechshundert Menschen in meinen Händen liegt!«

»Oh, nein! Die armen Leute!« stöhnte Béla. Aber Jonás hatte sich so sehr in seine Rolle vertieft, daß er sich durch Bemerkungen dieser Art nicht beeindrucken ließ:

Zusammen mit fünf Mann, über die ich das Kommando führte, durchsuchte ich unseren künftigen Schlafraum nach versteckten Bomben. Als wir ankamen, waren alle Klappbetten verdächtigerweise in einer Ecke gestapelt. Ich habe sie dann von meinen Leuten in einer Reihe aufstellen lassen, um besser kon-

trollieren zu können. Danach ließ ich sie gleich so stehen.«
»Und warum das?« wollte Béla wissen.
»So kann niemand etwas dahinter verstecken, du Idiot! Sobald wir mit dem zweiten und dritten Laderaum fertig waren, nahmen wir die Offiziers-und Unteroffizierskabinen dran. Da unter der Besatzung auch Araber sind, nahmen wir uns sogar die Kombüse vor, wo zehn Sack Kartoffeln lagerten.«
»Sag' bloß, ihr habt sie geschält«, meinte ich.
»Ja, um unsere Mission zu tarnen! So konnten wir die Küche beobachten und darauf achten, ob jemand Gift ins Essen streute. Da staunt ihr, was?«
»Und wie!« bestätigten wir beide. Béla tat sehr vertraulich und fragte leise, wer ihn denn mit dieser hohen Aufgabe betraut hätte.
»Ich sage es nur, wenn ihr schwört, es niemandem weiterzusagen.«
»Wir schwören«, versicherten wir im Chor. Darauf tat uns der Geheimagent kund:
»Sergeant Kovács!«
Béla und ich explodierten fast vor lachen, und ich vermag nicht mehr abzuschätzen, wie lange wir brauchten, um uns wieder zu beruhigen. Jonás tat verwundert, als könnte er unser Lachen nicht verstehen. Die in unserer Nähe stehenden anderen Rekruten wurden von uns angesteckt und lachten mit, ohne zu wissen warum. Ich glaubte, aus Jonás Witzeleien immerhin entnehmen zu können, daß Imre an Bord des Schiffes war. Ich hoffte, er würde sich bald melden. Jonás setzte sich neben mich und fragte ernst:
»Alles klar, Kleiner?«
»Natürlich«, antwortete ich und bedeutete mit einem Blick, daß er nichts über den nächtlichen Zwischenfall zu erzählen brauchte. Dann sprach er uns alle an:
»Ich habe euch noch einige Informationen über unsere Invasion in Afrika anzubieten. Also dieses Schiff ist ein Halbfrachter mit dem Namen »Ville de Oran«. Es existiert eine Einteilung in

vier Klassen, wobei die ersten für unsere Vorgesetzten gedacht sind. Für uns bleiben die dritte und vierte Klasse. Doch es gibt sogar noch eine Klasse Null, sie ist auch bereits reserviert.«
Er tat sehr geheimnisvoll:
»Diese Klasse befindet sich direkt unter uns, man nennt sie Zwischendeck oder Vorschiff. Ratet, für wen sie reserviert ist? Ich gebe euch einen Tip: Für euch ist der Eintritt verboten!«
»Und für dich nicht?« wollte ich wissen
»Ich war schon drin!«
»Dann ist es die Unterkunft für Geheimagenten«, spottete Béla.
»Nein«, versicherte Jonás,»ihr kommt nie darauf, ich sage es euch lieber: Das Zwischendeck ist vollgestopft mit Arabern! Und die dürfen ihre Gemeinschaftskoje erst verlassen, wenn wir abgelegt haben. Bis dahin müssen sie in der Hitze schmoren!«
»Aber warum?« wollte ich wissen.
»Weil es sonst zu Schlägereien auf Deck kommen könnte, wobei vielleicht der eine oder andere ins Meer fallen würde!«
»Das klingt irgendwie unlogisch. Nach dem Ablegen kann doch genau dasselbe passieren. Und wenn es auf offener See zu einer Schlägerei kommt, ist das doch viel gefährlicher.«
»Aber derjenige kann nicht mehr ans Land schwimmen und verduften, kapiert?«
So ging es noch einige Zeit weiter, während wir ablegten und Marseille hinter uns ließen. Nur das Wetter gefiel uns nicht ganz. Der Himmel war etwas bewölkt, es kündigte sich eine Wetterverschlechterung an.
Beim Ablegen befanden sich dreihundertsiebenundsechzig Soldaten, ungefähr zweihundertfünfzig Zivilisten und die Schiffsbesatzung an Bord. Die Fahrtzeit war mit etwa sechsunddreißig Stunden vorgesehen. Sie sollte allerdings weit überschritten werden und nicht alle Passagiere sollten ihr Ziel erreichen.
Ich hielt mich während der ganzen Fahrt an Deck auf und mußte nur wenige Male auf Befehl oder zur Verrichtung der Notdurft in das Schiffsinnere hinabsteigen. Unten ging es während-

dessen hoch her. Die Deutschen, die, wie erwähnt, den Großteil unserer Mannschaft stellten, nutzten ihre Überzahl rigoros aus. Daß sie zusammenhielten, konnte ich durchaus verstehen. Auch wir hatten uns ja in einer Gruppe von Landsleuten zusammengeschlossen. Die Deutschen aber zeigten ihre Stärke, indem sie mit den sieben Italienern einen Streit begannen. Zuerst, so erzählte mir hinterher Peter Klein, wurden die Italiener von einigen Deutschen zum Kampf Mann gegen Mann provoziert. Es mischten sich aber nach und nach immer mehr Deutsche unter die Kämpfenden, so daß die Italiener der Übermacht weichen mußten; sie kamen zu ihrem Glück mit blauen Augen und einigen eingeschlagenen Zähnen davon. Dies war wieder der Anlaß zu weiteren Schlägereien. Ermutigt durch ihren Sieg machten sich die Deutschen einen Spaß daraus, alle, die nicht zu ihnen gehörten, zu provozieren und zu verprügeln. Ich kann nicht beurteilen, ob es unserem deutschen Freund Peter oder der gewaltigen Erscheinung Bélas zu verdanken war, daß wir nichts abbekamen.
Es war am Abend des ersten Tages, als ich auf dem ruhigen Deck mit Béla, Peter, dem Spanier Martinez, dem Matrosen Karl aus Hamburg, einem Riesen von Mensch, und dem Österreicher Otto zusammensaß. Einige Deutsche befanden sich in unserer Nähe, einer spielte dabei den Betrunkenen, der sich uns ganz harmlos näherte und sich mehrmals, scheinbar unabsichtlich, gegen Peter fallen ließ. Längst hatten wir das Spiel als Provokationsversuch erkannt. Otto und Karl hatten mich angewiesen, mich in jedem Fall herauszuhalten. Peter stand plötzlich auf, ohne ein Wort zu sagen, ging er auf den Übermütigen zu und verpaßte ihm eine solche Ohrfeige, daß dieser sich glatt überschlug und benommen liegenblieb. Béla baute seine mächtige Figur neben Peter auf. Karl und Otto blieben an meiner Seite sitzen, ohne sich scheinbar um die knisternde Spannung zu kümmern. Ihre Gleichgültigkeit wirkte so natürlich, als wenn wir uns allein auf dem Schiff befänden. Sie drehten sich

nicht einmal um, als ein greller Pfiff ertönte, der immer mehr Randalierer herbeirief. Als jedoch einige Streitsuchende unseren Freunden in den Rücken fallen wollten, sandte Otto Karl einen kurzen fragenden Blick zu. Ein fast unmerkliches Nicken war die Antwort. Blitzartig fuhren die beiden hoch, und das folgende ging alles so schnell, daß ich nicht mehr in der Lage war, Einzelheiten wahrzunehmen. Ich hörte nur ein Klatschen und Stöhnen. Augenblicke später saßen meine Freunde wieder bei mir und unterhielten sich, als wäre nichts geschehen. Kein Streitsuchender war mehr zu sehen und in der Folge wurden wir nie mehr belästigt, weder auf dem Schiff noch nach unserer Ankunft in Oran. Nie hat einer meiner Freunde später ein Wort über diese Schlägerei verloren, obwohl wir noch Jahre Seite an Seite erlebten.

Insgesamt gingen während der Überfahrt fünf Mann verloren, zwei Legionäre und drei Zivilisten. Zweimal hatte ich den Schrei »Mann über Bord« gehört. Die damit verbundenen Manöver brachten uns acht Stunden Verspätung ein. Erst um 4.30 Uhr am Morgen des dritten Tages erreichten wir Oran. Schon von weitem sah ich die uns erwartende Lastwagenkolonne und die Militärpolizei mit ihren weißen Helmen. Das Anlegemanöver ging recht schnell vonstatten. Wir mußten jedoch warten, bis alle Zivilisten von Bord waren, dann wurden wir im Laufschritt zu den Lastwagen gehetzt.

Von der Stadt Oran bekamen wir jedoch nicht viel zu sehen, denn nach dem Einsteigen ging es in rascher Fahrt nach Sidi-bel-Abbés. Jeder Lastwagen wurde von vier Militärpolizisten und einem Korporal eskortiert. Alle waren mit Maschinenpistolen und Knüppeln bewaffnet.

Obwohl sich der Baustil der Häuser nicht wesentlich von dem der südfranzösischen Mittelmeerstädte unterschied, merkte man doch, daß wir in Afrika waren und nicht mehr in Europa. Vor allem spürten wir eine unsichtbare Gefahr. Unsere Fahrzeuge brausten mit deutlich überhöhter Geschwindigkeit durch die Stadt und unsere Bewacher beobachteten aufmerksam die Häuser. Man schien auf jede Überraschung gefaßt, so als könnte hinter jedem Fenster, jedem Gebüsch ein Heckenschütze lauern. Am Ziel angekommen, wiesen uns unsere Bewacher an, sofort vom Wagen zu springen und im Graben in Deckung zu gehen, falls Schüsse fielen. Darauf wurden die auf dem Schiff noch so mutigen Streithähne kleiner und stiller. Viele von ihnen waren schmutzig und ungewaschen Der Geruch von Urin und Erbrochenem war trotz offener Planen und schneller Fahrt zu riechen. Ich bemerkte die Abscheu, die unsere Eskorteure uns gegenüber entgegenbrachten. Während der gesamten zweieinhalbstündigen Fahrt sprachen sie kein Wort mehr mit uns. Ich schämte mich für diejenigen, die in der Tat diese Abscheu verdient hatten und es störte mich ungemein, mit diesen Leuten gleichgesetzt zu werden. Ich war froh, bei meinen Freunden sitzen zu dürfen, auf die ich ehrlich stolz war.

Sidi-bel-Abbés war eine wunderschöne Stadt mit Palmenalleen, Oliven -und Orangenbäumen. Die Gebäude waren, was den Baustil betraf, teils europäisch, teils einheimisch. Einen Moment mochten wir uns hier willkommen fühlen, doch der Schein erwies sich als trügerisch: Die Eingeborenen straften uns mit bitterbösen Blicken; ihren blitzenden Augen konnten wir entnehmen, daß sie uns bestimmt nichts Gutes wünschten.

Die Kaserne befand sich mitten in der Stadt und war mit einer drei Meter hohen Mauer umgeben. So häßlich die Kaserne von außen aussah, so sauber und gepflegt war sie innen. Man kann ohne Übertreibung sagen, daß von den Toiletten bis zu den Unterkünften und Büroräumen, alles blitzblank war. Selbst die Blumenbeete und der Rasen waren von Fachleuten angelegt und gepflegt. Wir blieben genau sieben Tage hier. Während dieser Zeit wurden wir noch einmal auf Herz und Nieren untersucht und auch geistig geprüft. Vier Züge zu je fünfundvierzig Mann wurden zu einer Kompanie zusammengefaßt und damit für die Grundausbildung vorbereitet. Für diese Ausbildung

wurden wir komplett neu eingekleidet und ausgerüstet mit allem, was der Soldat braucht. Nur die Waffen sollten wir erst im Einsatzregiment erhalten. Wie ich so nebenbei mitbekam, erwartete man, daß während der Ausbildung zwischen dreißig bis vierzig Prozent ausscheiden würden.
Auch wurden uns die zukünftigen Ausbilder zugeteilt, knallharte, erfahrene Männer, die uns absolut unparteiisch behandelten, egal aus welchem Land wir kamen. Wir lernten marschieren, grüßen, stillstehen und richtig bei Offizieren und Unteroffizieren Meldung erstatten. Von 6 Uhr morgens bis 22 Uhr unterlagen wir einem genauen Beschäftigungsplan, der jede Minute des Tages erfaßte hatte und uns die ganze Zeit zum Laufschritt zwang. Ich merkte, wie sich die Hitzköpfe langsam abkühlten, der Haß unter den einzelnen Rekruten wich, dafür gegen die Ausbilder täglich zunahm. Diese Aggression wurde absichtlich provoziert, denn die Ausbilder wußten ganz genau, wie sie mit jungen Leuten umspringen mußten, um sie in rücksichtslose Kampfmaschinen zu verwandeln.
Nach dieser Woche der Untersuchungen, Gehirnwäschen und vormilitärischen Vorbereitungen ging die Fahrt weiter nach Mascara, dem endgültigen Ausbildungslager. Was uns dort erwartete, sollte allerdings unsere schlimmsten Erwartungen übertreffen. Ich glaube, daß in keiner Armee der Welt das verlangt wurde, was wir in den folgenden viereinhalb Monaten durchmachen mußten. Diejenigen, die bis zum Ende durchhielten, waren zu unbeschreiblicher Härte gegen sich selbst und gegen andere gedrillt worden. Ich glaube heute daran, daß ein gesunder Mensch nicht wie eine Katze sieben Leben hat, sondern acht und mehr.

3. Mascara, Quartier Soyer

Man meldet sich mit Name, Nummer der Erkennungsmarke, Einheit: erstes Infanterieregiment, siebte Kompanie, zweite Sektion, dritte Gruppe, dann Dienstzeit und Dienstgrad, Name des Kompaniekommandanten, des Adjudanten, auch Spieß genannt, des Sektionsführers und schließlich die Gruppeneinteilung. Jedesmal, wenn wir uns bei einem Vorgesetzten meldeten, mußten wir diese ganze Litanei herunterrasseln. Das hatte zur Folge, daß jemand, dem im Traum ein Vorgesetzter begegnete, sich im Schlaf laut auf diese Weise meldete

Derart vorbereitet, erreichten wir die Kaserne in Mascara. Auch sie befand sich mitten in der Stadt und war von einer hohen Mauer umgeben. Vier Wachtürme, die sich an den vier Mauerecken befanden, verschafften einen Überblick nach drinnen und draußen. Die Kaserne trennte gewissermaßen das Europäerviertel von den Einheimischen. Das Kasernengelände war gar nicht so groß; es hatte etwa die Ausmaße eines Fußballplatzes. In der Mitte stand ein vierstöckiges Gebäude, das Platz für zwei Kompanien bot. Es hatte nur an der Rückseite zwei Eingangstüren. Kam man durch das große Tor herein, so stand man also vor der Rückseite des Hauses, das dadurch wie eine Festung in der Festung wirkte. Dann gab es noch einen Sammelplatz, rundum mit Blumen bepflanzt und in der Mitte befand sich ein Fahnenmast. Links vor dem Tor standen die Wachbüros und eine Lagerhalle, die Küche, der Eßraum für die Legionäre, rechts waren das Gefängnis, das Büro der Militärpolizei, das Abwehrbüro, die Funkstation und die Unteroffizierlogis. Für die Offiziere gab es keine Unterkunft; sie wohnten, wenn sie nicht im Dienst waren, auswärts in eigenen Villen. Das Militärlazarett und der Fahrzeugpark befanden sich in der Garnison Bendaut, wo auch zwei andere Kompanien ausgebildet wurden.

Am Sonntagmorgen wurden wir um 6 Uhr geweckt. Eine halbe Stunde später mußten wir vor dem Fahnenmast antreten. Die

Fahne wurde feierlich aufgezogen, und wir mußten unseren Eid auf die französiche Nation ablegen. Es folgte eine kurze Ansprache des Kompaniekommandanten, die so endete:
»Ab sofort seid ihr jetzt Legionäre, die nur zwei Möglichkeiten haben: nämlich zu marschieren oder zu krepieren!«
Schöne Aussichten!
Die Zugführer erhielten ihre Befehle, die sie an die Gruppenführer weitergaben und diese teilten uns für die Zeit bis zum Mittagessen zu verschiedenen Arbeiten ein. Ich war mit Peter und Karl in der ersten Gruppe, Béla und Otto in der zweiten und Jónas mit Martinez in der vierten. Ich hatte das besondere Glück, zusammen mit Peter und Karl die sechzehn Klos der Kompanie reinigen zu dürfen. Irgendwann kam der Spieß vorbei und meinte, wenn wir uns nicht mehr Mühe geben würden, könnten wir heute in den Klos übernachten. Der zweiten Gruppe ging es ähnlich: sie hatten das Treppenhaus zu putzen, was sie, mit Schuhbürsten bewaffnet und auf den Knien rutschend, vom obersten Stock bis zum Keller erledigen mußten. Sie konnten mit ihrer Arbeit nie fertig werden, denn pausenlos gingen Leute ein und aus und ließen neue Spuren auf dem ölverschmierten Boden zurück. Die dritte und vierte Gruppe waren in der Küche und im Essensraum eingeteilt; sie feierten im Vergleich zu uns richtig Urlaub.
Von 13 bis 15 Uhr war Siesta. Am Nachmittag wurden Vorbereitungen für den Montag getroffen, denn in der kommenden Woche sollten wir von früh bis spät abends auf dem Übungsgelände bleiben.
Langsam begriff ich, daß meine Situation nicht mehr zu ändern war. Es blieb mir nichts anderes übrig, als mich anzupassen, möglichst ohne aufzufallen. Ich nahm mir vor, mir stets Mühe zu geben, wie ich es mit dem Erlernen der französichen Sprache schon von Anfang an getan hatte. Daß ich inzwischen eingermaßen Französich verstand und sprach, war von bedeutendem Vorteil. Zum Beispiel wurden die Befehle immer auf Fran-

zösisch gegeben; wer sie nicht verstand, mußte den anderen zuschauen und es ihnen dann nachmachen.
Am Montag früh begann unsere Ausbildung. Nach dem Wecken wurde eine Stunde Sport angesetzt, die sich allerdings harmloser als erwartet erwies. Wir mußten nur vier bis fünf Kilometer laufen und zwanzig Minuten Gymnastik treiben. Es folgten das zeremonielle Fahnenhissen und ein Marsch aus der Kaserne bis zum Übungsplatz. Das alles machte auf mich eher den Eindruck einer Spielerei für Erwachsene. Für den Rest des Tages gab es allerdings noch ein richtiges Härtetraining: Wir übten den Weit- und Hochsprung, den Hundertmeterlauf, machten Liegestütze, übten uns im Seilklettern und Hindernislaufen. Das Letztgenannte war das Schwierigste und blieb der Schrecken der Schwächeren. Die dazu benützte »Kampfbahn«, von uns »Affenbahn« genannt, war vierhundert Meter lang und hatte achtzehn Hindernisse, die selbst in leichter Sportkleidung kaum zu überwinden waren. Und wir sollten es sogar im Kampfanzug und mit Gerät schaffen! Ausbilder Sergeant Schultze zeigt uns in voller Ausrüstung, daß es zu machen war, obwohl es ihm anfangs keiner glauben wollte. Er versicherte uns, daß er nie mehr von uns verlangen würde, als er selbst zu leisten vermochte.
Am Nachmittag mußten wir noch mit Kleinkalibergewehren unsere Schießkünste unter Beweis stellen. Die Ergebnisse waren nicht gerade überwältigend, da viele von uns vorher noch nie ein Gewehr in der Hand gehabt hatten. Dann zeigte uns Ausbilder Müller, wie man sich im Nahkampf zu verteidigen hatte. Ich mußte dabei als Demonstrationsobjekt herhalten. Ehe ich mich versah, wurde ich, ohne Rücksicht auf meine nahkampftechnische Unerfahrenheit zu nehmen, zweimal auf den Boden geschleudert, erhielt Fußtritte, wenn ich am Boden lag und wurde angebrüllt:
»Du dreckiger Hund, bist du nicht fähig, dich zu verteidigen?«
Ich spürte Haß in mir aufkeimen und sprang Müller wütend an.

Spielend wehrte er meine Angriffe ab. Ich merkte, daß ich keine Chancen hatte – dennoch versuchte ich es in meinem blinden Zorn immer wieder, bis ich so fertig war, daß ich nicht mehr aufstehen konnte. Ich sah meinem Peiniger in die Augen, prägte mir sein grimmassenhaftes, hämisches Gesicht ein und schwor mir, es dem Kerl eines Tages heimzuzahlen. Peter und Karl halfen mir beim Aufrappeln, und Karl meinte tröstend:
»Kleiner, du warst Klasse! Dir fehlt nur ein bißchen Übung!«
»Dieser Hund! Warum hat er mich denn getreten?«
»Er ist gemein, und du mußt genauso gemein werden!«
Peter fügte noch hinzu:
»Das war keine Übung, sondern eine Demonstration!«
»Ich fordere ihn heraus, diesen Sadisten«, versprach Karl.
»Nein«, warf ich ein, »kommt nicht in Frage! Das ist mein Mann! Versprecht mir, mir das Nötigste dafür beizubringen, selbst wenn ich dabei krepiere!«
Sie waren einverstanden und begannen alsbald mit mir zu trainieren. Wir nützten jede freie Minute dafür aus, sogar die Zeit der Mittagsruhe. Ich holte mir durch meine Sonderbehandlung so viele blaue Flecken, daß ich aussah wie ein dalmatinischer Rassehund. Peter und Karl wechselten sich ständig ab, ich aber konnte nie genug haben. Eines Tages begegnete ich, nur in Sporthose gekleidet, auf dem Weg zur Dusche dem Hauptmann. Ich stand still, um ihn vorbeizulassen. Doch er blieb vor mir stehen und fragte:
»Name?«
Ich ratterte mein Sprüchlein herunter, während der Hauptmann meinen Körper musterte.
»Hast du dich geschlagen?« fragte er.
»Nein, mon capitaine!«
»Wo hast du die blauen Flecken her?«
»Ich bin die Treppe heruntergefallen!«
Das nahm mir der Hauptmann nicht ab. Er hielt mir viermal hintereinander den Daumen unter die Nase und entfernte sich

wortlos. Ich verstand, was er damit sagen wollte und meldete mich deshalb sofort bei meinem Korporal, um ihm mitzuteilen, daß mir der Hauptmann vier Tage verpaßt hatte. Müller grinste schadenfroh und höhnte:
»Zwei Tage Klo und zwei Tage Treppe!«
Das war hart. Tagsüber mußte ich die gleichen Arbeiten verrichten wie die anderen und hinterher die unangenehmen Strafaufgaben erledigen. Außerdem konnten aus den vier Tagen leicht acht werden, wenn ich meine Peiniger nicht zufriedenstellte. Ich nahm mir vor, alles auf das Konto von Müller zu schreiben.
Der vierte Ausbildungsmonat brach an. Nun wurde der erste längere Marsch angekündigt mit Schießübungen und Übernachtungen im Freien. Zu diesem Zweck wurden scharfe Munition und Handgranaten ausgegeben, sowie Kriegsrationen für zwei Tage. Es wurde erklärt, daß wir damit rechnen mußten, von arabischen Freiheitskämpfern angegriffen zu werden.
Es war Sonntagabend. Während die anderen ihre Vorbereitungen für den Marsch am Montag trafen, mußte ich meine Strafdienste ableisten. Als ich endlich dazu kam, meine eigenen Sachen zusammenzupacken, schliefen die meisten bereits. Es war schon 21 Uhr vorbei, als ich mich völlig erschöpft ebenfalls hinlegen wollte. Da kam mein »Freund« Müller herein und erklärte mir, die Klos seien nicht richtig sauber und die Treppe ebenfalls in einem miserablen Zustand. So kam ich erst gegen 3 Uhr zu meiner wohlverdienten Ruhe. In dieser Nacht beschloß ich, meinem Peiniger bei der nächstbesten Gelegenheit alles heimzuzahlen.
Um fünf Uhr wurden wir geweckt. Ich hätte vorher nie geglaubt, daß ich nach einem so kurzen Schlaf überhaupt aufstehen könnte. Zu meiner Überraschung war ich sofort hellwach. Ich ging zum Waschen und mußte bei meiner Rückkehr feststellen, daß auf meinem Bett zwei Bänder mit MG-Munition, ein Funkgerät und zwei Ersatzbatterien lagen. Die Schikanen

sollten also weitergehen! Karl berichtete mir, Müller sei dagewesen und hatte befohlen, ich sollte diese Sachen in meinem Rucksack verstauen. Ich wurde blaß bei diesem Gedanken. Mein Gepäck allein wog schon dreißig Kilo – und jetzt kamen noch mindestens zehn dazu! Ich mußte meinen Rucksack noch einmal ausleeren und neu einräumen. Was war da alles zu verstauen? Ein Paar Ersatzstiefel, Turnschuhe, Handtuch, eine halbe Zeltplane, Schlafsack, drei Paar Socken, eine zweite mit Wasser gefüllte Feldflasche, zwei Tagesrationen Essen, vier Splitterhandgranaten, zwei Druckgranaten, zwei Phosphor- und zwei Rauchgranaten, neunzig Schuß Munition, sechs Zeltstöcke, Eßgeschirr, Spritkocher, Nähzeug, Schuhbürste und Schucreme, Verbandszeug und – jetzt noch zusätzlich – ein Sprechfunkgerät mit den beiden Ersatzbatterien und zwei MG-Bändern mit je fünfzig Schuß Munition! Ich war bepackt wie ein Lastesel. Mir wurde schlecht bei dem Gedanken, daß noch ein Gewehr dazukommen mußte.
Um 6 Uhr mußten wir antreten. Dann marschierten wir los in Richtung Schießplatz. Der war zwar nur acht Kilometer entfernt, aber mit soviel Gepäck wurde jeder Schritt zur Qual. Die erste Hälfte des Weges lief Peter neben mir her und versuchte, mich zu trösten. Ich versicherte ihm, daß ich unbedingt durchhalten wollte. Mein Freund gab mir einen guten Tip:
»Du kannst den Müller austricksen!«
»Wie denn?«
»Die zwei Ersatzbatterien brauchst du nicht unbedingt mitzuschleppen. Wenn sie leer wären, könntest du sie wegschmeißen. Leere sie, indem du sie heute nacht kurzschließt! Nach einer halben Stunde sind sie verbraucht. Dann steckst du sie ins Funkgerät und meldest dem Idioten, daß es nicht mehr geht! Kille eine Batterie heute, die andere morgen, so fällt es nicht auf!« riet er mir abschließend, bevor Karl seinen Platz in der Marschordnung einnahm. Auch dieser half mir weiter. Von ihm erfuhr ich, daß heute nachmittag MG-Schießen angesetzt

war. Karl gehörte zu den MG-Schützen und bot mir an, auf eigene Verantwortung zuerst meine MG-Munition zu verschießen, um mir damit einen Teil meiner Last zu nehmen.
»Das wird keiner merken, welche Bänder ich als erste wegdonnere. Wenn der Müller etwas zu dir sagt, dann erkläre ihm, ich hätte dir die Bänder einfach abgenommen. Vor mir hat er nämlich Angst, der feige Hund!«
»Karl, ich weiß nicht, was der Kerl von mir will, weshalb er mich so schikaniert. Sieh her! An meinem Gewehr hat jemand die Kimme völlig verstellt. Das kann nur er gewesen sein. Dieser Drecksack will damit erreichen, daß ich nichts treffe, was mir wieder vier Tage einbringen kann. Aber diesmal leg ich ihn rein!«
»Ganz einfach! Ich stelle die Kimme wieder richtig ein und schieße zehn Zwölfer. Ich habe nämlich an der Kimme eine Markierung angebracht, die mir einen äußerst präzisen Schuß ermöglicht. Du weißt, was der Hauptmann in Aussicht gestellt hat: Eine Woche dienstfrei und Wochenendausgang für jeden, der mit zehn Schuß fünf Volltreffer in den Zwölfer schafft!«
»Und du willst das packen?«
»Warum nicht?«
»Kleiner, wenn du das schaffst, platzt der Müller vor Wut. Dann brauchst du ihn nicht mehr herauszufordern!«
Zornig schleppte ich mich weiter, von Kopf bis Fuß in Schweiß gebadet. Die Sonne brannte immer heißer und das Gepäck wurde immer schwerer. Endlich erreichten wir den Schießplatz. Wir mußten uns aufstellen und bekamen den Befehl, das Gepäck in Fünferreihen abzustellen. Bevor ich meine Last loswerden konnte, hörte ich meinen Namen rufen:
»Kovács!«
Ich meldete mich bei dem Sergeanten, der mir befahl, das Funkgerät an einen Kollegen abzugeben. Ich tat es und fühlte mich unendlich erleichtert, als ich zu meinen Freunden zurückging. Bevor die Schießübung begann, erhielten wir zwanzig

Minuten Zeit zur Erholung und um etwas zu essen. Ich staunte nicht schlecht, als ich auf dem Lastwagen, der die Mahlzeit brachte, meinen Freund Jonás entdeckte.
»Sag mal, mußtest du nicht laufen?« frage ich ihn
»Nein, mein Lieber, sie haben in mir ein Nachschubtalent entdeckt, das sie nicht durch solche Spaziergänge belasten wollen!«
Ich merkte, daß Müller uns beobachtet und verabschiedete mich deshalb rasch von Jonás:
»Bis heute abend, ich habe mit dir dringend zu reden!«
Beim Rückweg beschrieb ich einen großen Bogen um Müller und nahm dann bei Karl und Peter Platz.
»Du, Kleiner«, sprach Karl mich an, »wir holen uns jetzt die Munitionsbänder!«
»Karl, wenn du Ärger bekommst...«
»Quatsch! Ich bin der MG-Schütze und bestimme, welche Munition ich zuerst nehme!«
»Mir ist es gleich, aber der Müller, das Schwein, beobachtet uns schon die ganze Zeit!«
»Das muß er wohl«, meldete sich Peter zu Wort, »er fühlt sich nämlich unsicher. Auf einem Schießstand kann bei so vielen unerfahrenen Schützen leicht ein Unfall passieren. Er weiß das und paßt gut auf, daß sich nicht aus reinem Zufall ein Gewehr auf ihn richtet.«
Während wir darüber lachten, fielen bereits die ersten Schüsse; sie kamen vom ersten Zug, also hatten wir noch etwas Zeit. Ich richtete mein Gewehr, während Peter aufstand und sich an meinem Rucksack zu schaffen machte. Mir war seltsam zumute, wenn ich daran dachte, welches Risiko meine Freunde eingingen, um mir zu helfen.
Ehe ich meine Kimme richtig eingestellt hatte, rief wieder jemand meinen Namen. Diesmal war es die Stimme von Müller. Ich konnte mir nicht vorstellen, was er schon wieder von mir wollte, war aber im Moment froh, daß die Kimme noch ver-

dreht war. Ich stellte mich drei Meter vor ihm auf, das Gewehr nach Vorschrift am rechten Fuß. Müller starrte mir in die Augen. Ich wich seinem Blick nicht aus, bis er sich abwandte. Er nahm mein Gewehr, dreht sich von mir weg und hantierte am Verschluß herum. Er fand die Kimme noch verstellt und war sich so meiner Blamage beim kommenden Schießen sicher. Er drehte sich um und warf mir ohne Warnung das Gewehr wieder zu. Ich war auf diese Gemeinheit gefaßt, fing es deshalb leicht auf und stellte es bei Fuß ab. Jetzt schrie er:
»Wegtreten!«
Den Gefallen tat ich ihm gern, denn der Kerl widerte mich an. Ich nahm mir vor, meine Waffe keinen Augenblick aus den Augen zu lassen, was auch den Vorschriften entsprach. Inzwischen begann man Zweimannzelte aufzuschlagen. Ich war gespannt, mit wem ich das Zelt teilen mußte. Es überraschte mich nicht, daß man mich von meinen Freunden trennte und mir Müllers Putzer als Zeltgenosse zugeteilt wurde. Ich ahnte, daß der Kerl im Auftrag von Müller irgendeine Teufelei im Schilde führte, was mich zu größter Vorsicht gemahnte. So nahm ich mein Gewehr sogar zum Austreten mit, was eigentlich verboten war, da man von seiten der Vorgesetzten nicht genügend Vertrauen in uns besaß. Mit einer automatischen Waffe und genügend Munition könnte ein guter Schütze bei entsprechender Deckung eine ganze Kompanie in Schach halten! Bei den starken Temperaturschwankungen zwischen Tag und Nacht, den ständigen Strapazen und vor allem den laufenden Schikanen durch die Vorgesetzten mußte ständig damit gerechnet werden, daß einer durchdrehte, was bereits einige Male geschehen war.
Ich hatte gerade unser Zelt aufgeschlagen, da mußte ich zum Schießen antreten. Jeder erhielt zwei Magazine mit je fünf Schuß. Ich blickte unauffällig um mich und als ich mich unbeobachtet fühlte, richtete ich die Kimme meines Gewehres. Ich schaffte das mit meinem Taschenmesser in Sekundenschnelle. Jetzt kam der Befehl zum Hinlegen:

»Distanz dreihundert Meter! Liegend mindestens alle dreißig Sekunden ein Schuß! Richtig zielen, das Ergebnis wird ins Prüfungsbuch eingetragen!«
Ich visierte meine Zielscheibe an. Neben mir krachten die ersten Schüsse. Ich holte tief Luft, hielt den Atem an und zielte auf den schwarzen Punkt, der auf die Entfernung so klein erschien. Ich weiß nicht, wie ich es schaffte, aber ich brauchte für jeden Schuß nur zehn Sekunden. Ich sprang auf und meldete:
»Legionnaire Kovács, Schießen beendet, zu ihren Diensten, mon capitaine!«
»Idiot«, gab der Hauptmann zur Antwort, »du hättest dir doch viel mehr Zeit nehmen können!«
Müller strahlte vor Schadenfreude, als der Hauptmann fortfuhr:
»Kovács, wenn du daneben geschossen hast, bekommst du acht Tage und vierzehn Nachtwachen!«
»Und wenn nicht, Herr Hauptmann?« getraute ich mich zu fragen.
»Dann bist du von allen Spezialdiensten suspendiert!«
»Angenommen!« rief ich zurück. Inzwischen waren die Kameraden, die mit mir angefangen hatten, alle mit ihrer Schießübung fertig. Müller rief:
»Erste Gruppe, links um, in Richtung Zielscheiben im Laufschritt, Marsch!«
Während wir hinter ihm herliefen, drehte er sich zu mir um und höhnte:
»Die acht Tage sind dir sicher!«
»Arschloch«, gab ich ebenso leise zurück, so daß nur er es hören konnte.
»Das wirst du bereuen, Mimose, fauchte er zurück.«
Wir erreichten die Zielscheiben und jeder stellte sich vor die seine hin. Als der Hauptmann nachgekommen war, meldete Müller, daß die Gruppe zur Resultatsmeldung bereit sei. Ich hörte Peter rufen:
»Erste Scheibe, fünf Schuß, fünf Treffer!«

Es folgte der zweite, dritte und vierte Schütze. Schließlich trat der Hauptmann vor mich hin. Ich meldete:
»Legionär Kovács, fünf Schuß, fünf Treffer ins Schwarze!«
Aus Müller brach es heraus:
»Das ist nicht möglich!«
Der Hauptmann sah ihn verwundert an:
»Warum nicht, Müller?«
»Ich weiß es nicht, Herr Hauptmann!«
»Dann halten sie gefälligst ihren Mund!«
Das war ein Schlager für meine Ohren! Der Hauptmann wandte sich mir zu:
»Kovács, trauen sie sich das noch einmal zu?«
»Ja, Herr Hauptmann! Noch zehnmal, wenn es sein soll!«
Er sah mich prüfend an:
»Gut, dann schießen sie noch dreimal! Wir werden dann sehen, ob es Zufall war!«
Er nahm die Meldungen der übrigen Schützen ab, dann liefen wir zu unseren Stellungen zurück.
Dort angekommen, sprach Müller mich an:
»Gib mir dein Gewehr!«
Ich rührte mich nicht. Er wiederholte den Befehl.
»Du hast 'ne Meise, Müller«, gab ich zurück. In diesem Augenblick war auch der Hauptmann wieder angekommen. Er wies Müller an, mir zwei weitere Magazine zu geben. Dabei kam er mir ziemlich nahe und während er sagte » hier ist die Munition«, trat er mir unauffällig, aber sehr heftig gegen meinen linken Knöchel. Der Tritt tat wahnsinnig weh, und ich mußte mich fest zusammenreißen, um nicht vor Schmerz laut aufzuschreien.
Der Hauptmann rief mir zu:
»Kovács, auf die vierte, fünfte und sechste Zielscheibe je fünf Schuß!«
Es fiel mir schwer, auch nur einen Schritt zu tun, aber ich schaffte es mit zusammengebissenen Zähnen mich wieder hin-

zulegen. Im Liegen waren die Schmerzen erträglicher, doch ich spürte, wie das Fußgelenk im Stiefel anschwoll. Ich konzentrierte mich jetzt nur auf meine Aufgabe, zählte die Scheiben ab und schoß schnell und präzise. Ich benötigte zum Abfeuern der fünfzehn Schuß mit zweimaligem Magazinwechsel nur einundfünfzig Sekunden.

Als ich aufstehen wollte, um die Ausführung des Befehls zu melden, gelang mir dies erst beim dritten Versuch. Während ich stand, sah ich einen Jeep in Richtung Zielscheibe davonfahren. Der neben mir stehende Legionär erklärte:

»Mutter sieht selbst nach!«

Er meinte damit den Spieß. Ich war froh darüber, daß der Adjudant selbst nachschaute und nicht Müller. Der Jeep kam in rasendem Tempo zurück. Adjudant Orloff sprang heraus und erstattete dem Hauptmann Meldung, die ich allerdings nicht verstand.

»Kovács, hierher!«

Beide hatten etwa fünfzig bis sechzig Meter vor mir in bequemen Klappstühlen Platz genommen. Ich wollte laufen, was aber nicht gelang und so humpelte ich zu den beiden, um Meldung zu erstatten.

Der Adjudant winkte ab:

»Was ist mit deinem Fuß los?«

»Ich habe ihn mir verstaucht!«

»Du lügst!«

Ich gab keine Antwort. Er sprach weiter:

»Zieh' den Stiefel aus! Sanitäter!«

Mein Knöchel bot keinen schönen Anblick. Er war dick geschwollen und der Fuß war bis zu den Zehen graugrün verfärbt. Der herbeigeeilte Sani tastete den Fuß ab und erklärte, daß ich ins Lazarett müßte, weil eine Ader geplatzt sei. Ich wollte protestieren, aber der scharfe Blick Orloffs reichte, um mich zum Schweigen zu bringen. Der Hauptmann sah mir in die Augen und versicherte:

»Kovács, was ich gesagt habe gilt: Du hast vier Wochenendausgänge und bist bis zu neuen Befehlen von sämtlichen Diensten suspendiert. Sobald du wieder fit bist, meldest du dich bei Adjudant Orloff!«
Der Hauptmann wandte sich an Orloff:
»Ihr fahrt am besten gleich los, es ist bereits elf Uhr!«
Man half mir in den Jeep. Orloff gab einige Befehle an den Fahrer, man reichte mir vier gefüllte Magazine in den Jeep und Orloff meinte, indem er auf mich deutete:
»Wenn er auch nicht laufen kann, aber schießen kann er!«
Ich war stolz. Der Adjudant setzte sich neben mich ans Lenkrad und startete den Jeep. Nach fünfhundert Metern erreichten wir eine asphaltierte Straße, eingesäumt von Weinfeldern, in denen einzelne Feigenbäume standen. Die Gegend um Mascara war von Kolonialisten mit Weinstöcken bebaut worden, diese Leute sollten wir beschützen.
»Kovács«, riß mich Orloff aus meinen Gedanken, »wer hat dich getreten?«
»Ich bin gestolpert!«
Es war mir peinlich, ihn so anzulügen. Er bohrte vorerst nicht nach.
»Ich respektiere, daß du niemanden verraten willst, aber der Hauptmann wird mit Sicherheit ermitteln!«
»Herr Adjudant, ich bitte sie, mich nicht weiter auszufragen. Es handelt sich um eine Angelegenheit, die ich außer Dienst selbst erledigen möchte.«
»Gut, ich verrate dir jetzt etwas: Der Hauptmann sucht gute Schützen und Schwimmer. Wie ich in deinem Führungsbuch gelesen habe, kannst du auch gut schwimmen. Deine Schießkünste hast du ja heute deutlich demonstriert! Du hast dich dabei so verhalten, als wolltest du jemandem zeigen, daß du besser bist als er – und dabei hast du dich selbst übertroffen!«
»Nein Herr Adjudant! Ich habe mit zwölf Jahren schon den Umgang mit dem Gewehr und das Schießen gelernt! Was sie

über das Zeigenwollen gesagt haben, stimmt. Wissen sie, wenn ich jetzt den Mund aufmache, bekomme ich Ärger von unten, schweige ich, bekomme ich Ärger von oben. Da ich aber mit denen von oben weniger zusammenkomme, halte ich lieber den Mund. Dafür werde ich von meinen Kameraden auch respektiert.

»Du bist ein ...Idiot! Aber ich mag solche Leute!«

»Danke!«

Wir hielten vor der Kaserne. Der Adjudant wies mich an, hier zu warten. Nach einer Weile kam er zurück, und wir fuhren wieder los. Die Straßen waren um diese Zeit wie ausgestorben. Nur vereinzelt liefen uns Araber über den Weg, die sich in ihren Gewändern förmlich vermummt hatten. Sie wirkten unheimlich, nie wußte man, was man von ihnen halten sollte. Man hatte uns vor ihnen gewarnt, da sie unberechenbar wären. Ich hatte noch mit keinem dieser Leute gesprochen, was nicht heißen soll, daß ich sie verachtete. Mir war im Gegenteil klar, daß wir hier Eindringlinge waren und sie und ihr Verhalten nur schwer verstehen konnten. Die Situation schien mir ähnlich, wie die in Ungarn zu sein, wo die Russen ihre Ansprüche auch rücksichtslos geltend gemacht hatten. Auch wir standen hier im Kampf gegen Einheimische, die ihre Freiheit verteidigten. Über diese Einstellung wollte ich allerdings mit niemandem sprechen.

Das Militärhospital tauchte vor uns auf, ein riesiges Gebäude, mit Stacheldraht eingezäunt. Es lag am Stadtrand, direkt neben Weinbergen und Obstbäumen. Mir war es unsympathisch, denn ich bin und bleibe ein Krankenhausmuffel. Die Tore waren bewacht. Wir fuhren zum Haupteingang, wo man bereits mit einer Tragbahre auf mich wartete. Der Adjudant half mir beim Aussteigen und meinte dabei:

»Verhalte dich wie ein Legionär und jammere nicht!«

Ich mußte laut lachen, worauf er mich losließ und mitlachte.

»Herr Adjudant, wie lange muß ich hierbleiben?«

»Bis du wieder laufen kannst! Ich komme worgen wieder, um nach dir zu sehen!«
Er reichte mir noch meinen linken Stiefel nach und entfernte sich. Die beiden Sanis hoben mich auf und brachten mich zuerst zum Röntgen und dann in den Operationssaal. Ich wurde vorsichtig auf den OP-Tisch gelegt und aufgefordert, meinen Kampfanzug auszuziehen. Ich überlegte, ob auf diese Weise meine Kleider gesäubert werden könnten und setzte mich auf. Der eine Sani zog mir meinen zweiten Stiefel aus, der andere nahm mir den Munitionsgürtel ab. Da in den Taschen noch drei volle Magazinladungen steckten, forderte ich den Sani auf, den Gürtel unter Verschluß zu bringen. Er schlug vor, die Munition bei der Torwache abzugeben, damit sie der Adjudant morgen mitnehmen könnte. Ich fragte die beiden nach ihren Namen. Der eine hieß Charles, der andere Jean. Meine Bitte, die Kleider zu waschen, versprachen sie zu erfüllen. Indem ich aus meiner Jacke einen Tausend-Francs-Schein fischte und ihnen gab, machte ich ihnen folgendes Angebot.
»Das ist für euch, wenn ihr meine Kleider in meiner Nähe wieder ablegt!«
Ich wollte mir damit die Möglichkeit offenhalten, das Krankenhaus jederzeit verlassen zu können. Zu meiner Zufriedenheit schienen Charles und Jean meine Überlegung zu verstehen.
Der Oberarzt kam herein, reichte mir die Hand und grüßte:
»Salut, la Legion!«
»Bonjour, docteur«, gab ich zur Antwort. Der Dokor verpaßte mir ein Spritze in den Oberschenkel und erkundigte sich nach der Röntgenaufnahme. Danach nickte er mir aufmunternd zu:
»Es ist nicht so schlimm, nur ein starker Bluterguß. Wenn du Glück hast, bist du in vierzehn Tagen wieder auf den Beinen!«
Er gab Anweisungen an Jean und Charles, kündigte für den Abend ein Wiedersehen an und verschwand. Jean schmierte den Fuß mit einer Salbe ein, machte einen Umschlag darum und brachte mich in ein Zimmer, in dem mindestens dreißig

Kranke lagen. Ich wurde in ein Bett in der Mitte des Raumes gelegt, mein Fuß hochgestellt und so fixiert. Die beiden Sanis wandten sich zum Gehen.
»He, Jean«, rief ich sie zurück, indem ich ihnen einen weiteren Tausender hinhielt:
»Zeitungen!«
»Welche?«
»Alle, die es gibt!«
Dann verließen sie den Raum. Ich überlegte, wie lange ich es hier wohl aushalten würde, denn ich war mir darüber im klaren, daß ich gewiß bald ausrücken würde, notfalls in der Unterwäsche. Erst nach diesem Entschluß fand ich die Ruhe, mich im Zimmer umzusehen. Die Zimmergenossen boten keinen schönen Anblick. Das Stöhnen einiger Verwundeter bereitete mir Unbehagen. Rechts von mir lag ein junger Kerl, der auf eine Mine getreten war und beide Unterschenkel verloren hatte. Das war ein Schock für mich! Der Junge tat mir unendlich leid, aber ich wußte nicht, was für tröstenden Worte man da sagen sollte. Wie beruhigt man jemanden, der keine Beine mehr hat? Links von mir lag ein älterer Franzose, ein Sergeant, den es am rechten Ellbogen und linken Oberschenkel erwischt hatte. Er schien eine Unterhaltung beginnen zu wollen. Da aber die meisten im Saal schliefen, flüsterte ich ihm zu:
»Später!«
Ich versuchte, ebenfalls zu schlafen. Es blieb beim Versuch, obwohl ich in der Nacht nur zwei Stunden geschlafen hatte. Der Krankenhausgeruch reizte meine Nase. Mit Mühe mußte ich mich zurückhalten, nicht einfach aufzustehen und zu verschwinden. Mein Fuß brauchte Ruhe, ich mußte mich an den Geruch gewöhnen. Tausend Gedanken schwirrten mir durch den Kopf. Alle kreisten um diesen Müller. Warum schikanierte er mich so erbarmungslos? Ich konnte mich an keinen Fehler erinnern. Dennoch verprügelte mich Müller bei der Nahkampfdemonstration fürchterlich. Vielleicht war es ein Vorfall, der

Müller wütend stimmte: Er erwischte mich nämlich einmal zusammen mit dem Spanier Martzinez und dessen Landsleuten beim Würfelspiel um Geld, was verboten war. Wir mußten uns beim Hauptmann melden und ich hatte das Pech, als erster ins Büro gerufen zu werden:

»Kovács, es liegt ein Rapport vor, daß du um Geld gespielt hast. Stimmt das?«

»Ja, Herr Hauptmann!«

Er fragte weiter:

»Hast du gewonnen?«

»Ja, ich habe nur gewonnen!

»Und wer hat verloren?«

»Das möchte ich nicht sagen, Herr Hauptmann. Ich gestehe, die Hauptschuld an unserem Vergehen zu tragen und nehme die Strafe auf mich!«

Die Reaktion kam kurz und bündig:

»Kovács, acht Tage Nachtwache und vier Tage Spezialdienst! Und wegen einem solchen Fall möchte ich dich hier nicht mehr sehen!«

Auf diese Weise erhielt nur ich eine Strafe. Müller reagierte wütend. Aber dieser Vorfall allein konnte nicht den Haß unseres Gruppenführers auf mich bewirkt haben. Es blieb mir nichts anderes übrig, als Müller selbst zu fragen. Das war die einzige Lösung! Entweder wir mußten uns die Köpfe einschlagen oder Freundschaft schließen. Bis auf den Fußtritt konnte ich alles vergessen! Den letzteren mußte ich ihm heimzahlen, schon um wieder ruhig schlafen zu können. Nicht wegen der Schmerzen, sondern weil ich diesen furchtbaren Geruch hier ertragen muß, wirst du büßen müssen, Müller!

Jean kam herein, unter dem Arm ein paar Zeitungen:

»Ca va?«

»Es geht, Jean!«

»Hier hast du etwas zum Lesen: Paris Match, Le Figaro, Le Canar und Kepi Blanc!«

»Danke Jean, das reicht vorläufig!«

Jean versorgte meinen Fuß mit einem neuen Umschlag und ging. Jetzt, da ich soviel zum Lesen hatte, war mir die Lust dazu vergangen. Ich grübelte lieber so vor mich hin und reichte den beiden links und rechts von mir Liegenden die Blätter weiter. Dabei entdeckte ich auf der Titelseite von Paris Match ein Mädchen, das mich stark an Monique erinnerte. Es war das erste Mal, seit ich in Algerien stationiert war, daß ich an Monique, mit der ich so schöne Stunden verbracht hatte, denken mußte. Ich schloß die Augen und erinnerte mich an jene Tage! Das war eine Zeit, die ich nie vergessen werde! In der Kaserne in Mascara, hatte ich nie Gelegenheit gehabt, solchen Gedanken nachzuhängen. Unsere täglichen Aufgaben und das Üben verlangten volle Konzentration und da war für so schöne, aber verblassende Erinnerungen kein Platz!
Mein Aufenthalt im Krankenhaus verlief ohne nennenswerte Zwischenfälle. Am zweiten Tag kam, wie versprochen, der Spieß zu Besuch. Er erzählte mir, daß am Donnerstag unsere Kompanie von der Übung zurückkäme und daß, sobald ich wieder laufen könnte, fünf Mann für einen Wettkampf in den Disziplinen Schießen und Schwimmen gegen andere Kompanien abgestellt werden sollten. Am Mittwoch besuchte mich der Alte erneut. Er ertappte mich beim Herumlaufen, schimpfte über meinen Leichtsinn, zeigte sich aber froh über meine schnelle Genesung.
Am Donnerstag bat ich den Pfleger Jean nach der Morgenvisite, mir Unform und Stiefel zu bringen, da ich es hier nicht mehr aushielte.
»Nur auf deine Verantwortung«, meinte er
»Ist doch klar«, beruhigte ich ihn. Fertig angezogen, begab ich mich zur Funkstation im Wachraum, wo ich mich mit dem Funker unterhielt. Gegen Mittag platzte Jean herein und meinte aufgeregt:
»Man sucht dich überall wegen der Visite! Der Oberst kann jede Minute kommen, und wenn du nicht auf der Station bist, bekomme ich Ärger!«

Bevor ich etwas erwidern konnte, stand schon der Oberst in der Tür. Er zeigte sich überrascht, mich hier anzutreffen. Ich stand still und meldete:
»Legionär Kovács, völlig gesund, bittet um Erlaubnis, wieder zu seiner Einheit zurückkehren zu dürfen!«
Der Oberst schüttelte den Kopf:
»Unverbesserlich! Ihr seid doch alle gleich! Man muß euch entweder anbinden oder ein Bein amputieren, damit ihr hier bleibt. Ich genehmige deinen Abschied. Andernfalls gehst du ohne meine Erlaubnis. Aber kannst du mir verraten, wer dir deine Uniform gebracht hat?«
»Ein Freund, Herr Oberst!«
Das war nicht einmal gelogen, denn Jean hatte sich mir gegenüber wirklich wie ein Freund verhalten. Der Oberst entfernte sich mit einer Bemerkung, die ich schon gehört hatte:
»Unverbesserlich!«
»Siehst du Jean«, belehrte ich meinen Pfleger, »man braucht nicht gleich in die Hose zu machen vor einem Oberst, und schon gar nicht, wenn der Oberst ein Arzt ist!«
»Ich danke dir, daß du mich nicht verraten hast!«
»Aber Jean, das wäre charakterlos gewesen, selbst wenn ich dich nicht als Freund kennengelernt hätte.«
Das Telefon klingelte, ich hörte den Funker sagen:
»Ja, er ist noch da, zu Befehl, Herr Oberst!«
Er legte auf und wandte sich zu mir:
»Du sollst warten bis dich der Adjudant abholt!«
Den Nachmittag verbrachte ich mit dem Funker, der mir noch einiges beibrachte. Ich mußte ihm versprechen, mich einmal über Funk bei ihm zu melden.
Um 17.30 Uhr kam der Adjudant, um mich abzuholen. Ich staunte nicht schlecht, als ich sah, wen er mitgebracht hatte. Müller saß auf dem Beifahrersitz. Der Adjudant fragte mich, ob mir der Arzt noch Ruhe angeordnet hätte. Ich zuckte mit den Achseln.

»Ich weiß nicht, Herr Adjudant!«
»Setz dich in den Jeep und warte auf mich!«
Als er außer Hörweite war, begrüßte ich seinen Begleiter:
»Müller, du Schwein, Warum hat dich der Alte hierher geschleppt? Mach Platz«, forderte ich ihn auf, »ich kann nicht nach hinten klettern mit meinem kaputten Fuß!«
Dabei machte ich ein schmerzverzerrtes Gesicht. Müller gehorchte ohne zu widersprechen.
»Hast du immer noch starke Schmerzen?« redete er mich in gewohnter Weise an.
»So dämlich kannst nur du fragen!«
Ich blickte mich absichtlich nicht um, wissend, wie peinlich es ihm sein mußte, so mit mir zu sprechen. Ich genoß die Situation. Doch dann verurteilte ich mein Benehmen. Ohne mich umzudrehen, brach ich das Schweigen:
»Rudi, es tut mir leid, was ich eben gesagt habe. Du brauchst dir um meinen Fuß keine Sorgen zu machen, es ist alles in Ordnung! Was ist in der Kompanie los?«
»Alles wie gehabt. Morgen ist Wasch- und Ruhetag. Nur du und ich, wir beide müssen zum Hauptmann!«
»Warum?«
»Ich glaube, er hat etwas gesehen, damals auf dem Schießplatz!«
»Rudi, wenn du ihm die Wahrheit sagst, hau' ich dir eins in die Fresse, selbst wenn ich dafür vor ein Militärgericht komme! Das ist mir egal!«
Der Alte kehrte zurück, holte aus dem Wachbüro meinen Patronengürtel, den ich völlig vergessen hatte.
»Kovács, du hast etwas vergessen!«
»Ich dachte...« stammelte ich, wurde aber barsch unterbrochen:
»Du hast nichts zu denken, sondern gefälligst darauf zu achten, daß die dir anvertraute Munition nicht irgendwo herumliegen bleibt! Dafür gibt es vier Tage, Kovács!«
»Verstanden, vier Tage Zeit zum Daraufachten! Zu Befehl, Herr Adjudant!«

»Ich meine es ernst!«
»Ich auch, Herr Adjudant!«
Müller lachte, doch der Alte herrschte ihn an:
»Halt die Fresse, Müller, morgen kommst du dran!«
Bevor der Jeep startete, übergab mir der Pfleger noch eine ärztliche Bescheinigung auf der vermerkt war, daß ich noch drei Wochen Ruhe benötigte. Ich wurde zuerst nachdenklich und begann dann fröhlich zu grinsen, worauf der Alte wissen wollte:
»Worüber freust du dich?«
»Ich habe etwas ausgerechnet, Herr Adjudant! Ab Montag erhalte ich drei Wochen Genesungsfrist, dann bekomme ich vom Hauptmann dienstfrei wegen des bevorstehenden Lehrgangs. Macht zusammen acht Wochen. Wenn ich bei den Wettkämpfen gut abschneide, erhalte ich bestimmt noch einmal vier Wochen. Dann habe ich vier Tage WC-Reinigen vor mir, da bleiben gerade vier Tage, bis die Ausbildung zu Ende ist!«
»Amen«, ergänzte Müller, und wir lachten so laut, daß man nicht einmal mehr das Motorengeräusch hören konnte.
Nachdem wir die Kaserne erreicht hatten, stieg der Alte aus und überließ Müller den Jeep. Ich stieg ebenfalls vom Wagen und wandte mich zu meinem Gruppenführer:
»Rudi, auf keinen Fall darf jemand merken, daß wir uns inzwischen verstehen. Ich will keine Ausnahme sein«.
Er sah mich empört, aber gleichfalls respektvoll an.
Fröhlich schlenderte ich jetzt zu meinem Quartier. Einige Kumpels, die mir über den Weg liefen, grüßten mich, die meisten waren auf ihren Zimmern beim Waffenreinigen. Von meinen Freunden wurde ich wie ein Held empfangen. Karl legte mir seine schwere Pranke auf die Schulter und begleitete mich zum Bett. Mein Rucksack war bereits ausgepackt, meine Sachen eingeräumt. Ich dankte meinen Freunden ein bißchen verlegen, freute mich aber, daß alle mich mochten. Wir unterhielten uns lange an diesem Abend. Alle hörten mir zu, was ich über das Krankenhaus und das dort Erlebte erzählte. Unsere

Gruppe war fast komplett anwesend, es fehlte nur Detmar, der Putzer von Müller. Ich erzählte auch, wie Detmar mich während der Schießübung hinterfotzig beobachtet und irgendeine Gemeinheit im Schilde geführt hatte und fand, daß er einen Denkzettel verdient hätte. Die Freunde gaben mir recht und überlegten, was sie dem »Sauhund«, wie sie ihn nannten, antun könnten. Martinez schlug vor, eine Dose Sardinen anzuwärmen und sie ihm zum Fressen zu geben. Peter und Karl wollten mit ihm Handball spielen und ihm dabei die Knochen ramponieren. Jack wollte seine Schuhe vollpinkeln. Karl sah mich vergnügt an und meinte:
»Kleiner, du Fuchs, hast du nicht auch eine Idee?«
Ich mimte den Nachdenklichen, legte den Zeigefinger auf die Lippen und machte »pst« und sagte zunächst nur ein Wort
»Mitternacht!
»Guuut!« kam es leise im Chor.
»Mund zu halten..., in eine Decke wickeln... in die Dusche runtertragen...mit Wurzelbürste und Omo waschen!«
»Seeehr gut!«
Sie schrien und lachten und schienen zufrieden darüber zu sein, daß ich nichts Böseres erdacht hatte, obwohl sie mit Sicherheit jeden Streich mitgemacht hätten. Als sich die Erregung wieder gelegt hatte, stand ich auf und sagte:
»Alle mal herhören! Soviel ich weiß, dürfen wir heute zum ersten Mal in der Kantine außer Zahnpasta und Schuhcreme auch Bier kaufen! Peter, meinen Notverbandskasten her! Wir sollten auch Otto, Béla, Jonás und Martinez dazu einladen!«
Dabei fiel mir auf, daß Martinez, der früher zu einer anderen Gruppe gehörte, heute wie selbstverständlich bei uns weilte. Er ist seit heute bei uns«, erhielt ich knapp zur Antwort. Ich freute mich darüber und fragte gar nicht weiter. Peter überreichte mir unsere Geheimkasse, die er zusammen mit Karl für mich gehütet hatte. Peter gab mir auch den Schlüssel. Ich bat, daß bis auf Karl, Peter und Martinez alle den Raum kurz verlassen sollten. Erst

dann holte ich meine Brieftasche, die noch sechshundert Schweizer Franken enthielt, von denen nur Imre und ich etwas wußten, außerdem noch zehntausend französische Francs. Ich entnahm dem Notverbandskasten ein paar Scheine, gab ihn Peter zurück, der abschloß und mir den Schlüssel wieder aushändigte. Jetzt ließen wir alle wieder herein und ich nannte meine Bedingungen:
»Kein Streit, keine Besoffenen! Jeder bekommt fünf Bier und damit basta! Jack, willst du uns heute bedienen?«
Natürlich hatte er nichts dagegen, er war ohnehin als Bedienungspersonal eingeteilt.
Als wir aus unserem Unterkunftsgebäude ins Freie traten, hob mich Karl gegen meinen Protest auf seine Schultern. Kaum waren wir um die Ecke gebogen, stand der Leutnant vor uns, dessen Kommando unser Zug unterstellt war. Der Leutnant wollte wissen, was dieser Unsinn sollte. Karl radebrechte mit deutlich hörbarem deutschen Akzent:
»Kovács verletzt, er nicht können laufen, ich ihn tragen!«
Der Leutnant lachte zum ersten Mal, seit wir ihn kannten.
»Weitermachen«, kommandierte er schließlich und entließ uns.
In der Kantine trafen wir kaum Leute an. Während man vom Unteroffizierskasino her viele laute Stimmen hörte, waren in unserer Kantine alle Tische bis auf einen leer. Am letzteren saß Detmar und vier andere. Sie warfen uns einen kurzen Blick zu.
Wir setzten uns um einen großen Tisch. Ich fragte Jack:
»Wieviele sind wir?«
Er zählte laut und meldete:
»Zusammen mit meiner Wenigkeit elf, Herr Prokurist!«
Martinez ergänzte in spanischem Akzent:
»Und Jonás, Béla und Otto!«
»Muchas gracias«, dankte ich
Martinez ging, um die drei zu holen. Ich rechnete und wies Jack an, drei Karton Bier zu holen.
»Und für mich Cola«, rief ich ihm noch nach.
»Ich weiß«, gab er zurück.

Die folgenden beiden Stunden waren ein voller Erfolg. Leider fehlte Jonás, der Wache schieben mußte. Béla war außer sich vor Freude darüber, daß wir wieder zusammensaßen. Er befragte mich genau, wie es mir ging, da er in letzter Zeit viel über mich gehört hatte. Ich beruhigte ihn und versicherte, daß ich schon zurechtkäme, und wenn ich ihn bräuchte, würde er von mir hören. Er benahm sich wie ein großer Bruder und und erinnerte mich an sein Versprechen, das er Imre gegeben hatte, nämlich auf mich aufzupassen.
Kurz vor 22 Uhr mußten wir wieder in unsere Stuben zurück. Der wachhabende Unteroffizier machte seinen Kontrollgang, und wir legten uns schlafen. Von Müller drohte uns keine Gefahr, der besuchte uns erst morgens. Und so brauchten wir kein Wort mehr über unser mitternächtliches Vorhaben zu verlieren, alles war klar.
Ich träumte gerade von Luise, die in mein Zimmer trat. Ich wollte sie ins Bett ziehen, da weckte mich jemand und beteuerte, Günter statt Luise zu heißen.
»Wie weit seid ihr?«
»Er ist schon unten! Wir warten nur noch auf dich!«
Ich sprang aus dem Bett, zog meine Turnschuhe an und schlich zusammen mit Günter die Treppe hinab. In unserem Duschraum befand sich ein Gemeinschftswaschbecken, drei Meter lang und achtzig Zentimeter breit. Genau in der Mitte zwischen Wand und Beckenrand verlief ein Rohr, an das vierundzwanzig Wasserhähne angeschlossen waren. Im Becken lag Detmar mit zugebundenen Augen und einem Knebel in dem Mund. Vier Maskierte hielten je eine Bürste und eine Schachtel Omo in der Hand. Die anderen standen schweigend um das Waschbecken herum. Auf den Wink eines Maskierten wurde Detmar die Augenbinde abgenommen und ihm eröffnet:
»Wenn du ruhig bist, dann tut es nicht weh!«
Der Arme nickte erschrocken und ließ die Reinigungsprozedur über sich ergehen. Am Ende sah er aus wie ein gekochter

Krebs. Bevor wir wieder hinaufgingen, ermahnte unser Kapuzenmann das Opfer, noch laut bis fünfhundert zu zählen. Erst dann dürfte er seinen feuchten Sarg verlassen. Wir stürmten die Treppe hinauf und legten uns wortlos in unsere Betten. Ich lag noch eine Zeitlang wach und wartete, bis Detmar kam. Es dauerte etwa eine halbe Stunde bis er erschien, sich leise ins Bett legte und bis über den Kopf zudeckte. Ich fragte mich, ob wir nicht doch zu weit gegangen waren, fand aber, daß er die Abreibung verdient hatte. Und schaden konnte es ihm auch nicht, denn er war nicht gerade einer der Saubersten. Mit gutem Gewissen schlief ich ein.

Da ich aufgrund meines Krankenhausaufenthalts gut ausgeruht war, wachte ich am Morgen früher auf als die anderen. Ich hob den Kopf und sah, daß alle noch schliefen. Was ich bemerkte, war so lustig, daß ich lachen mußte: Alle waren heute nacht barfuß die Treppe hinunter und herauf geschlichen, deshalb waren die Fußsohlen pechschwarz. Ich bemerkte, daß Detmar auch schon wach war. Er sah sich verängstigt um, legte sich wieder hin und schlief weiter. Ich erinnerte mich, daß ja heute kein Wecken angesetzt war und versuchte, gleichfalls wieder einzuschlafen.

Um fünf vor neun stand ich vor dem Büro des Haupmanns. Bevor ich hineingehen konnte, fing mich der Adjudant ab, um etwas an meiner Uniform auszusetzen. Die Kappe saß nicht richtig, die Schuhe waren staubig und der Hosengürtel war zu weit. Kurz nach neun durfte ich eintreten. Vor dem Schreibtisch blieb ich stehen, meldete mich ordnungsgemäß und verharrte im Stillgestanden, bis mich der Hauptmann aufforderte, bequem zu stehen.

»Kovács«, was deinen Fuß betrifft, hast du mir da etwas zu sagen?«

»Nein, Herr Hauptmann!«

Es sah mich kurz an und erklärte, daß er von der Geschichte jetzt nichts mehr hören wollte. Das war ganz in meinem Sinne.

So erleichtert ich darüber war, so sehr erfaßte mich jetzt die Neugierde, warum ich sonst noch herbestellt worden war. Er teilte mir mit, daß er sich Gedanken über den künftigen Verwendungszweck einiger Legionäre gemacht hätte und fragte mich, in welcher Richtung ich tätig werden wollte.

»Herr Hauptmann«, ich möchte gerne Funker werden!«

»Bei welchem Regiment?«

»Beim ersten Regiment der Fallschirmjäger!«

Er notierte es in sein Heft und meinte:

»In Ordnung, Kovács, ich kann dir zwar nichts versprechen, aber wenn du im Sport und auf dem Lehrgang so weitermachst wie bis jetzt, kann es sein, daß sich dein Wunsch erfüllt!«

»Herr Hauptmann, ich werde mein Bestes geben. Auch bei unserem Wettkampf! Und wenn sie erlauben, verrate ich ihnen, wer sonst noch gut schießen und schwimmen kann.«

»Meinst du, daß du es besser weißt als ich?«

In diesem Moment wurde mir klar, daß ich einen Fehler gemachte hatte, ich war zu weit gegangen. Mein Gegenüber kämpfte mit sich, ob er mich anhören sollte oder nicht. Ließ er sich von mir beraten, so bedeutete dies eine Herabsetzung seiner Autortät, hörte er mich nicht an, lief er in Gefahr, den Wettkampf zu verlieren. Denn jeder Wettkampf war auch gleichzeitig ein Prestigekampf der Offiziere. Es handelte sich also in Wirklichkeit nicht um einen Wettkampf der Truppe, sondern um einen der Kompaniechefs. Scheiße, dachte ich, er spürt, daß ich ihn durchschaut habe!

»Raus!« schrie er. Ich machte auf dem Absatz kehrt,so wie wir es gelernt hatten und entfernte mich. Dabei störte mich weder die Aufregung noch der Zorn des Hauptmanns. Noch vor ein paar Tagen hätte ich in der gleichen Situation Angst bekommen. Nun amüsierte mich die Wut des Vorgesetzten. Ich fand mich im Recht und das schien den König zu stören!

Ich war kaum auf dem Flur, hörte ich den Hauptmann rufen:

»Ooorloff!«

Ich wollte schnell die Treppe nach unten und schleunigst verschwinden, als mir der Alte in den Weg kam und mich stehenbleiben und warten hieß. Nach fünf Minuten kam er wieder aus dem Zimmer des Hauptmanns und kommandierte:

»In mein Büro!

Ich folgte der Anordnung. Das Büro befand sich ein Stockwerk tiefer, genau unter dem des Hauptmanns. Orloff schubste mich hinein und unterbrach barsch meine vorschriftsmäßige Meldung:

»Kovács, setz' dich und sag mir die Namen!«

Aha, jetzt kam der König von hinten herum!

»Eine Frage, Herr Adjudant: Wann findet der Wettkampf statt?«

»In acht Tagen!«

»Ziemlich knapp«, kommentierte ich und genoß jede Sekunde seiner Ungeduld.

Eigentlich hatte er mir drohen wollen, dann aber rechtzeitig bedacht, daß dies ein Fehler wäre. Er kannte mich inzwischen gut genug, um zu wissen, daß er mich mit Drohungen nicht beeindrucken konnte. Mir war aber auch klar, daß ich nicht zu weit gehen durfte.

Darum begann ich auszupacken:

»Als erstens, Herr Adjudant, denke ich an Korporal Müller. Der zweite ist Peter Klein. Der mußte bei seiner Flucht aus der DDR über die Elbe schwimmen, dabei hat er seine Kunst, mit dem nassen Elemet umzugehen, hinreichend unter Beweis gestellt. Auch besitzt er ein Abzeichen als Eliteschütze der Volksarmee! Das will schon etwas heißen!«

Er schien etwas sagen zu wollen, ließ mich aber weiterreden:

»Der dritte ist Szábo Béla vom zweiten Zug. Er war Soldat im Osten bei der Flußwache, wo er drei Jahre lang zum Rettungsschwimmer ausgebildet wurde«.

»Daß er schießen kann, weiß ich seit Montag selbst, denn er war fast genauso verbissen wie du!«

»Dann fehlt nur noch einer. Über den fünften Mann bin ich mir nicht im Klaren. Ich könnte mir Martinez vorstellen oder Durant, andere kenne ich nicht, Herr Adjudant!«
Er entließ mich mit ernster, aber zufriedener Miene und einer Andeutung, die ich im Moment nicht begriff:
»Wenn wir erste werden, hast du mehr als einen Wettkampf gewonnen. Um 14 Uhr im Trainigsanzug und mit Badehose und Handtuch beim Haupttor antreten. Das ist ein Befehl und jetzt verschwinde.«
Ich ahnte nicht, daß an diesem Tag das Ende meiner einfachen Legionärszeit beschlossen wurde. Alles, was ich in den verbleibenden siebenundfünfzig Monaten noch erreichen würde, ging auf diesen Tag zurück. Jede Einzelheit über meinen Charakter und meine Fähigkeiten war nämlich exakt in mein Führungsbuch eingetragen worden.

4. Wettkampfprämie

Unser Wettkampf endete, wie erwartet, in sämtlichen Disziplinen siegreich für uns, obwohl unsere Gegener schon Wochen früher als wir darauf trainiert hatten. Die Kompaniechefs hatten fünf Disziplinen ausgewählt: Ein Acht-Kilometer-Lauf in leichter Kampfausrüstung, bei dem die letzten zwei Kilometer in einer Bachvertiefung zurückgelegt werden mußte. Auf dieser Strecke waren insgesamt zwanzig im Gestrüpp versteckte Zielscheiben angebracht, die man ohne weiteres übersehen konnte, wenn man nicht ständig beide Seiten des Weges scharf beobachtete. Es folgte Handgranatenwerfen auf zehn, fünfzehn, zwanzig und fünfundzwanzig Meter Distanz, wobei das erste Ziel einen Quadratmeter, alle anderen zwei Quadratmeter groß waren. Im Anschluß an den Hindernislauf war die Zielkunst mit dem Gewehr zu beweisen: je zehn Schuß auf dreihundert Meter. Danach gab es eineinhalb Stunden Pause. Wir beendeten den Wettkampf mit fünfzig Meter Staffelschwimmen. Wie erwähnt, waren wir in allen Disziplinen siegreich. Unser fünfter Mann war übrigens Martinez, der doch gut schwimmen konnte!

Am Abend fand die Siegerehrung statt. Was wir erhielten, war lächerlich! Jeder bekam eine Stange Armeezigaretten, eine Flache Congnac und sicher eine gute Note ins Führungsbuch. Ich teilte meine Prämie in meiner Gruppe auf. Der Hauptmann war unsagbar stolz – in erster Linie auf sich selbst! Im Offzierskasino fand eine rauschende Feier statt, und ich hatte die Ehre, die Herren dabei bedienen zu dürfen. Noch heute ekelt es mich an, wenn ich daran denke.

Der Abend nahm für mich doch noch ein versöhnliches Ende, denn ich lernte die entzückende Frau eines Leutnants kennen. Sie war meine eigentliche Siegesprämie – zumindest bildete ich mir das ein. Sie war neunzehn Jahre alt und seit vier Monaten mit dem Leutnant verheiratet, aber glücklicherweise meistens allein. Im Augenblick war ihr Gatte wieder für vierzehn Tage fort. Während des Festes wußte ich nicht, daß sie verheiratet war, das gestand sie mir erst später. An diesem Abend war sie ebenfalls allein und die Herren Offziere machten ihr den Hof, obwohl sie wußten, daß sie die Frau eines ihrer Kameraden war. Ich brauchte ihr nur kurz in die Augen zu sehen, um jenes kribbelnde Gefühl im Nacken zu spüren, das ich schon gut kannte. Ich beschloß, dem Hauptmann einen Ausgehschein für achtundvierzig Stunden zur Unterschrift vorzulegen. Ich paßte zu diesem Zweck den richtigen Augenblick ab und erhielt sie prompt. Da es bereits nach 20 Uhr war, bat ich, sofort gehen zu dürfen; denn es waren ja noch drei andere Bedienungen da. Auch das wurde genehmigt. So stürmte ich auf mein Zimmer, um mich schnell umzuziehen. Den Kumpels erklärte ich, daß es zwecklos wäre, mich zu fragen, wohin ich ginge.

Ich meldete mich auch im Wachbüro ab. Auf der Straße fiel mir auf, daß mein Ausgangsschein nicht vollständig ausgefüllt war. Der Hauptmann hatte nämlich vergessen, meinen Ausgang zu befristen. Aber das interessierte mich jetzt nicht. Ich überquerte die Straße und spazierte eine Zeit lang hin und her, ohne das Kasernentor aus dem Auge zu lassen. Es dauerte nicht lange, da kam meine »Prämie« aus diesem Tor heraus direkt auf mich zu. Wir trafen uns etwa hundert Meter vom Wachposten entfernt im Halbdunkel, wo wir schwerlich zusammen gesehen werden konnten. Sie sprach mich an:

»Monsieur, pouvez vous m'accompagner a la maison?« Aha, die Dame fragte, ob ich sie nach Hause begleiten könnte!

»Was sie wünschen, ist für mich ein Befehl, Madame!« gab ich zur Antwort und bot ihr meinen rechten Arm zum Einhängen, den sie ohne Zögern annahm. Während wir weitergingen, wollte sie wissen:

»Bist du der ›Kleine‹?«

»Sie rufen mich so«, gab ich lachend zur Antwort. Einen Moment überlegte ich, woher sie den Spitznamen wissen konnte und beschloß, sie später danach zu fragen. Im Augenblick war das unwichtig. Stattdessen mußten wir dafür sorgen, so schnell wie möglich von der leeren Straße zu verschwinden, denn jeden Moment konnte eine Patrouille vorbeikommen. Patrouille hin oder her, dachte ich – und nahm das Mädchen in die Arme, drückte sie fest an meine Brust und gab ihr einen Kuß. Sie erwiderte ihn, wobei ihre Augen strahlten. Der Damm ist gebrochen, dachte ich, als wir weitergingen. Wir benahmen uns jetzt schon wie ein Paar nach langer Trennung!

Drei Straßen weiter befand sich ihr Anwesen. Wenn ich von »ihrem« spreche, so hatte das seine Richtigkeit, denn sie hatte es von ihrem Vater als Hochzeitsgeschenk bekommen. Sie stammte aus einer Familie, die seit Generationen in Algerien lebte. Vor dem eisengeschmiedeten Tor konnte man nur das Dach des Hauses sehen. Im Garten verschlug es mir die Sprache. Ich sah Orangen-, Zitronen- und Feigenbäume, wunderschöne Dattelpalmen vor dem im Kolonialstil erbauten Haus. Ich fragte, ob wir hier alleine wären, was meine Begleiterin bejahte. Sie schob mich durch die Eingangstür, zog diese hinter mir zu und sperrte ab. Wir tappten im Dunkeln durch die Empfangshalle, bis wir zu einer breiten Treppe gelangten, die nach oben führte. Oben angekommen, nahm ich sie erneut in die Arme. Sie löste sich von mir, schickte mich in ein Zimmer und versprach, gleich nachzukommen. Ich stand im Dunkeln und ließ mich von unbekannten, angenehmen Düften überraschen. Ein Druck auf den Lichtschalter – was ich sah, ließ mich meinen Augen nicht trauen! Ein wunderschöner Teppich auf dem Boden, darauf ein Berg von Kissen, in der Ecke ein offener Kamin, gegenüber der Tür vier herrliche Bogenfenster, daneben eine Tür, die zur Terrasse führte. In größeren und kleinen Vasen steckten Blumen und Pflanzen aller Art. Nur Möbel, die eine Sitzgelegenheit geboten hätten, konnte ich nicht entdecken. Das einzige Stück war ein langgezogenes Bücherregal. Ich zog meine Schuhe aus und wagte mich nur auf Socken weiter in

das Zimmer hinein. Vom Nebenraum drang das Geräusch leise plätschernden Wassers herüber. Ich mußte unweigerlich an Luise denken. Damals hatte ich dasselbe Geräusch von ihrer Kammer herüber vernommen, als ich am Fenster stand und wartete. Ich bemühte mich, das Vergangene zu vergessen, denn ich wollte die Gegenwart genießen. Ich tappte weiter auf Socken durch den Raum, der durch das spärliche Licht der Lampe eine etwas kühle, dennoch aber angenehme Atmosphäre vermittelte. Da hörte ich meine Gastgeberin nahen, aber im letzten Moment funkte ein klingelndes Telefon dazwischen. Ich ertappte mich beim Lauschen, verstand aber nichts. Das Telefonat war überraschend kurz. Meine Gastgeberin erschien jetzt in der Türöffnung. Sie war bezaubernd hübsch und ich mußte mich arg zusammenreißen, um nicht wie ein ausgehungerter Löwe über sie herzufallen. Meine Erregung schien ihr nicht entgangen zu sein. Sie bewegte sich in ihrem langen, durchsichtigen Kleid auf mich zu. Mir wurde es heiß und ich fragte, ob ich die Krawatte ausziehen dürfte. Meine Gastgeberin sah mich erstaunt an und nahm mir die Arbeit ab. Ich fühlte ihre Lippen auf den meinen, was meine Erregung steigerte und kurze Zeit später lagen wir eng umschlungen in den Kissen und blickten in das flackernde Feuer des Kamins.
Mitternacht war vorbei, als erneut das Telefon klingelte. Sie merkte, daß ich leicht erschrak und begab sich ins Nebenzimmer. Ich konnte meine Neugierde nicht länger zügeln und fragte die Zurückkehrende, wer denn dauernd anriefe. Sie sah mich spitzbübisch an, lächelte geheimnisvoll und schwieg. Ich wiederholte:
»Wer?«
»Bist du eifersüchtig? Das ist süß!«
Sie erklärte mir, daß heute nacht noch öfters angerufen würde.
»Aber warum?«
»Weil die Araber eine Offensive gegen die zivile Bevölkerung starten. Unbewachte Familien sind jede Nacht in Gefahr, überfallen zu werden!«

»Und wer hat dir diesen Bären aufgebunden?« spottete ich amüsiert.
»Der Capitain!«
»Unserer?«
»Ja!«
Jetzt wurde mir es etwas komisch zumute, und ich erkundigte mich:
»Ist eine Waffe im Haus?«
Meine Gastgeberin bejahte und holte aus dem Schlafzimmer eine Armeepistole, die in einer Tasche steckte. Ich zog die Waffe heraus und fand zwei gefüllte Magazine. Ich legte die Pistole in meine Reichweite und setzte die Befragung fort. Sie erklärte mir, daß man sich jede volle Stunde nach Mitternacht von der Kaserne aus telefonisch erkundigte, ob alles in Ordnung sei.
»Und du hast keine Angst hier so alleine?«
»Du bist ja bei mir, Kleiner!«
»Und wenn ich nicht da bin?«
»Schlafe ich bei meinem Onkel!«
»Wohnt der in der Nähe?«
»Zwei Häuser weiter!«
»Weiß er, daß du heute nacht nicht allein hier bist?«
»Natürlich! Ich habe es ihm gesagt!«
Das kam mir jetzt doch reichlich seltsam vor. Bis ich dieses Haus betreten hatte, war ich mir nicht einmal selbst im klaren darüber, ob ich hier oder in der Kaserne übernachten würde. Wie konnte sie jemandem etwas über mich sagen, was ich eben erst selbst beschlossen hatte?
»Kannst du mir verraten, wem du gesagt hast, daß ich heute nacht bei dir bin?«
»Wem denn schon? Onkel Patrick!«
»Wer ist dieser Onkel Patrick?«
Ich sah es ihren Augen an, daß es ihr peinlich war, eine nähere Erklärung abzugeben und stellte die Befragung ein.
»Ist schon gut, du brauchst mir nichts mehr darüber zu sagen!«

»Doch, du willst es ja wissen! Ich habe nur Angst, daß du mich nicht mehr magst, wenn ich es dir verrate!«
Ich wurde hellhörig, nahm sie zärtlich in den Arm und küßte sie:
»Das ist das einzige, wovor du keine Angst zu haben brauchst!«
»Der Capitain!« brachte sie endlich hervor. Ihr Onkel war mein Hauptmann! Ich erschrak und sah mich schon im hohen Bogen aus der Armee fliegen, ein Gedanke, der mich augenblicklich sogar amüsierte. Er machte jedoch rasch ernsteren Vorstellungen Platz: Ich könnte ein halbes Jahr Strafkompanie aufgebrummt bekommen, im schlimmsten Fall würde man mich erschießen lassen. Im Guerillakrieg weiß man nie, woher eine Kugel kommt!
Meine »Prämie« gab sich alle erdenkliche Mühe, mich zu beruhigen, was ihr aber nicht gelang. Ich konnte mir einfach nicht vorstellen, dem Hauptmann bei der nächsten Begegnung in die Augen schauen zu können.
»Du machst dir wirklich unnötig Sorgen«, beteuerte sie und dann begann sie zu erzählen:
»Ich habe dich schon gekannt, bevor ich dich zum ersten Mal sah. Am Freitag letzter Woche kam mein Onkel ganz sauer nach Hause. Er sprach beim Abendessen kaum ein Wort. Wir quängelten ihn so lange mit Fragen, bis er uns den Grund für seine schleche Laune verriet: In der Kompanie hatte ihm ein junger, rotznasiger, unerfahrener Bengel kluge Ratschläge erteilen wollen. Der Junge könnte zwar gut schießen, aber das sei ihm in den Kopf gestiegen! Der Kerl hat noch nicht einmal drei Monate Ausbildung hinter sich und erlaubt sich so etwas mit mir, seinem Kommandanten! Das Schlimmste ist, ich brauche ihn und seine Auskünfte, und das weiß er! Der Junge ist nicht einmal neunzehn Jahre alt und grinst mir ins Gesicht, der Lümmel! Seine Kameraden nennen ihn wegen seiner Jugend ›Kleiner‹, dabei ist er größer als ich!

Wir begannen herzlich zu lachen, dann fragte sie mich:
»Wie kamen deine Freunde darauf, dich ›Kleiner‹ zu nennen?
»Weil ich der Jüngste bin!«
»Wie alt bist du eigentlich?«
»Im März nächsten Jahres werde ich achtzehn. Bei meiner Rekrutierung machten sie mich absichtlich ein Jahr älter, damit mein Vertrag gültig wurde.«
»Dann könntest du ja noch aus der Legion austreten!«
»Das weiß ich nicht, aber jetzt will ich nicht mehr!«
»Und warum nicht?«
»Weil ich dich kennengelernt habe!«
Ich nahm sie in meine Arme, und wir vergaßen alles um uns, bis uns der nächste Anruf aufschreckte. Sie ging ans Telefon, ich ins Bad, wo ich das erste Indiz entdeckte, daß wenigstens ab und zu ein Mann hier verkehrte, nämlich einen Rasierapparat. Ich nahm eine Dusche, zog einen da hängenden Bademantel an, in dessen Tasche ich den Revolver steckte. Vom Hunger getrieben, begab ich mich auf die Suche nach etwas Eßbarem. Unten in der Küche fand ich Vorräte für etwa drei Tage. Ich bereitete eine große Platte mit belegten Broten vor, machte alle Lichter wieder aus und stieg die Treppe hinauf, um meine Gastgeberin zu überraschen. Die Überraschung gelang! Nur beim Anblick des Bademantels erschrak sie; sie mochte wohl einen Moment geglaubt haben, ihr Mann wäre unvermutet zurückgekehrt!
»Du hast mich vielleicht erschreckt«, sagte sie, belohnte mich aber mit einem Kuß. Wir nahmen auf den Kissen Platz, ich entschuldigte mich:
»Ich wollte dich nicht erschrecken, sondern mit der Platte überraschen!«
»Das ist dir auch gelungen!«
»Danke! Hast du auch etwas zu trinken im Haus?«
»Ja, im Keller, ich hole es!«
»Hast du denn keine Angst?«

»Nein, Cherie, ich mache überall das Licht an und, übrigens bist du ja da!«
Ich folgte ihr vorsichtshalber und bat sie, die Kellertür aufzulassen. Ich weiß nicht, ob mein Benehmen ängstlich oder vorsichtig genannt werden konnte, ich war jedenfalls auf jede Überraschung gefaßt. Zum ersten Mal merkte ich, daß zwölf Wochen Ausbildung meine Instinkte für Gefahren geschärft hatten. Ich ertappte mich sogar dabei, wie ich mich nach einer Deckungsmöglichkeit für den Fall eines Überfalls umsah. Mein sechster Sinn mahnte zur Vorsicht!
Sie kehrte mit einer Flasche Champagner zurück. Ich klärte sie auf, daß ich keinen Alkohol trank, wollte aber nicht unhöflich sein und tat ihr den Gefallen. Ich legte ein paar Holzscheite nach, und dann feierten wir den Sieg unserer Kompanie auf unsere Weise bis der Tag graute. Um 6 Uhr klingelte das letzte Mal das Telefon, dann konnten wir endlich in Ruhe schlafen.
Gut zwei Stunden später erwachte ich bereits wieder. Ich hatte das dumpfe Gefühl, daß noch jemand im Haus war. Automatisch griff ich zur Pistole, einen Augenblick später stand ich mitten im Raum und horchte. Außer dem Straßenlärm drang kein Geräusch an mein Ohr. Hatte mir mein Unterbewußtsein einen Streich gespielt? Gerade wollte ich mich wieder hinlegen, als ich unten jemanden an der Tür hörte. Leise weckte ich meine Gastgeberin. Die blickte ganz verschlafen drein und wollte mich wieder in die Kissen ziehen. Ich wehrte ab und fragte, ob noch jemand außer ihr einen Schlüssel für das Haus besäße.
»Ja, der Gärtner«, antwortete sie.
»Wie heißt der?«
»Achmed!«
Ich ließ sie liegen, lief die Treppe hinunter und merkte, daß jemand die Abschlußtür von außen absperren wollte. Der Mann sah mich durch die Türscheibe kommen und wandte sich zur Flucht.
»Hiergeblieben!«

Er drehte sich um und blieb erschrocken stehen.
»Achmed«, sprach ich ihn an, »mußt du heute hier arbeiten? Oder was suchst du hier, wenn du nichts zu tun hast? Hat dich jemand herbestellt?«
Als er ängstlich auf meine Hand starrte, wurde mir bewußt, daß ich die Pistole im Anschlag hielt. Ich steckte sie ein, worauf er erleichtert aufatmete und seine Sprache wieder fand:
»Ich spazieren und schauen, ob Madame vielleicht haben Arbeit!«
»Gib mir den Schlüssel und verschwinde!«
Achmed gehorchte, gab mir den Schlüssel und war in Windeseile weg. Ich schloß von innen ab und überlegte, ob ich den Vorfall meinem Vorgesetzten melden sollte. Wenn du es meldest, lacht er dich möglicherweise aus. Wenn du es verschweigst und etwas passiert, machst du dir hinterher Vorwürfe. Man hatte uns in der Legion vor den Grausamkeiten der Einwohner dieses Landes gewarnt. Ich beschloß, zuerst einmal auszuschlafen und dann intensiver über diese Angelegenheit nachzudenken.
Rumms! Irgendwo in der Stadt mußte etwas explodiert sein! Ich versuchte mich zu beruhigen und legte mich neben die Schlafende. Sie sah hinreißend aus und ich wollte mir lieber nicht ausmalen, was ich täte, wenn ihr etwas zustieße. Durch das Fenster drangen bereits helle Sonnenstrahlen, der Lärm auf der Straße nahm zu. Mir wurde bewußt, daß heute ja Samstag war und einen Moment lang erwägte ich, in die Kaserne zurückzukehren. Schnell ließ ich den Gedanken wieder fallen, drehte mich mit dem Gesicht in die Kissen und ließ mich vom Schlaf übermannen. Die Sorge um unsere Sicherheit überließ ich meinem unsichtbaren Ich.
Gegen 12 Uhr wachte ich erneut auf. Die Balkontür stand einen Spalt breit offen, aber das Kaminfeuer hatte die ganze Nacht gebrannt, und so herrschte eine angenehme Temperatur im Raum.

»Wie geht's« fragte ich Claudine und blickte ihr dabei in die Augen. Sie schlang wortlos ihre Arme um meinen Hals. So blieben wir eine Weile liegen. Ich entschied, bis Montag hierzubleiben.
Es war bereits 14 Uhr, als wir in der Küche saßen und ein von Claudine zubereitetes köstliches Mahl zu uns nahmen. Nach der abschließenden Tasse Kaffee hielt ich es für angebracht, meiner Freundin einige Fragen zu stellen:
»Sag mal, seit wann arbeitet Achmed für euch?«
»Seit acht Tagen, warum?«
»Nur so. Hast du ihn für heute herbestellt?«
»Nein!«
»Warum kam er dann?«
»Weiß ich nicht! Gestern war er den ganzen Tag hier, vielleicht hat er etwas vergessen!«
»Darf er in das Haus, wenn sonst niemand da ist?«
»Wenn ich ihm mitteile, daß ich für ein paar Tage nicht da bin, sieht er hier nach dem Rechten.«
»Hast du ihm gestern Derartiges aufgetragen?«
»He, was soll die Fragerei?«
»Nichts, gar nichts! Ich bin neugierig, das ist alles. Rufst du nachher deine Tante an?«
»Warum sollte ich?«
»Um sie zu fragen, ob dein Onkel zu Hause ist. Ich möchte mit ihm sprechen und ihn um Erlaubnis bitten, auch heute nacht hier bleiben zu dürfen.«
Claudine warf mir ihre Serviette ins Gesicht und meinte zornig:
»Das habe allein ich zu entscheiden!«
Sie sah süß aus in ihrer Wut. Amüsiert widersprach ich ihr:
»Vielleicht habe ich auch etwas dazu zu sagen, ob ich hier bleibe oder nicht!«
Sie ging um den Tisch herum und setzte sich auf meinen Schoß.
»Du hast gewonnen«, gestand ich, aber das mit dem Anrufen ist mein Ernst!«

Wir spülten rasch das Geschirr ab und begaben uns ins Schlafzimmer, wo sich das Telefon befand. Sie setzte sich auf die Bettkante und sah mich einladend an.
»Nachher«, wiegelte ich ab und deutete auf das Telefon. Sie schmollte, ergriff aber den Hörer und wählte zwei Nummern. Ich bekam mit, wie sich die Zentrale meldete und Claudine den Kommandanten der siebten Kompanie verlangte. Es dauerte etwas, bis die Verbindung hergestellt war. Ich erkannte die Stimme von Orloff und gab Claudine ein Zeichen, daß ich diesen nicht sprechen wollte. Sie verlangte den Hauptmann. Orloff meinte höflich:
»Ja, Madame, natürlich Madame!«
Nach kurzer Pause meldete sich eine bekannte Stimme:
»Hier Capitain Zazue!«
»Onkel Patrick?« fragte Claudine.
»Ja, mein Kleines, ist etwas passiert?«
»Nein«, antwortete sie und sah mich auffordernd an. Mir war nicht wohl in meiner Haut, ich sah aber keine andere Chance, meine Befürchtungen loszuwerden.
»Hier spricht Legionär Kovács von der...«
»Erzähle keine Geschichten, sondern sage, was du zu melden hast!«
»Herr Hauptmann«, brachte ich mit einer Ruhe heraus, die mich selbst überraschte, »ich dachte, daß es ihnen recht ist, wenn ich mich direkt an sie wende, da sie der einzige sind, der weiß wo ich stecke«.
Ich erzählte ihm von meinen Beobachtungen und Wahrnehmungen vom frühen Morgen. Ich bemerkte, wie am anderen Ende der Telefonleitung der Atem immer schneller wurde.
»In einer halben Stunde sind wir da!«
Damit legte er den Hörer auf. Ich bat Claudine, mit dem Aufräumen zu beginnen, während ich mich anzog. Sie räumte die Gläser und die halbvolle Champagnerflasche weg, kleidete sich ebenfalls an, und so warteten wir gemeinsam in der Emfangs-

halle. Ich wußte nicht, ob mein Anruf eine übertriebene Vorsicht war oder nicht. Du hast deine Pflicht getan, redete ich mir ein. Wenn die Sache sich als harmlos herausstellt, sollen sie über mich lachen, das tut nicht weh. Und viele werden ohnehin nichts von dieser Geschichte erfahren.
Es klingelte an der Tür, Claudine öffnete. Der Hauptmann kam mit einem Begleiter, seinem Adjudanten, herein. Letzterer zwinkerte mir zu, ein Zeichen, daß ich ernst genommen wurde. Ich stand stramm und grüßte vorschriftsmäßig, die beiden erwiderten den Gruß. Der Hauptmann sah die Pistole auf dem Tisch und erkundigte sich:
»Kovács, hast du die Waffe heute morgen an dich genommen?«
»Nein, Herr Hauptmann, dies geschah bereits nach dem ersten nächtlichen Kontrollanruf!«
Ich sah ihm an, daß er mit dieser Antwort zufrieden war. Das war wieder ein Pluspunkt zu meinen Gunsten! Er fragte weiter:
»Wie weit ist der Araber heute morgen im Haus vorgedrungen?«
Ich äußerte die Vermutung, daß Achmed schon oben vor unserer Zimmertür gestanden sei und erst hinuntergelaufen war, als er merkte, daß ich ich ihn gehört hatte. Sein schneller Atem war mir dabei aufgefallen. Die beiden Vorgesetzten nahmen mich ernst. Adjudant Orloff fragte weiter:
»Hast du schon im Garten nachgeschaut?«
»Nein, da war ich noch nicht. Es scheint hier alles in Ordnung!«
Der Hauptmann gab seine Order und bewies, daß er ein alter Kämpfer war, der die Stadtguerilla in- und auswendig kannte.
»Orloff, die Kompanie in Alarmstufe eins! Claudine gib mir eine Reisetasche mit Wäsche deines Mannes!«
Mit einem Blick auf die Uhr wandte er sich an mich:
»Kovács, du bleibst heute nacht wieder hier!«
Er fischte einen Notizblock aus seiner Brusttasche, kritzelte eine Nachricht darauf, gab den Zettel Claudine und kommandierte:

»Wir warten noch zehn Minuten, dann eilst du hinaus und gibst dem Fahrer diesen Zettel. Ihr fahrt schnellstens zur Kaserne und meldet euch im Kasino. Eine Viertelstunde später seid ihr wieder hier!«
Alter Fuchs, dachte ich, denn soviel hatte ich verstanden, daß er heute nacht mit arabischem Besuch in dieser Villa rechnete. Ich kapierte auch, daß ich heute nacht den Köder spielen sollte. Mit Hilfe eines Fernglases konnte man von einem Hügel aus die Villa beobachten. Aus diesem Grund hatte der Hauptmann Claudine mit einer Reisetasche weggeschickt. Wir konnten damit unseren Beobachtern ein Schnippchen schlagen und Waffen und anderes Gerät von der Kaserne unauffällig hierher schaffen.
Jetzt ergriff der Hauptmann wieder das Wort:
»Was sind denn das für Gastgeber? Zuerst rufen sie uns, dann bieten sie uns nicht einmal etwas zu trinken an, obwohl ich weiß, daß mein Bruder den Keller mit delikaten Weinen vollgestopft hat!«
Ich wandte mich ratsuchend an Claudine. Sie nickte mir aufmunternd zu. So stand ich auf, um in den Keller zu eilen und das Gewünschte zu holen. Während sich der Hauptmann daran machte, die Flasche zu entkorken, faßte mich der Alte am Ärmel und forderte mich auf, ihn zum Kleiderschrank im Wohnzimmer zu führen. Er öffnete die Schranktür, suchte eine Offiziersjacke heraus und wies mich an, sie anzuziehen. Dann bekam ich von Orloff noch eine Kappe mit zwei goldenen Streifen, die ich aufsetzte. Daraufhin stand der Alte stramm und grüßte, ich tat es ihm gleich. Wir begaben uns wieder in die Halle, wo der Hauptmann bereits auf uns wartete. Er reichte uns die gefüllten Gläser und wir stießen miteinander an. Damit sündigte ich heute schon zum zweiten Male!
Draußen hörte ich den Jeep vorfahren. Ich ging auf die Straße, half Claudine aus dem Wagen und erwiderte den Gruß des mir unbekannten Fahrers. Sie trug die Reisetasche mit sich, die

jetzt allerdings ein erhebliches Gewicht hatte; sie enthielt nämlich unter anderem ein handliches Funkgerät, eine Maschinenpistole mit zehn Magazinen und sechs Handgranaten.
»Es muß noch etwas dabei sein«, behauptete der Hauptmann.
Tatsächlich fand ich noch eine Leuchtpistole und drei dazugehörige Patronen.
»Jetzt fühle ich mich schon bedeutend wohler bei meiner Aufgabe«, versicherte ich den beiden.
Der Hauptmann gab mir jetzt Anweisungen:
»Dein Rufcode ist ›Wagen eins‹. Ab zehn Uhr ist Ausgangssperre. Fünf nach zehn meldest du dich mit ›Station Fix für Kontaktaufnahme‹! Wir bleiben ununterbrochen auf Empfang. Sobald du etwas bemerkst, gibst du durch: ›Besuch ist da‹ und gehst in Stellung. Falls der Besuch Lunte riecht und abhauen will, schießt du mit der Leuchtpistole eine rote Rakete ab. Wenn wir die Kerle einkreisen und sie hierher wieder zurückkommen, schieße eine weiße Rakete ab! Wenn du deine Waffe gebrauchen mußt, warte bis die Gegner im Hof sind. Nicht, daß du anfängst herumzuballern, bevor du weißt, ob es sich um eine Katze oder einen Menschen handelt. Wenn der Zusammenstoß rasch zu Ende gehen sollte, feuerst du eine grüne Rakete ab!«
»Und Claudine sperre ich ins Badezimmer«, unterbrach ich unaufgefordert.
»Kleiner, kannst du Gedanken lesen?«
»Nein, Herr Hauptmann, aber das ist der einzige Raum, der kein Fenster hat.
»Noch etwas«; meinte der Hauptmann, »wenn sie kommen, dann erfahrungsgemäß zwischen zehn und ein Uhr oder zwischen vier und sechs! Verhaltet euch wie gestern!«
Ich grinste bei der Vorstellung, nackt mit einer MP und einer Handgranate zwischen den Zähnen herumzulaufen. Der Alte mußte meine Gedanken erraten haben, denn er grinste ebenfalls. Der Hauptmann versicherte mir abschließend:

»Wenn sich das ganze als falscher Alarm herausstellt, brauchst du dir keine Vorwürfe zu machen!«
»Ich danke ihnen, Herr Hauptmann!«
Sie leerten ihre Gläser. Claudine, die die ganze Zeit tapfer zugehört hatte, stand auf und gab ihrem Onkel einen Kuß. Wir gingen auf die Straße hinaus, der Fahrer sprang aus dem Jeep und grüßte, die beiden setzten sich in das Fahrzeug und brausten davon.
Claudine und ich gingen ins Haus zurück. Ich sperrte die Tür ab. Claudine warf sich in meine Arme, wie ich aber merkte, zitterte sie. Nach einem langen Kuß sagte sie:
»Ich habe Angst!«
»Ich auch, Kleines!«
Das war keineswegs gelogen. Ich fürchtete mich durchaus, obwohl ich beim erwähnten Aufstand in Budapest schon gefährliche Situationen erlebt hatte. Ich beschloß, ruhig und gewissenhaft meine Vorbereitungen zu treffen und mich zuerst einmal gründlich umzusehen. Als erstes kam der Garten an die Reihe. Er war bezaubernd angelegt mit Gemüsebeeten und Sträuchern. Der Weg bis zum Tor in der Mauer war von Blumen gesäumt, dazwischen standen zwei Feigenbäume, in der Ecke befand sich ein Geräteschuppen. Letzterer störte mich, weil er gute Deckung bot. Die Gartenmauer war etwa zweieinhalb Meter hoch und mit wildem Wein bewachsen. Als nächstes galt meine Aufmerksamkeit der Rückseite des Hauses: Oben waren drei Fenster, unten ebenfalls drei Fenster, dazwischen in der Mitte die Tür. Nun wußte ich Bescheid, sperrte von innen ab und begab mich wieder in die Empfangshalle. Claudine konnte ich nicht entdecken. Ich nahm die Waffen und die Munitionstaschen, ergriff das Funkgerät und stieg die Treppen hinauf. Ich sah Claudine. Sie lag auf den Kissen und weinte. Es war erst kurz nach 16 Uhr, ich hatte noch Zeit. So zog ich die Jacke aus und ließ mich neben dem Mädchen nieder.
»Warum weinst du?« fragte ich.

»So eine dumme Frage! Merkst du denn nicht wie gefährlich unsere Lage ist?«
»Oh doch! Aber ich bin Soldat und habe einen Befehl auszuführen!«
»Befehl! Befehl! Ihr habt immer nur das im Kopf! Erst mußte ich jemanden heiraten, den ich gar nicht liebe, dann erlebe ich endlich ein bißchen Glück und gleich nimmt man es mir wieder weg! Warum hat Onkel Patrick uns nicht von hier weggeschickt?«
»Weil sonst der Feind Verdacht schöpft! Du mußt ihn verstehen, er ist durch und durch Soldat! Für ihn kommt zuerst die Pflicht, dann das Privatleben. Wir sind im Krieg!«
Ich hatte genau das zitiert, was man uns während des Lehrgangs eingeimpft hatte. Ich staunte nicht schlecht darüber, wie ich auf einmal so pflichtbewußt daherreden konnte. War das, wovon ich redete eigentlich mein Krieg? Nein! Ich handelte im Namen eines mir fremden Landes. Ich wurde in diesen Krieg förmlich hineingezwungen und mußte nun bereit sein, dafür zu sterben. Irgendetwas paßte da nicht! Ich nahm Claudine in die Arme und küßte sie leidenschftlich. Ich wollte alles um mich vergessen und nur mit ihr allein sein.
Es dauerte lange, bis ich Claudine einigermaßen beruhigen konnte. In den nachfolgenden Gesprächen erfuhr ich einiges über sie und ihre Familie. Ihr Mann war Leutnant in einer Transportkompanie und deshalb viel unterwegs. Sie erklärte mir auch, warum sie mit ihm so unglücklich war. Er war ein Cousin zweiten Grades, beide waren miteinander aufgewachsen, hatten sich zwar immer gemocht, jedoch nie richtig geliebt. Als kleines Mädchen wurde sie von ihren Eltern für ihren Cousin bestimmt, so war es tatsächlich später zur Heirat gekommen. Er aber pflegte ein Verhältnis zu einer anderen Frau. Somit standen meine Chancen gar nicht schlecht, wenn heute abend alles gut zu Ende gehen würde.
Nun setzte ich meine Vorbereitungen fort. Vom Flur aus konnte

ich den Garten am besten überblicken. Von links und rechts brauchte ich kaum eine Überraschung erwarten, da die beiden Nachbarhäuser von Europäern bewohnt waren. Ich versuchte, von hier oben den Draht zu erkennen, den ich zuvor zwischen den beiden Feigenbäumen gespannt hatte. Vielleicht war es ein Fehler, diese Falle zu errichten; denn wenn sie eine Vorhut schickten, die den Draht entdeckte, war das eine Warnung. Das war mir jedoch egal. Ich trug mich nicht mit dem Gedanken, unbedingt ein Held zu werden.
Kurz vor zehn sah ich nach Claudine. Sie hatte sich in die Kissen eingebuddelt und schlief. Ihr rotbraunes Haar glänzte im matten Licht. Ich ging ins Schlafzimmer, nahm den Hörer von der Gabel und legte ihn daneben. Meinen Bademantel vertauschte ich rasch mit Hemd und Hose und begab mich zum Flurfenster, das mir zur Beobachtung des Gartens am geeignetsten erschien. Ich legte die vier »Eier« unter das Fenster, daneben die fünf Magazine der MP und die Leuchtpistole. Die beiden Fensterflügel öffnete ich eine Spalt breit.
Um 22.05 Uhr begab ich mich ins Schlafzimmer und schaltete, wie ausgemacht, das Funkgerät ein. Sofort kam der Spruch: »Station Fix an Wagen eins! Fix an eins! Umschalten auf Kanal zwei mal drei und bleiben!«
Ich baute das Funkgerät bei meinem Stützpunkt im Flur auf, schnallte mir den Munitionsgürtel um, steckte die beiden leichten Granaten hinein, hängte mir die MP um und zog mir zur Tarnung den Bademantel über. Dann hieß es warten. Das war das Schlimmste. Denn wenn man beim Warten die Geduld verliert, konnte das ins Auge gehen. Ich fühlte, wie sich die Unruhe in mir immer mehr steigerte. Claudine schlief, das war gut so, denn so konnte sie mir wenigstens nicht auf die Nerven gehen.
Gegen 11 Uhr ließ mich ein Knacken im Funkgerät an die Kaserne denken. Wie gut die es dort hatten! Die brauchten keine Ängste auszustehen! Warum die Araber etwas riskieren wollten, um in das Haus eines Leutnants und seiner Frau einzudrin-

gen, konnte ich immer noch nicht begreifen. Sollte vielleicht mehr dahinterstecken? Ich wischte alle möglichen unklaren Vorstellungen hinweg und konzentrierte mich voll auf das augenblickliche Geschehen.
Draußen war alles ruhig. Da der Mond schien, hatte ich einen guten Überblick. Nur die beiden Bäume warfen lange Schatten. Von der Mauer bis dahin waren es zehn bis fünfzehn Meter, die niemand überqueren konnte, ohne daß ich ihn bemerkte.
Ich sah auf die Uhr. Es war erst halb zwölf. Die Zeit wollte heute nacht gar nicht vergehen! Zwei Stunden lang lag ich schon auf meinem Beobachtungsposten, ohne daß sich etwas rührte. In einiger Entfernung hatte ich zweimal Schüsse aus Automatikwaffen und eine Detonation. gehört. Plötzlich ein Knacken im Garten! Ich ergriff das Funkgerät, wich zwei Schritte vom Fenster zurück und sendete: »Wagen eins an Station Fix! Melden!
»Hier Station Fix! Ich höre!«
In diesem Augenblick hörte ich draußen eine Patrouille vorbeifahren, was mir ein Gefühl der Sicherheit verlieh.
»Weiter durchhalten, Wagen eins! Ende!« hörte ich aus meinem Gerät. Ich legte es auf den Fußboden und dachte daran, Claudine aufzuwecken. Da stand sie auch schon in der Türöffnung. Ich bat sie, ins Bad zu gehen und sich einzuschließen und bleute ihr ein, auf gar keinen Fall rauszukommen. Ich gab ihr die Armeepistole mit, sowie einige Kissen und eine Decke.
Von meinem Beobachtungsposten konnte ich nicht nur den Garten überblicken, sondern auch den oberen Teil der auf der anderen Hausseite gelegenen Eingangstür. Ich lehnte mich an die Wand neben dem Flurfenster und spähte aufmerksam in den Garten. Nichts rührte sich. Da, hatte sich nicht ein Gesicht über der Gartenmauer gezeigt? Ich sah gespannt hinaus. Zwanzig nach zwölf, es ist wohl noch zu früh! Oder nein! Sie kommen. Deutlich entdeckte ich eine Hand zwischen den Blättern. Auf allen vieren kroch ich vom Fenster weg zum Funkgerät:
»Wagen eins an Fix! Gäste sind da!«

Ich schob mich wieder nach vorn, stand langsam auf und zog den Schlagbolzen meiner MP auf. Gleichzeitig spürte ich ein Entspannung über mich kommen. Völlig ruhig sah ich zu, wie der erste Mann von der Mauer in den Garten sprang. Er verursachte dabei nicht das geringste Geräusch. Er wandte sich nach links, aha, zum Geräteschuppen. Dort kniete er sich hin. Ich hörte Motorengeräusche. Mehrere Wagen mußten angekommen sein. Schon tauchte der zweite Angreifer auf. Ein Mann im Kampfanzug, nur der Turban paßte nicht dazu! Noch einer! Jetzt geht's los! Ich entsicherte die erste Granate. Der zweite sprang genauso leise von der Mauer wie sein Vorgänger, in der Hand hielt er eine MP. Unten blieb er einige Sekunden gebückt stehen, als wenn er nicht wüßte, wohin er sich bewegen sollte. Hinter den Preiselbeerstrauch, du Dummkopf! Er sah zu seinem Kumpel und wählte tatsächlich das Verteck, das ich ihm in Gedanken angeboten hatte. Nun, was ist? Kommt noch jemand? Ich konnte mir nicht vorstellen, daß die beiden angesichts der gewählten Positionen nicht auf weitere Kumpane warteten. Der Mann mit dem Turban blickte angestrengt in Richtung Haus, den anderen konnte ich kaum sehen. Gottseidank wußte ich, wo er steckte. Eine Waffe hatte ich bei ihm nicht gesehen. Seiner Statur nach hätte es Achmed, das »Brüderchen«, sein können. Endlich bemerkte ich eins, zwei, drei, vier Köpfe, die plötzlich über die Mauer blickten. Idiot sagte ich mir, jetzt hast du dich übernommen! Ich steckte den Ring des Granatsicherungsgriffes zwischen die Zähne und riß ihn heraus. Jetzt standen die vier auf der Mauer. Eins, zwei, drei, vier fünf, sechs Sekunden – genau als sie sprangen, flog die Granate. Ich schnellte vom Fenster weg. Ein ohrenbetäubender Knall zerriß die Stille. Jetzt nahm ich den Turbanmann unter Beschuß. Er hatte sofort auf das Fenster gefeuert, an dem ich eben noch gestanden hatte. Ich freute mich zu früh. Drei oder vier MPs eröffneten ein wahres Trommelfeuer auf mich. Die Kugeln durchschlugen das Fenster, tausend Glassplitter flogen mir um die Ohren. Zurück dachte ich und hechtete durch die Tür ins Schlafzimmer, das genau gegenüberlag und dessen Tür ich extra aufgelassen hatte. Während ich auf dem Bett landete, hörte ich unten im Haus ein Poltern. Scheiße, die sind schon in der Halle! Ich sprang zum Flurfenster und sah, wie das »Brüderchen« ein kleines rundes Etwas hinaufschleuderte, genau in das Gästezimmer, in dem ich mich eben noch befand. Gleichzeitig sprangen drei oder vier weitere Männer auf die Gartenmauer. Sekundenschnell nahm ich ein Magazin zum Wechseln in die Linke, kniete mich vor die Fensterbank, legte den MP-Lauf auf der Bank auf und feuerte. Dabei bewegte ich die Waffe von rechts nach links, um möglichst alle zu erwischen, beim »Brüderchen »hörte ich auf. Ich schleuderte eine Granate aufs Geratewohl über die Mauer. Ein Riesenkrach – aber im Haus. Und dann noch einer! Überall klirrten zu Bruch gehende Fensterscheiben, Motoren heulten auf, ich hörte laute Schreie und meine letzte Granate explodieren. Schüsse krachten in allen Richtungen. Jetzt ist es aus! Ich riß die Augen wieder auf und sah um mich nur wenige Einschläge. Leise hörte ich das Schreien einer Frau – es war Claudine! Ich sprang auf, nahm keine Rücksicht auf die Scherben auf dem Boden oder die Kugeln, die mich treffen könnten, jagte zum Badezimmer und warf mich mit aller Wucht an die Tür. Sie gab nach wie Pappe. Ich flog hinein, spürte einen harten Gegenstand am Kopf, dann wurde mir schwarz vor den Augen.

Ich wußte nicht, wie lange ich so gelegen hatte. Als ich wieder zu Sinnen kam, herrschte totale Stille im Haus. Ich fühlte ein kaltes Tuch auf der Stirn – und dachte sofort an Claudine. Jetzt wußte ich wieder, wo ich war. Ich hatte die Augen geöffnet, konnte aber nichts sehen. Ich spürte Lippen auf meinem Mund und glaubte zu träumen. Es war kein Traum, es war alles wahr, leider auch die furchtbaren Kopfschmerzen!

»Clu«, brachte ich mühsam hervor, »bist du da?«

»Ja, Cherie!«

Ich hörte pausenlos Rufe aus meinem Funkgerät. Beim Hinsetzen merkte ich, daß ich auf der Badezimmertür gelegen hatte. Ich tastete herum, plötzlich hatte ich das Gerät in der Hand.
»Wagen eins, Wagen eins, Wagen eins! Bitte melden! tönte es.
»Hier Wagen eins, ich höre«, antwortete ich.
»Wagen eins an Station Fix! Alles in Ordnung!«
»Wagen eins an Station Fix! Ich warte auf Besuch!«
»Was, immer noch?«
»Wagen eins an Station Fix! Ja, auf euch! Faule Bande! Ende!«
»Mit einem Klick schaltete ich die Lärmquelle aus.
»Clu« rief ich, »ich muß hinunter in den Garten und nachschauen, ob noch jemand lebt. Meine Schuhe, Clu!«
»Ja. Cherie!«
Ich stand auf und blickte unter heftigen Kopfschmerzen in Richtung Flurfenster. Viel war nicht von ihm übrig geblieben. Ich wischte mit dem MP-Lauf die Glasscherben von der Fensterbank, holte die Leuchtpistole und lud sie mit einer grünen Rakete. Ich hielt die Pistole zum Fenster hinaus, ein Knall, ein Ruck in meinem Arm, die Umgebung leuchtete in grüner Farbe. Ich hob die übrigen Magazine und eine Handgranate vom Boden auf und eilte zu Claudine ins Kaminzimmer. Sie fand meine Schuhe nicht. Ich tastete nach dem Lichtschalter und machte das Licht an. Claudine stand vor mir mit weit aufgerissenen Augen und sah mich apathisch an. Mir war klar, sie hatte einen Schock erlitten. Ich sprach auf sie ein:
»Liebes, es ist alles vorbei!«
Von draußen waren Motorengeräusche und laute Stimmen zu hören. Claudine brachte mir meine Schuhe und wirkte ebenso traurig und verstört wie zuvor.
»Du bleibst hier, ja?«
»Ja, Cherie!«
Ich gab ihr noch einen Kuß, ließ sie im Kaminzimmer allein und schloß die Tür hinter mir zu. Die Empfangshalle bot ein chaotisches Bild. Die Tür hing an einem Scharnier, keine Glas-

scheibe war heil geblieben, alle Möbel total zerfetzt. Nicht auszudenken, wenn die betreffende Granate im oberen Flur explodiert wäre. Inzwischen war es zwanzig nach eins. Irgendwann nach zwölf, ich wußte es nicht mehr genau, hatte der Spuk begonnen. Mir kam es vor, als wäre es eine Ewigkeit her.
Vor dem Tor standen mehrere Fahrzeuge. Vorsichtig näherte ich mich dem Gartentor, schloß es auf, lehnte es an und ging wieder ins Haus zurück. Ich spürte, wie mich eine unendliche Müdigkeit überfiel. Ich wollte etwas trinken! Auf dem Weg zur Küche mußte ich den kleinen Krater umgehen, den die Granate in den Fußboden gerissen hatte. In der Küche funktionierte die Lampe nicht mehr, nur das spärliche Mondlicht drang herein. Der Kühlschrank brummte, schien also in Ordnung zu sein. Beim Öffnen begann sein Licht automatisch zu leuchten. Ich schnappte die halbvolle Champagnerflasche und nahm ein paar kräftige Schlucke. Als ich während des Trinkens den Kopf hob, sah ich in der Decke ein gut eineinhalb Quadratmeter großes Loch. Man konnte durch dieses Loch ins Gästzimmer blicken und durch dessen kaputte Fenster die Sterne sehen. Ich stellte die Champagnerflasche beiseite, wankte aus der Küche ohne zu registrieren, daß mich jemand begleitete. Ich hörte mich nach Claudine rufen. Jemand nahm mir die Waffe aus der Hand, nur noch schwach vernahm ich, daß jemand fluchte und pausenlos nach dem Sanitäter rief.

5. Zum zweiten Mal im Krankenhaus

Ich schwebte in der Luft. Um mich war alles schwarz; weit entfernt sah ich einen kleinen Lichtpunkt. Verzweifelt versuchte ich, auf diesen Punkt zuzuschweben, aber es wollte mir nicht gelingen. Ich hörte unverständliches Gemurmel, spürte totale Erschöpfung, unternahm Schwimmbewegungen, doch das Licht konnte ich nicht erreichen. Völlig erschöpft und müde gab ich auf, das Licht enfernte sich, das Gemurmel verstummte.
Ich schwamm erneut mit aller Kraft hinterher. Vor dem Licht schwebten dunkle Schatten, die mir anscheinend den Weg versperren wollten. Ich kämpfte mich näher, das Licht wurde größer. Da hörte ich jemanden ganz leise sprechen, dann etwas lauter. Meine Augen waren noch geschlossen, aber ich wußte, ich hatte es geschafft, durch die Lichtöffnung zu schwimmen! Endlich hörte ich deutlichere Stimmen:
»Er lebt!«
Ich bemühte mich, die Bedeutung der Worte zu erfassen. Dabei bemerkte ich, wie langsam mein Gehirn zu arbeiten begann. Wieder eine Stimme:
»Vielleicht ist er doch gestorben!«
Aber mir begann zu dämmern, daß ich lebte. Ich konnte schon die Stimme einer betreffenden Person zuordnen, wartete jedoch noch, bevor ich antwortete und dachte amüsiert: Laß sie nur reden!
»Jetzt müssen wir das Bier alleine trinken«, vernahm ich Müller bedauern. Ich nahm alle Kraft zusammen:
»Du bekommst keinen Tropfen. Noch bin ich nicht krepiert! Macht die Fenster zu, ich friere!«
Ich hörte Müller kommandieren:
»Klein hol' sofort den Arzt! Szábo und Menzinger vor die Tür und keinen Menschen hereinlassen!«
Mir war in der Tat kalt, aber ich sah, als ich die Augen öffnete, nicht wegen der offenen Fenster, sondern weil sie mich nur mit einem Bettlaken zugedeckt hatten, diese Idioten!

Müller wandte sich zu mir:
»Wie geht's, Kleiner?«
»Gut, degenerierter Vandale«, gab ich zurück und sah Jonás an, der mit offenem Mund dastand, als habe er soeben ein Wunder erlebt.
»Mach deinen Mund zu, sonst wird die Kacke kalt!«
Von Minute zu Minute ging es mir besser. Ich blickte um mich und sah nur kahle weiße Wände und zwei grinsende Witzfiguren.
»Wie lange habe ich geschlafen?« fragte ich Müller.
Müllers Antwort überraschte mich:
»Du liegst seit vier Tagen im Krankenhaus, du kennst es ja bereits!«
Ich fragte nach der Zeit, doch zur Antwort kam es nicht mehr, denn die Tür ging auf und der Oberst trat ein. Er sah mich einen Augenblick ausdruckslos an, dann lächelte er und meinte:
»Da bist du ja wieder! In den OP mit ihm«, ordnete er an. Jean und Charles kamen herein und schoben mich auf meinem fahrbaren Bett hinaus. Meine Freunde versicherten zu bleiben. Der Oberst wollte sie dennoch wegschicken, aber Otto verkündete:
»Wir bleiben!«
Er tat dies in einem Ton, der von niemandem Widerspruch duldete, nicht einmal von einem Oberst. Dieser sah zu Otto hoch, der um gut einen Kopf größer war, schüttelte den Kopf und murmelte:
»Unverbesserlich, nichts zu machen, die Kerle sind alle unverbesserlich...«
Im Operationsraum erfuhr ich, was mir fehlte: Der Mittelfinger meiner rechten Hand war gebrochen, gleichzeitig war er um einen guten Zentimeter kürzer, seine Spitze war abgetrennt worden, der Nagel fehlte ganz. Ich sah es selbst, als man den Verband abnahm. Die Füße hatten zahlreiche Schnittwunden, was allerdings keine schwerwiegende Verletzung darstellte. Ich hatte ziemlich viel Blut verloren. Der hauptsächliche Grund mei-

ner Einlieferung war meine Kopfverletzung. Ich konnte mich zwar beim besten Willen nicht daran erinnern, wie ich sie mir zugezogen hatte, aber es war eine sieben Zentimeter lange offene Wunde mit einem Knacks in der Schädeldecke, was eine schwere Gehirnerschütterung mit sich brachte. Zu allem Unglück gehörte meine Blutgruppe AB Rhesusfaktor negativ zu den seltensten, und man hatte sie hier nicht auf Lager.
Der Finger wurde zusammengeflickt und bis zum Handgelenk geschient, die Füße so verbunden, daß ich aussah wie eine Mumie. Auf dem Kopf rasierte man die Haare weg, die Wunde wurde versorgt, der Verband ähnelte einem Turban.
»So, mein Junge«, ließ sich der Oberst nach getaner Arbeit vernehmen, »wenn du ohne meine Genehmigung das Haus verläßt, erhältst du von mir acht Tage Arrest; den Rapport schreibe ich auf der Stelle und gebe ihn deinem Kompaniechef! Verstanden?«
»Ja, Herr Oberst!«
»Ab mit ihm, Jean! Und versucht ja nicht, mich auszutricksen. Gib ihm einen Liter Rotwein, damit er wieder Blut in die Adern bekommt!«
Dagegen war jeder Protest zwecklos. Man schob mich in das Krankenzimmer, in dem ich eine Woche früher gelegen hatte. Jetzt befand ich mich also wieder in dem Raum mit einer halben Kompanie Halbtoter. Ich wußte zu diesem Zeitpunkt noch nicht, daß ich vier Tage lang selbst am Abgrund schwebte und mein Leben dem Oberst verdankte. Er hatte irgendeine Spezialbehandlung mit Spritzen vorgenommen, genau weiß ich bis heute nicht darüber Bescheid. Das Vergangene war mir jetzt egal, ich freute mich, noch zu leben. Daß ich lebte, merkte ich an dem Hunger, der mich auf einmal überfiel. Béla setzte sich zu mir ans Bett und fütterte mich mit einer herrlichen Brühe. Peter, Otto und Jonás hatten es sich auf Hockern bequem gemacht und Müller stand am Fußende des Bettes und schien darauf zu warten, mir etwas zu erzählen. Auf meine Aufforderung hin begann er:

»Am Samstagnachmittag wurden alle vier Kompanien in Alarmstufe eins versetzt. Den ganzen Abend durfte keiner von uns das Zimmer verlassen. Es war Scheiße, denn uns allen wurde der Urlaubstag gesperrt, nur die hatten Glück, die am Vorabend noch rechtzeitig verduftet waren.
Alle waren zornig, denn die meisten hatten ausgehen wollen. Wir warteten, aber niemand wußte Becheid, nicht einmal unsere Offiziere. Ich fragte den Alten. Er riet mir nur abzuwarten, es wäre bald soweit. Man sah ihm an, daß er ziemlich nervös war. Um Mitternacht legten sich einige in voller Montur schlafen. Um Viertel nach zwölf kam der Alte und händigte jedem Zugführer einen Stadtplan aus. Er war noch nicht ganz fertig damit, als der Hauptmann hereinstürzte und rief:
»Raus mit euch! In zwei Minuten steht jeder draußen. Aber ich will keinen Ton hören! Wir trugen Potugas, das sind hohe Gummischuhe für Einsätze, die ein möglichst leises Vorgehen erfordern. Jeder wußte, daß er leise aufzutreten hatte. Unsere Gruppe begab sich unter Führung des Hauptmanns in das europäische Viertel der Stadt und bezog dort Stellung. Ganz in der Nähe war der Teufel los. Es wurde geschossen, jetzt explodierten acht Granaten...«
»Sechs«, verbesserte Béla.
»Nein, dreizehn oder vierzehn«; meinte Jonás.
»Fünf waren es«, erklärte Peter. Ich versuchte mich zu erinnern: Eine Granate warf ich an die Mauer, eine darüber hinweg, zwei flogen zu mir ins Haus, eine warf ich blind zurück – Peter hatte recht. Ich sagte nichts und ließ Müller weiterreden.
»Plötzlich war es ruhig. Weißt du, wo wir unsere Stellung eingenommen hatten?«
»Nein«, sagte ich und dachte, keinesfalls bei mir.
»Wir befanden uns in der Straße, wo der Hauptmann wohnt. Dort standen bereits fünf Jeeps der Patrouille und zwei Krankenwagen. Zwei Häuser daneben trug man jemanden heraus.

Der Hauptmann stürmte in das Haus und führte eine Frau heraus«.
Ich wußte sofort, daß Müller von Claudine sprach und erkundigte mich aufgeregt:
»War die Frau verletzt, Rudi?«
»Nein, aber sie wollte unbedingt zu dem Verletzten und schrie immer wieder:
»Cherie, laß mich nicht allein!«
Den Hauptmann schrie sie ganz laut an:
»Patrick, du bist ein Mörder!«
Trotz des interessanten Berichts konnte ich mich nicht länger gegen den Schlaf wehren. Im Traum hielt ich einen Schinken in den Händen und riß wie ein Wilder immer wieder gierig Stücke heraus, ohn jedoch satt zu werden.
Als ich wieder erwachte, waren die Kumpels fort. Ich fühlte mich wie ausgehungert, Jean brachte mir wieder die Brühe. Ich drohte ihm:
»Jean, wenn du mir nicht sofort ein anständiges Steak bringst, rufe ich meine Freunde!«
Jean schient erfreut über meinen Wunsch und verschwand. Ich überlegte, wie lange ich wohl geschlafen haben mochte, und wie lange meine Kumpels schon fort waren. Ich sann über den Bericht Müllers nach, dem ich entnehmen konnte, daß der Hauptmann und der Alte alles über meinen Kampf geheimgehalten hatten. Aber meine Freunde würden mich sicher wegen meiner Verletzungen ausfragen, zum Glück hatten sie es bis jetzt nicht getan.
Jean kehrte zurück mit einem tellergroßen Stück Fleisch. Er teilte mir mit, daß es bereits halb drei Uhr mittags war. Ich fragte:
»Wann sind sie gegangen?«
»Wer?«
»Meine Freunde!«
»Heute war keiner da!«
Ich begann an meinem Erinnerungsvermögen zu zweifeln:

»Habe ich geträumt?«
Jean klärte mich auf:
»Das war gestern. Du hast vierundzwanzig Stunden durchgeschlafen!«
Ich staunte nicht schlecht, vor allem, weil ich schon wieder müde war. Ich trank Rotwein zum Steak und aß fast alles auf, hörte Jean noch etwas von Weihnachten faseln und schlief wieder ein.
Ich schlief bis zum Mittag des nächsten Tages durch. Endlich bei Kräften konnte ich mich im Bett aufsetzen und bekam mit, daß es tatsächlich Weihnachten war. Noch ein Tag, dachte ich, und ich kann schon aufstehen. Ich haßte es, wie ein Unbeholfener betreut zu werden. Meine Füße konnte ich gut bewegen, Schmerzen spürte ich nicht mehr. Das mit dem Finger werde ich auch ändern, denn so ein Monstrum von Verband kann ich nicht ausstehen. Ich muß mir das mal richtig ansehen, denn morgen müssen sie ja ohnehin die Verbände erneuern...
Charles kam herein und meldete Besuch an:
»Wer, Charles?«
»Das weiß ich nicht. Man hat angerufen und gefragt, ob du wach bist.«
»Vielen Dank, Charles, es freut mich, daß du es mir mitgeteilt hast!«
Als erstes trat der Alte ein, dann kam der Hauptmann. Sie zeigten ernste Gesichter, doch als sie mich aufrecht sitzen sahen, entspannten sich ihre Gesichtszüge. Ich wußte nicht recht, wie ich sie begrüßen sollte, nickte einfach und deutete auf die beiden Hocker neben meinem Bett.
»Frohe Weihnachten«, wünschte mir der Hauptmann. Ich erwiderte den Gruß und wartete gespannt darauf, etwas über den vergangenen Einsatz zu erfahren. Zum Beispiel wollte ich wissen, wie es zu meiner Kopfverletzung gekommen war. Doch meine Besucher sagten in der halben Stunde, die sie bei mir waren, kein Wort über die zurückliegenden Ereignisse. Statt-

dessen berichteten sie von meinem Autounfall und davon, daß es hätte schlimmer ausgehen können, wenn mich nicht meine Beifahrerin gerettet hätte. Die zwei haben doch eine Meise! Allmählich begriff ich, daß ich ihr Verhalten als Aufforderung verstehen sollte, das Vergangene geheimzuhalten. Der Hauptmann verabschiedete sich mit den Worten:
Auf wiedersehen, Kovács, das nächste Mal sehen wir uns in meinem Büro!«
Und der Alte meinte abschließend:
»Deine Freunde können heute nicht kommen. Sie liegen in Bereitschaft, das soll ich dir ausrichten!«
Sie ließen micht enttäuscht zurück, aber nicht, weil meine Neugierde unbefriedigt blieb, sondern weil sie Claudine nicht mitgebracht hatten. Besorgt quälten mich viele Fragen. Was ist los mit ihr? Wo steckt sie? Warum besucht sie mich nicht? Ich fand keinen Trost. Nichts paßte mir mehr. Unruhig rutschte ich aus meiner Sitzstellung wieder tief ins Bett hinein und stieß mit den Füßen gegen das Bettende. Zu meiner Überraschung spürte ich keinen Schmerz. Ich trat absichtlich noch einmal gegen die Kante. Nichts! Meine Füße fühlten sich ganz gesund an. Ich zog meine Beine an und lockerte den Verband am rechten Fuß. Anfangs ging ich sehr vorsichtig vor, doch dann riß ich den Verband mit einem Ruck herunter. Siehe da, er ließ sich wie einen Pantoffel ausziehen! Ich wartete auf Schmerzen. Aber sie kamen nicht. Dem Fuß fehlte nichts! Ich zog auch den linken Zwangspantoffel aus und entdeckte drei bereits vernarbte Nahtstiche an einer Ader unterhalb des Fußknöchels. An beiden Fußsohlen waren einige Kratzer zu sehen, aber nichts, was diese dicken Bandagen gerechtfertigt hätte. Ich zog die Pantoffeln wieder an, holte tief Luft und brüllte:
»Jeeean!«
Der Gerufene kam hereingestürmt, gefolgt vom Oberst:
»Ich muß scheißen«, sagte ich absichtlich ordinär. Sie staunten. Noch ehe sie reagieren konnten, fuhr ich fort:

»Ich will weder die Melkröhre zum Pinkeln noch die Schüssel zum Scheißen sehen! Da ich nicht laufen kann, müßt ihr mich ins Klo tragen, sonst mache ich ins Bett!«
Der Oberst nickte Jean zu und entfernte sich kopfschüttelnd. Jean blieb vor meinem Bett stehen, ohne ein Wort zu sagen. Charles kam hinzu und wollte wissen, was los sei.
»Beeilt euch«, herrschte ich die beiden an, sonst fang ich gleich hier an!«
Es ging alles ganz schnell: Die Decke wurde zurückgerissen, sie stellten sich links und rechts von mir hin, ihre Arme verschränkten sich unter meinem Hintern zum Feuerwehrgriff, sie hoben mich hoch und zusätzlich hielt ich mich an ihren Nacken fest. Zwei Minuten später saß ich auf dem Klo. Einen Augenblick wurde mir durch die schnelle Bewegung schwarz vor den Augen. Aber der dunkle Schleier hob sich wieder. Ich hatte eigentlich nicht wirklich vorgehabt, meine Notdurft zu verrichten, aber da ich schon hier war, tat ich es. Als mich die beiden Pfleger zurücktragen wollten, herrschte ich sie an:
»Ich muß nochmal!«
Jean knallte wütend die Tür zu. Meine Bemühungen zielten nicht darauf ab, die Pfleger zu ärgern, vielmehr wollte ich versuchen, wieder auf den Beinen zu stehen, ohne daß mir jemand zusah. Die ersten beiden Versuche scheiterten, der dritte gelang. Einige Zeit zitterten mir die Knie. Jemand klopfte an die Klotür. Ich reagierte mit lautem Stöhnen. Das Klopfen wurde lauter. »Einen Moment«, rief ich, öffnete die Tür und marschierte langsam und unsicher, aber auf eigenen Beinen zum Bett zurück. Die Fußbandagen dienten mir in der Tat als Pantoffeln. Wieder im Bett liegend, rief ich:
»Jean, komm mal her!«
Er setzte sich zu mir ans Bett.
Ganz leise erklärte ich:
»Alles, was du jetzt hörst, ist streng vertraulich!« Er hob seine

linke Hand, legte die rechte aufs Herz und schwor Geheimhaltung. Ich begann:
»Meine Uniform?«
»Verbrannt!«
»Inhalt?«
»Ist da!«
»Her damit!«
Er verschwand. Dem Aufblitzen seiner Augen entnahm ich, daß er sich ein schönes Trinkgeld erhoffte. Zum anwesenden Charles sagte ich:
»Ich habe Hunger, Charles!«
»Der Koch macht Pause!«
Als ich aber weiter bettelte, zeigte sich Charles hilfsbereit und verschwand. Während beide Pfleger abwesen waren, dachte ich an meine Freunde und Claudine. Jean kam mit einem Beutel zurück, den er mir reichte. Ich schüttete ihn aus und fand Brieftasche, Taschentücher, Nähzeug und Portemonnaie. Auch mein Regimentsabzeichen war da und mein Kamm, den ich allerdings vorläufig nicht mehr brauchte. Ich öffnete meine Brieftasche, in der der Paß und das Geld steckten. Und was sah ich denn da? Mein Ausgangsschein!
»Danke«, sagte ich zu Jean, der wahrscheinlich immer noch auf das Trinkgeld wartete und dann ein wenig enttäuscht abzog. Ich rief ihn laut zurück. Die anderen Kranken im Zimmer nahmen sicherlich an, daß ich bei dem Unfall meinen Verstand verloren hatte. Jean erklärte, er würde jetzt vom Dienst abgelöst und hätte frei bis morgen 6 Uhr.
»Sehr gut, Jean, dann stehst du ab sofort in meinen Diensten!« Ich deutete dabei vielsagend auf meine Brieftasche. Jean nickte:
»Was brauchst du?«
»Ich brauche zwei Spiegel und eine Information: Wann ist die nächste Visite?«
»In ein paar Minuten!« antwortete er mit einem Blick auf seine Uhr.

Jean parierte, ohne ein Wort zu verlieren. Er hatte sich schnell daran gewöhnt, das Nachfragen zu unterlassen. Charles brachte eine Speiseplatte, stellte sie auf einen Hocker, angelte eine Flasche Rotwein und das Besteck aus seiner Tasche. In diesem Moment trat der Oberst ein. In seiner Begleitung befand sich ein mir bisher unbekannter Assistent. Der Oberst flüsterte ihm etwas ins Ohr und deutete auf mich. Ich grinste die beiden Ärzte an und tat, als würden sie mich nicht beeindrucken. Während sich das Milchgesicht daran machte, mir den Verband vom Kopf zu wickeln, sah ich Jean mit zwei Toilettenspiegel im Türrahmen erscheinen. Bevor er wieder verschwinden konnte, forderte ich ihn auf, herzukommen. Jean legte mir einen Spiegel auf den Schoß, den anderen hielt er über meine Kopf, der inwischen durch den Assistenten vom Verband befreit war. Ich sah ein zehn Zentimeter langes Pflaster:
Bevor ich etwas sagen konnte, wurde das Pflaster mit einem Ruck heruntergerissen. Ich überspielte den brennenden Schmerz und betrachtete im Spiegel meinen Schädel. Siehe da, das sah gar nicht schlecht aus! Ich wandte mich an Jean:
»Ist gut, du kannst die Spiegel wieder zurückbringen. Verschaffe mir noch ein paar Zeitungen, bevor du schlafen gehst!«
Das Milchgesicht brachte neues Pflaster, Verband und Wundpuder. So erhielt ich innerhalb weniger Minuten einen neuen, lockereren Turban.
»Frohe Weihnachten, Herr Doktor!«
»Unverbesserlich«, sagte dieser wieder seinen Lieblingsausdruck und vergaß natürlich nicht, den Kopf zu schütteln. Zu Charles, der mir ein Fleischtück hinhielt, sagte ich:
»Ich habe keinen Hunger mehr! Schick mir Jean, bevor er abhaut!«
»Hier Charles, nimm das!«
Dabei reichte ich ihm zweitausend Franc und wünschte ihm frohe Weihnachten. Ich brauchte nicht lange zu warten, trat gut gelaunt Jean ein. Charles hatte ihm wohl sein von mir erhaltenes Präsent gezeigt.

»Jean«, sprach ich ihn an, »ich brauche den Funker. Er soll Telegrammblock und Kugelschreiber mitbringen. Und noch was: Kannst du mir wenigstens Unterwäsche besorgen, wenn ich schon weder Uniform noch Pyjama haben darf?«
»Bring ich dir!«
»Gut, Jean, ich wußte, daß du mein Freund bist!«
Fünfzehn Minuten später erschien der Funker. Er begrüßte mich und setzte sich zu mir aufs Bett. Ich fragte, wer heute nacht Stationsdienst hatte.
»Kronenburg«, kam die Antwort.
»Das ist gut, den kenne ich!«
Ich nahm den Telegrammblock und schrieb:
»streng geheim-stop-toter hat sehnsucht-stop-uniform ist zum tragen da-stop-circa Geisterstunde.«
Den Funker bat ich, mir den Gefallen zu tun und dafür zu sorgen, daß meine Freunde diese Nachricht erhielten.
»O.k., ich schicke dir durch Jean die Empfangsbestätigung!«
»Ich danke dir!«
»Schon gut, vergiß es!«
Ich schaute ihm hinterher als er ging. Ein netter Kerl und sehr guter Funker, der, was seinen Bereich anging, mit allen Wassern gewaschen war.
Mein Bettnachbar hatte sich inzwischen über meinen Rotwein hergemacht. Sein Gesicht nahm eine immer intensivere rote Farbe an und von Minute zu Minute wurde er gesprächiger. Zum Glück redete er nicht zu mir, denn die Angebereien über seine Heldentaten hätten mir den Nerv getötet. Einmal sprach er mich an und erzählte, daß seine Verletzungen – nicht wie die meinen – nicht von einem harmlosen Autounfall kämen. Am liebsten hätte ich diesem Lothringer Dorftrottel meinen Wein wieder entwendet und ins Klo geschüttet!
Die Tür öffnete sich und Jean kam mit nachdenklichem Gesicht auf mich zu. Er brachte mir die gewünschte Unterwäsche. Ich hatte einen Plan, wie ich von ihm eine Uniform erhalten könn-

te. Dazu gehörte, daß ich Jean fragte, ob er mit mir zusammen etwas trinken möchte.
»Gern«, freute er sich.
»Was möchtest du trinken?«
»Von mir aus eine Flasche Pernod!«
Ich sah die Uhr an seinem Handgelenk und erinnerte mich daran, die meine verloren zu haben. Da ich es lästig empfand, andere immer um die Zeit fragen zu müssen, erkundigte ich mich:
»Jean, was kostet so eine Uhr?«
»Das ist eine ganz billige!«
»Mir gefällt sie, auch wenn sie billig ist!«
Ich nahm fünftausend Francs und wedelte damit vor seinen Augen. Schneller als ich schauen konnte, war mein Geld weg und Jeans Uhr an meinem Handgelenk.
»Was kostet der Pernod?«
»Achthundertfünfzig Francs!
»Gut, dann hole zwei Flaschen und ein paar Socken!«
»Welche Größe?«
»Zweiundvierzig!«
»Dann passen dir meine!«
Und deine Schuhe werden mir auch passen, dachte ich als er ging. Armer Jean!
Um 21.30 Uhr wurde das Licht ausgemacht. Pantoffeln aus, Unterhose an, Pantoffeln wieder an und ins Unterhemd schlüpfen waren eins. Und schon erreichte mich das Antworttelegramm:
streng geheim-stop-blitz-stop-leichenwagen steht bereit-stop-spazierstock und regenschirm-stop-eier-stop-gondolieren-stop-b.o.k.p.stop-arschloch.stop-unterschrift kronenburg-stop.«
Meine Freunde hatten also reagiert und mir Uniform, Gewehr, Helm, Munition und sogar Granaten bereitgelegt. Allerdings mußte ich jetzt erst einmal aus dem Krankenhaus heraus- und zur Kaserne hinkommen. Dazu benötigte ich die Uniform, die

Jean auf dem Leibe trug. Dann mußter ich noch sehen, daß ich von einer Patrouille mitgenommen würde.
Ich lockerte meinen Turban. Es dauerte nicht lange, bis Jean erschien, dieser geldgierige Kerl.
»Jean, bleibe noch ein bißchen bei mir!«
»Natürlich, Schreihals! Ich habe keine Lust, wegen deiner Schreiereien die anderen Patienten zu beruhigen. Lieber trinke ich Pernod mit dir. Dann schläfts du wenigstens zwei Tage lang und ich habe meine Ruhe mit dir.«
»Mach schon die erste Flasche auf!«
Du wirst dich wundern! Ich wünschte Jean frohe Weihnachten, darauf tranken wir Pernod pur aus der Flasche.
»O.k.?«
»Alles o.k.!«
Jean grinste und sah mich schon betrunken. Der Arme hatte keine Ahnung von meinem schlimmen Plan.
»Sag mal, mein Freund«, erkundigte ich mich zwischendurch, »kommt die Patrouille auch hier vorbei?«
»Natürlich, was denkst du denn? Jede volle Stunde normalerweise, aber sie sind selten pünktlich. Meistens fahren sie so zwanzig nach oder um halb hier vorbei. Warum fragst du?«
»Nur so! Prost! Wenn ich schon trinke, dann nimm auch du einen anständigen Schluck!«
Ich reichte ihm die Flasche. In der Dunkelheit konnte er nicht sehen, daß ich von dem scheußlichen Zeug nichts trank und er dabei war, die ganze Flasche allein zu leeren. Schon bald begann er mit schwerer Zunge belangloses Zeug zu erzählen. Die Zeit zum Handeln war gekommen. Ich zog meine Zwangspantoffeln aus und flüsterte.
»Jean, machen wir einen Scherz mit Charles?«
»Gu..gu..gut,« lallte er.
»Weißt du was?«
»N...ne... nein!«
Du ziehst jetzt Kittel und Uniform aus und nimmst meinen

Platz im Bett ein. Ich schlüpfe in deine Sachen und berichte Charles, der Legionär sei gestorben.«
»Lu...lu...lustig!«
Das Folgende ging sehr schnell. Wir vertauschten die Rollen, ich paßte Jean sogar meine Pantoffeln an und zog ihm die Decke über den Kopf, so daß nur die Pantoffeln herausschauten. Ich nahm meine ganze meine Habe, schlüpfte in Jeans Gewand und verschwand. Der Funker sah mich an wie einen Geist und stammelte:
»Dein Verband...hast du ihn verloren?«
»Meinen Turban habe ich gegen Jeans Kleider eingetauscht. Ich habe leider keine Zeit für lange Erklärungen. Gib mir einen Schreiber!«
Er gab mir einen Kugelschreiber und ich trug in meinen vom Hauptmann unterschriebenen, aber noch nicht ausgefüllten Ausgangsschein ein: Vom Samstag, dem 25.12.59 bis 27.12.59, 6 Uhr. Wieder an den Funker gewandt:
»Ich habe ein neues Telegramm: leiche kommt-stop-circa zwanzig Minuten-stop. Ist der Kronenburg noch im Dienst?«
»Ja, bis Mitternacht!«
»Gut, dann bis zum nächsten Mal! Hier ist Jeans Kittel, die Flasche ist für dich.«
Draußen hörte ich Motorengeräusche. Ich verabschiedete mich:
»Salut!«
»Salut, la Legion!«

6. Die Ruine Duarte

Ich trat ins Freie und sah die Fahrzeuge der Patrouille sich langsam mit aufgeblendeten Scheinwerfern nähern. Ich richtete meine Uniform und blieb auf der Straßenmitte stehen, so daß die Fahrzeuge halten mußten. Mir war klar, daß ich nicht viel reden durfte, um kein Mißtrauen zu erwecken. Ich mußte den Ausgangsschein vorzeigen, so daß Datum und Unterschrift erkennbar waren und vielleicht stottern.

»Bist du Pfleger?« wurde ich gefragt.

»J...j... ja!

»Steig schon ein!«

Ich sprang auf den zweiten Wagen auf, in dem sechs Männer der MP saßen, von denen keiner gewillt war, mir Platz zu machen. So mußte ich mich auf den Boden setzen. Unfreundliches Gesindel!

Nach halbstündiger Fahrt mußte ich aussteigen.

»D...d...daaanke!«

»Hau schon ab!« herrschte mich der Patrouille-Offizier an. »Scheißkerl!«

Immerhin hatte ich bis zur Kaserne nur noch fünf Minuten zu gehen. Es war schon nach 11 Uhr und meine Freunde mochten glauben, daß ich erwischt und ins Krankenhaus zurückgebracht worden wäre. Ich erreichte die Kaserne. Vor dem Tor standen mehrere Lastwagen. Das traf sich gut, denn wenn pausenlos Chauffeure ein- und ausgingen, konnte ich vielleicht unbemerkt hineinkommen. Frechheit siegt. Einfach an der Wache vorbeigehen. Tatsächlich überwand ich auf diese Weise die erste Schwierigkeit. Ich war schon zehn Schritte am Wachtposten vorbei, als dieser mir nachschrie:

»He, du, wohin?«

»Zum Schiffen!«

Rasch verschwand ich hinter dem Hauptgebäude. Uff, machte ich. Dieser Kerl hätte mir beinahe alles verdorben!

Der erste meiner Freunde, dem ich begegnete, war Müller. Ich sah ihn hinter der halbhohen Schwingtür eines Klos verschwinden. Ich lehnte mich an einen Türflügel und wartete. Als er aus dem Örtchen herauskam und mich bemerkte, dirigierte er mich gleich in eine dunkle Ecke und fragte besorgt:
»Was ist mit deinem Finger?«
»Der ist in Ordnung. Ich habe einen Strumpf über den Verband gezogen. Rudi, hat alles geklappt, liegen die Sachen bereit?«
»Natürlich! Nur den Waffenausgeber mußten wir mit einem Karton Bier bestechen, weil er dein Gewehr nicht herausgeben wollte.«
»Was ist hier eigentlich los?«
»Fünf Leute sind desertiert!«
»Wer?«
»Detmar und vier andere! Schon vor drei Tagen! Übrigens, ich glaube es wird ernst! Es sind Hinweise über den Aufenthaltsort unserer Feinde eingetroffen. Der Hauptmann studiert die Sektorkarten der Umgebung.«
Um uns herum war ein reges, hektisches Treiben, die gesamte Kompanie schien im Aufbruch. Müller hieß mich hier zu warten und entfernte sich mit raschen Schritten. Schon nahte Peter. Er warf mir im Vorbeirennen eine Kampfhose zu. Karl eilte mit Jacke, Hemd und Stiefeln vorbei, von Jack erhielt ich den Munitionsgürtel, von Martinez das Sturmgepäck, von Müller das grüne Barett und mein Gewehr. Einsatzbereit rannte ich zu einem Fahrzeug. Der Sergeant brüllte:
»Aufsitzen!«
Niemand außer meinen Freunden ahnte, daß auch ich auf das Kommando hörte und in einem Wagen Platz fand.
»Wir haben deinen Helm vergessen«, flüsterte Müller mir leise zu.
»Was nützt mir ein Stahlhelm, wenn ich einen Bauchschuß erhalte?«
»Rudi, weißt du wohin wir fahren?«

»Unser Ziel befindet sich ziemlich in der Nähe, ungefähr sechzig Kilometer von hier!«
Während der Fahrt schiente mir Peter den Finger ein und versorgte ihn mit einem neuen Verband, über den er einen schwarzen Fingerschutz stülpte. Worte wurden kaum gewechselt. Nur Karl richtete eine kurze Warnung an die Kameraden in unserem Wagen:
»Jungs, wir sitzen alle im gleichen Boot und sind aufeinander angewiesen. Wenn einer von euch den Kleinen verrät, schlage ich ihm eigenhändig das Kaugerät ein!«
Das wirkte. Niemand getraute sich, etwas dagegen zu sagen. Ich blickte in die Runde, fand die Gesichter vertraut und angenehm und fühlte mich wohl.
Ich durchsuchte mein Sturmgepäck, entnahm ihm einige Eierhandgranaten, fand drei Tagesrationen zum Essen, meine Feldflasche und eine Strickmütze, die ich mir über den Kopf zog. Der Versuch, trotz des verletzten Fingers das Gewehr richtig zu halten, gelang auf Anhieb.
Wir rasten über einen derart holprigen Weg, daß jegliche Unterhaltung unmöglich wurde. Das Ende der Fahrt kündigte sich an, als die Scheinwerfer der Fahrzeuge ausgeschaltet wurden. Nach etwa fünfzehn Minuten im Dunkeln ging es weiter, dann hielten die Fahrzeuge. Der Leutnant, der unseren Zug befehligte, hieß uns leise absitzen.
»Kleiner, du bleibst bei mir«, raunte Müller mir zu.
»Wo ist eigentlich der Hauptmann?«
»Der läuft mit dem vierten Zug!«
»Und wer ist dieser Leutnant, der uns befehligt?«
»Ein Neuer! Er kommt gerade von der Offiziersschule, ist noch ziemlich jung und ohne Erfahrung.«
»Das merkt man! Unsere Motorengeräusche hört man in der Nacht in einem Umkreis von zwanzig Kilometern, aber er ermahnt uns, ja leise vom Wagen zu steigen. Rudi, sag mal, wie kam eigentlich Detmar dazu abzuhauen, er war doch dein Spunz?«

»Ich glaube, er wurde, wie schon andere vor ihm, von arabischen Versprechungen gelockt. Die geben nämlich an, daß sie jeden Überläufer in die Heimat zurückbringen!«
Der Leutnant unterbrach unser Gespräch, um uns einige Verhaltensmaßnahmen zu erläutern:
»Zweite Gruppe zu mir!«
»Das gilt für uns«, meinte Rudi zu mir.
»Ihr seid meine Protektion«, erklärte der Leutnant, »Sergeant Denis, sie übernehmen die erste Gruppe und gehen voraus!«
»Zu Befehl!«
Ich kannte Denis bereits länger. Er war ein alter, erfahrener Kämpfer, der sich von einem Grünschnabel nicht gerne herumkommandieren ließ. Die anderen unter uns befindlichen Ausbilder waren ebenfalls erfahrene Leute, die mit jungen Jahren bei der deutschen Wehrmacht eingezogen wurden und bereits einen Krieg mitgemacht hatten. Als Kriegsgefangene waren sie vor die Wahl gestellt worden zwischen Gefängnis und Fremdenlegion. Sie waren klug genug gewesen, das Letztere zu wählen. Diese Ausbilder hatten uns einiges beigebracht, wobei sie alles, was sie von uns verlangten, auch selbst vormachten.
»Komm Kleiner«, forderte mich Müller auf,«es geht los!«
Wir marschierten nebeneinander, reihten uns in eine langgezogene Kolonne ein, gerade in Sichtweite zu dem Vorder-und Hintermann. Vor uns liefen der Leutnant und Jack, der ein Funkgerät bei sich trug. Das Gelände war hügelig, es ging ständig auf und ab. Der Boden war zwar nicht felsig, aber, soweit ich das im Mondlicht erkennen konnte, ziemlich kahl und nur hier und da von Büschen bewachsen.
»Du Rudi, laß dich mal als Freund was fragen: Warum hast du dir für deine Schikanen ausgerechnet mich ausgesucht?«
»Das hatte seine Gründe!«
»Ruhe«, herrschte uns der Zugführer an. Dieser Idiot hielt alle fünfzig Meter an, um im Lichtschein seiner Taschenlampe die Landkarte zu studieren. Damit bot er sich dem Feind förmlich

als Zielscheibe an und brachte dadurch auch uns in Gefahr. Ich schlug Müller vor, in etwas größerem Abstand hinterher zu marschieren, damit wir nicht getroffen würden, falls die Araber unseren »Glühwurm« aufs Korn nähmen. Obwohl ich diese Bemerkung durchaus ernsthaft meinte, begann Rudi laut zu lachen. Dabei stolperte er fast über den Leutnant, der seine Karte auf dem Boden ausgebreitet hatte und sie mit der Taschenlampe anstrahlte.

»Glühwurm«, platzte es aus Rudi heraus. Der Leutnant schnellte erschrocken hoch und ließ dabei seine Lampe fallen.

»Müller, acht Tage! Das ist kein Zirkus hier, sondern ein militärischer Einsatz!«

Müller ließ sich nicht beeindrucken und stieß immer wieder hervor:

»Glühwurm, Glühwurm!« und zu meiner Verblüffung sagte er dem Leutnant ins Gesicht:

»Erstens: Wir laufen bereits seit einer halben Stunde in die falsche Richtung. Zweitens: Wenn sich der Feind im Umkreis von tausend Metern befände, hätten wir sie, Herr Leutnant, schon längst begraben müssen!«

Der Getadelte brachte zunächst kein Wort heraus. Immerhin machte er schon einmal seine Lampe aus. Während sie ein paar Schritte zur Seite traten und leise weiter stritten, wandte ich mich an Jack:

»Hast du Verbindung zum Hauptmann?«

»Schon seit einer Viertelstunde habe ich zu niemandem mehr Kontakt. Wir scheinen außer Reichweite der Funkgeräte zu sein.«

»Rudi«, fragte ich, »soll ich Kontakt zum Hauptmann aufnehmen?«

»Mach das!«

»O.k., Jack gib mir das Funkgerät!«

»Jack und ich tauschten die Waffen: er bekam mein Gewehr, ich seine MP. Ich wollte nämlich zur Kontaktaufnahme auf einen Hügel steigen. In dieser Situation diente mir die schnell zu handhabende MP besser als das Gewehr. Ich zog die lange Antenne des Funkgerätes heraus, schaltete den Rauschfilter ein, worauf ein ununterbrochenes Rauschen zu hören war, unter dem ich den Sender unserer Kameraden herausfinden mußte. Ich sah mich nach einem Hügel um, der eine bessere Reichweite versprach.

»Jack, ich werde mich auf jene Anhöhe dort begeben. Schick mir Peter und Martinez hinauf! Es eilt!«

Nach diesen Worten packte ich mir das Funkgerät auf den Rücken und kletterte den gut hundert Meter hohen Hügel hinauf. Da ich den vereinbarten Rufcode nicht kannte, stellte ich das Gerät vor mich hin und wartete, bis jemand gerufen würde, ohne daß eine Antwort kam. Dieser »Jemand« mußten wir sein. Martinez und Peter hatten inzwischen ebenfalls die Anhöhe erklommen. Ich bat sie, auf die Umgebung aufzupassen. Sie entfernten sich, um in einiger Entfernung Beobachtungsposten zu beziehen. Bei dem hellen Licht, das der Mond spendete, konnte den beiden keine Bewegung im Umkreis von hundert Metern entgehen. Ich lauschte eine Weile tatenlos dem monotonen Rauschen des Funkgeräts und beschloß dann, einen anderen Kanal auszuprobieren. Auf Kanal sieben wurde ich fündig. Wir waren also nicht außer der Reichweite unserer Funkpartner, wie Jack vermutete, sondern er hatte das Gerät falsch eingestellt.

»Räuber zwei, Räuber zwei! Melden!«

Ich werde mich hüten, solange du dich nicht durch einen Code ausweist. Vielleicht bist du ein Turbanträger und willst mich hereinlegen.

»Ali Baba ruft alle! Ali Baba ruft alle! In Reihe melden!«

Na also, warum nicht gleich so? Ich hörte eine andere Stimme antworten:

»Räuber eins an Ali Baba! Negativ!«

Jetzt war ich dran:

»Räuber zwei an Ali Baba! Negativ!«

Aber »Ali Baba« reagierte nicht auf meine Meldung und nahm weiterhin die Funksprüche der »Räuber« entgegen. Nachdem sich auch »Räuber« zwölf gemeldet hatte, trat Stille ein. Eigentlich mußte jetzt »Ali Baba« zurückkommen. Tatsächlich, er kam. Ich hörte:
»Räuber zwei, Räuber zwei, Räuber zwei, melden!
Sag' deinen Code, sonst erhältst du keine Antwort. Eine Bewegung, fünf oder sechs Meter links von mir, ließ mich zusammenzucken. Ich warf mich flach auf den Boden und lud die MP durch.
»Nicht schießen, ich bin's«, vernahm ich flüsternd die Stimme von Peter. Er schob sich auf dem Bauch zu mir und raunte mir zu:
»Kleiner, wir haben rund siebzig Feinde entdeckt. Kannst du Martinez von hier aus sehen?«
»Ja!«
»Dreißig Meter schräg unter ihm lagern sie. Sie haben uns nicht bemerkt und fühlen sich anscheinend völlig sicher.«
»Eile zu Rudi und sage es ihm. Ich melde es dem Hauptmann!«
»Hast du denn eine Verbindung?«
»Ja! Mach schon, aber paß auf, daß der Glühwurm nichts mitbekommt!«
»Wer?«
»Der Leutnant, du Affe!«
Er lief los, leise und in gebückter Haltung – und wirkte dabei wie ein sich bewegendes Alfagrasgebüsch.
»Ali Baba, hier Räuber zwei! Melden! sprach ich in das Funkgerät.
»Räuber zwei? Hier Ali Baba! Endlich! Wo steckt ihr?«
»Ali Baba, hier Räuber zwei! Gib mir den Häuptling persönlich, aber dalli!«
»Räuber zwei, hier Ali Baba! Nenne mir den Grund für euer langes Schweigen!«
»Ali Baba, hier Räuber zwei! Hör mal gut zu, du Nachtwäch-

ter! Wenn du mir nicht sofort den Häuptling gibst, lasse ich dich standrechtlich erschießen!«
Das saß. Ali Baba widersprach nicht mehr. Inzwischen nahte Rudi. Er hatte Karl und einige andere mitgebracht und kniete sich neben mich hin. Der gute Kerl, man konnte sich doch glatt auf ihn verlassen!
»Räuber zwei hier Ali Baba«, drang des Hauptmanns Stimme an mein Ohr. Aha, Ali Baba höchstpersönlich! Ich ließ ihn noch ein einige Male rufen:
»Ali Baba an Räuber zwei! Position durchgeben!
Müller grinste dabei wie ein kleiner Junge.
»Räuber zwei an Ali Baba! Gäste sind da!«
Ich wandte mich an Rudi:
»Position?«
»K1 B8, Höhe 422 Süd-Süd-Ost!«
Ich gab die Angaben an den Hauptmann weiter und fügte noch hinzu:
»Circa siebzig Gäste!«
»Kovács, acht Tage Gummi wegen unerlaubter Entfernung aus dem Krankenhaus!«
Er meinte acht Tage Arrest, abzubüßen mit kahlgeschorenem Kopf und halbem Sold. »Mit Gummi« wollte soviel heißen, daß aus acht Tagen auch dreißig werden konnten, je nachdem, wie die höheren Stellen auf den Bericht des Hauptmanns reagierten. Unbeeindruckt antwortete ich:
»Räuber zwei an Ali Baba! Verstanden!
»Kovács, den Leutnant!«
»Räuber zwei an Ali Baba! Geht nicht, der ist ausgeschaltet!«
»Wer führt das Kommando?«
»Korporal Müller! Ich verbinde!«
»Ali Baba, hier Räuber zwei, Gruppenführer Müller! MG in Stellung! Feind befindet sich unterhalb der Höhe 422 Süd-Süd-Ost, Biwak!«
»Räuber zwei, hier Ali Baba! Kompliment! Wir befinden uns

circa drei Marschstunden von euch entfernt. Ein Teil von uns wird sich vom Süden her nähern, dann nacheinander einer vom Südwesten, einer vom Westen, einer vom Südosten und einer vom Osten. Falls ihr mit dem Feind Kontakt bekommt, meldet das sofort!«

»Ali Baba, hier Räuber zwei! Verstanden!«

»Räuber zwei, hier Ali Baba! Kein Risiko eingehen! Den Leutnant weiter festhalten! Erklärung nicht nötig! Den Kleinen unter ihre Obhut nehmen!«

»Ali Baba, hier Räuber zwei! Alles klar!«

»Funkstille bis 4 Uhr! Ende!

Ich schaltete das Gerät aus und fragte Rudi:

»Was ist mit dem Glühwurm?«

»Er schläft!«

»Du spinnst!«

»Nein, das ist kein Spaß! Ich habe ihn k.o. geschlagen, gefesselt und geknebelt. Wir sind schließlich keine Selbstmörder! Du nimmst beim folgenden Einsatz Peter, Günter und Martinez mit. Drei weitere gehen mit mir. Karl bleibt hier und behält den Feind mit dem MG im Visier. Jack assistiert ihm dabei, zwei andere geben Rückendeckung. Ich nehme das Funkgerät mit und pirsche mich mit meinen Leuten rechts vom Hügel heran, du mit deinen von der linken Seite her! Falls die Araber früher als Punkt fünf vor vier von ihrem Platz aufbrechen sollten, eröffnet Karl sofort von hier aus das Feuer. Was dann zu tun ist, dürfte klar sein. Also, Uhrenvergleich! Mach's gut!«

Ich beeilte mich, die mir anvertrauten drei Kameraden um mich zu sammeln. Wir entfernten uns zusammen zunächst ein Stück ins Tal hinunter, um in Ruhe über den Einsatz zu sprechen.

»Peter, wir müssen uns von links nähern. Was denkst du?«

»Wir sollten so nahe wie möglich an die Araber heran, aber ohne Karl in die Schußlinie zu kommen!«

»Gut Peter, du schleichst mit Günter auf halber Höhe am Hang entlang! Martinez und ich gehen ganz unten. O.k.?«

»Nein, ich gehe unten!«
»Aber du hast Gewehrgranaten!«
»Na und?«
»Es bleibt, wie ich gesagt, du preußischer Zinnsoldat! Um fünf vor vier geht's los, da fängt der Karl zu mähen an. Wenn die Araber vorher aufbrechen wollen, nageln wir sie fest. Befehl von Rudi! Mach's gut, Peter!«
Zusammen mit Martinez machte ich mich auf den gefährlichen Weg. Dabei vergewisserte ich mich, ob er alles verstanden hatte. Wir näherten uns den Arabern bis auf etwa dreißig Meter, blieben nebeneinander auf einer kleinen Anhöhe liegen und beobachteten, was unter uns geschah. Dabei konnte einem schon mulmig werden, waren unsere Gegener doch als Meister im Nahkampf bekannt und alle in den osteuropäischen Ländern im Partisanenkrieg ausgebildet worden. Ihre weiteren Vorteile waren die zahlenmäßige Überlegenheit und die Mauern der Ruine Duarte, die ihnen Schutz boten. Wir dagegen besaßen den Vorteil der Überraschung, außerdem waren wir mit einem MG, einem Granatenschützen, vier Gewehren, vier MPs und pro Mann sechs Handgranaten gut bewaffnet.
Es war 3.50 Uhr. Ich stieß Martinez in die Rippen und bedeutete ihm, beim Beginn des Schußwechsels nicht blind draufloszuballern, denn ich wollte unsere Position nicht frühzeitg verraten und erst schießen, wenn die Araber in die etwa zwanzig Meter vor uns liegende Bachvertiefung biegen würden.
Eine Minute zu früh begann Karl die Feinde unter Beschuß zu nehmen. Die Kerle stoben erschrocken auseinander und rannten in alle Richtungen. Martinez riß das Gewehr hoch.
»Warte, warte«, raunte ich ihm zu. Die Araber fanden hinter einer Mauer Schutz. Dafür hatte Peter sie im Visier – wumm! Die ganze Ruine war taghell erleuchtet.
Ich schleuderte eine Handgrante, feuerte mein Magazin leer, es folgte ein weiteres Ei, dann wieder ein Magazin. Eine Leuchtrakete tauchte die Ruine erneut in helles Licht. Aber ich sah

keinen Araber mehr. Ich stieß Martinez mit der Faust in die Seite, denn der Idiot verschoß sinnlos die ganze Munition. Ich erkannte plötzlich etwa fünfundzwanzig Araber, die in Richtung Süden flohen. Ab und zu drehten sie sich um und schossen zurück – da flog etwas auf uns zu.

»Martinez, den Kopf einziehen!«

Bumm! Die Granate explodierte wohl etwa acht Meter vor uns, war scheinbar nach dem Aufprall wieder ein Stück den Abhang von uns weggerollt. Die konnte nur von Peter stammen!

Im Bachbett vor uns standen zwei Araber mit erhobenen Händen.

»Martinez, nicht schießen! Oder doch! Die Kerle haben Granaten in den Händen!«

»Schweine«, schimpfte mein Gefährte, während er feuerte. Er erwischte noch einen, der sich hinter einem Busch versteckt hatte. Danach war es auf unserer Seite ruhig. Auch Karls MG schwieg, nur bei Rudi drüben hörten wir noch vereinzelte Schüsse. Es war 4.06 Uhr! Ich richtete mich vorsichtig auf. Nichts mehr zu sehen. Aus der Ferne hörten wir unseren Hauptmann mit seiner Horde anrücken. Unter ständigen Lichtgranaten erdrückte er die Gegener mit seiner Übermacht. Das war jetzt keine Kunst mehr!

»Was sagst du?« fragte ich Martinez.

»Bueno!«

Dazu grinste er. Da unten lagen mindestens fünfzehn Tote, ich wollte nicht wissen, wieviel Schwerverletzte. Bitterkeit stieg in mir hoch, ich fühlte einen unbeschreiblichen Zorn in mir aufkommen. Meine Knie begannen weich zu werden, ich mußte mich setzen. Ich glaube, es war keine Schwäche, als mir die Augen feucht wurden. Ich fühlte mich wie vor acht Jahren als ich mit meinen Klassenkameraden einen Höhlenbesuch unternommen hatte. Dabei explodierte ein Karbidleuchter und die Leuchtröhre drang in die Schläfe meines Freundes. Der Neunjährige war auf der Stelle tot. Den Anblick des Jungen habe ich

lange mit mir herumgetragen und die Geschichte nie ganz vergessen.
»Hinlegen!« schrie mir jemand zu. Ich lag sofort flach auf dem Boden, hörte einen Schuß, dann eine gedämpfte Explosion und sah einen Körper durch die Luft fliegen und zwei Meter weiter im Gebüsch vor mir landen.
»Kleiner, bist du o.k.?« hörte ich Peters Stimme.
»Alles klar, Peter!« Keinen Araber berühren, es könnte sein, daß er eine entsicherte Granate unter seinem Körper verbirgt!«
Wir stapften in fünf Meter Distanz voneinander auf die Ruine zu, ganz langsam und bedächtig, Schritt für Schritt. Ich konnte mich wieder voll konzentrieren. Das Bild, das sich uns bot, war wirklich grauenvoll. Zwei Leichen lagen im Bach, der vom Blut rot gefärbt war. Drei weitere Tote lagen arg verstümmelt daneben. Im Gebüsch steckte einer, dem der Schädel vom Hals gerissen war. Überall lagen Waffenreste und Kleiderfetzen. Wir erreichten die Mauern. Dort lagen wieder drei und ein halber, denn dem letzteren mußte Peters Gewehrgranate den halben Leib weggerissen haben. Hinter einem Mauerrest fanden wir die andere Körperhälfte.
Von der gegenüberliegenden Hügelkette her drangen die Kommandorufe unseres Hauptmanns zu uns herüber. Wir sollten jeden Quadratmeter durchsuchen. Peter und ich trennten uns. Plötzlich ließ mich ein verdächtiges Geräusch von links herumfahren. Ich hechtete auf die Seite, zog den Kopf dabei ein, landete auf der Schulter und rollte ein Stück weiter. Automatisch eröffnete ich das Feuer in die Richtung aus der das Geräusch gekommen war. Die Ruine ließ den Lärm der Schüsse ohrenbetäubend widerhallen. Ich sah, wie ein Araber tödlich getroffen in die Knie sank.
Hinter der Mauer kam Rudi hervor:
»Danke, wenn du den da nicht erwischt hättest, besäße ich jetz keinen Kopf mehr!« und er deutete dabei auf die zwischen uns liegende Leiche des Arabers.

»Schade!«
»Was ist schade?«
»Daß du deinen Kopf noch auf dem Hals hast!«
Rudi versetzte mir einen derben Rippenstoß. Mir entfiel dabei die MP und ich schlug mir dabei gegen den verletzten Mittelfinger. Rudi sah mein schmerzverzerrtes Gesich und entschuldigte sich:
»Tut mir leid, Kleiner!«
»Rudi, ich nehme an, daß alles vorüber ist, sonst würdest du nicht mehr so bequem herumsitzen!«
Er gab keine Antwort und stellte nur eine knappe Gegenfrage:
»Wie viele?«
Da er nichts anderes meinen konnte als die Zahl der von mir gezählten Leichen, antwortete ich ebenso knapp:
»Achteinhalb!«
»Bei mir zwölf!«
»Keine Verletzten auf unserer Seite?«
»Doch, drei!«
»Schmidt, der oben bei Karl steckte und den Beobachter spielte. Er stand trotz Warnung auf und beobachtete durch das Fernglas die Kerle als sie davonliefen. Dabei traf ihn eine Kugel.«
»Ist es schlimm?«
»Er hat ein Loch zwischen den Augen!«
Und welche beiden haben noch was abbekommen?«
»Die zwei sind reif für ein Irrenhau!. Stell dir vor! Die beiden sehen einen Araber davonlaufen und streiten sich, wer ihn abknallen darf. Der Araber dreht sich um und schickt ihnen eine Ladung Schrot entgegen. Jetzt jammern sie. Dabei haben sie noch Glück gehabt, daß er nur mit rostigen Nägeln geschossen hat und schon dreißig Meter entfernt war!«
»Wer hat den Araber dann doch noch erwischt?«
»Jack!«
»Und wo befinden sich unsere Leute jetzt?«

»Jack schiebt zusammen Wache mit Karl auf dem Hügel, die anderen sammeln die Waffen zusammen.«
»Wieviel Tote insgesamt?«
»Zwanzigeinhalb mit deinem letzten!«
»Und die hier zwischen den Trümmern?«
»Die sollen andere zählen!«
Wir hörten wieder Schüsse, Maschinengewehrrattern. Unbeeindruckt führten wir die Unterhaltung weiter.
»Rudi, was glaubst du, finden wir Detmar und die anderen Deserteure?«
In unserer Nähe bewegte sich etwas. Wie auf Kommando rollten wir uns auf die Seite und hielten die Waffen im Anschlag. Der Mann, auf den wir auf dem Bauch liegend unsere Waffen gerichtet hielten, war Martinez! Der Idiot blickte vertrauensvoll in die Mündungen unserer MPs und meinte:
»Que passa, hombre? Calma e quieto!«
In den Händen hielt er ein erbeutetes MG. Erschrocken machte er uns auf etwas aufmerksam, was sich von der anderen Seite näherte! Wir fuhren beide gleichzeitig mit einer blitzschnellen Drehung herum – und hatten den Hauptmann persönlich vor den Läufen! Der erstarrte, ebenso wie seine beiden Funker und vier weitere Begleiter, etwa dreißig Meter vor uns zur Salzsäule
»Kovács, hierher«, vernahm ich die mächtige Stimme des Hauptmanns.
»Ich kann nicht, ich bin verletzt!«
Der Häuptling näherte sich. Rudi setzte sich neben mich und stützte, genau wie ich, seine verschränkten Arme auf die Knie. Der Hauptmann baute sich vor uns auf, holte tief Luft und fragte:
»Wo ist der Leutnant?«
Rudi und ich sahen uns an. Rudi stieß hervor:
»Der Glühwurm? Scheiße! Den haben wir vergessen! Hoffentlich ist er nicht erstickt!«
Wir sprangen auf, rannten am Bach entlang etwa vier bis fünf-

hundert Meter zurück. Der Hauptmann kam uns mit seinem Gefolge langsam nach. Rudi blieb auf einmal stehen:
»Hier müßte es sein!«
»Schade, daß es schon hell ist!«
»Warum?«
»Im Dunkeln kann man einen Glühwurm leichter finden!«
Rudi deutete auf ein längliches Etwas auf dem Boden. Es war die tarnfarbene Zeltplane unter der der geknebelte Leutnant steckte. Er rührte sich nicht. Offenbar hatte er alle Befreiungsversuche aufgegeben. Dort. wo ich den Kopf vermutete, kniete ich nieder und riß die Plane mit einem Ruck beiseite. Ich befreite den Leutnant vom Knebel und nahm ihm die Fesseln ab. Der vor uns Liegende schnappte nach Luft wie ein Fisch am Ufer, brachte aber kein Wort heraus. Ich wandte mich an Rudi:
»Sag' mal, warum hast du ihn denn niedergeschlagen?«
»Der Idiot wollte mich erschießen! Das wäre vielleicht nicht schade um mich gewesen, aber was glaubst du, wäre mit euch geschehen?«
Rudi entfernte sich ein paar Schritte. Das bot mir die Möglichkeit, dem Leutnant ein paar hilfreiche Verhaltensmaßregeln zu geben. Als Rudi zurückkam und der Leutnant ihm die Hand zur Versöhnung reichte, winkte er großmütig ab:
»Schon gut, Herr Leutnant! Ist vergessen!«
Wir schritten auf den Hauptmann zu. Vier Meter vor ihm blieben wir stehen. Der Leutnant trat noch zwei Schritte vor uns und sagte:
»Melde gehorsamst, daß ich wegen einem epileptischen Anfall Korporal Müller den Befehl gab, mich bewußtlos zu schlagen!«
Was der Hauptmann erst leiser, dann immer lauter von sich gab, war kaum zu verstehen, da er vor Wut die Zähne nicht mehr auseinanderbrachte.
»Müller, Meldung!« knirschte er plötzlich.
Rudi grüßte und begann:«Feuerbeginn 3.54 Uhr mit MG, ein Lader, zwei Mann Rückendeckung; rechte Flanke zwei Geweh-

re auf halber Höhe, linke Flanke eine Gewehrbatterie, ein Gewehr, zwei Sturmkämpfer zur Linken in circa dreißig Meter Distanz. Eigenverluste: ein Toter, zwei Verletzte. Verlust vom Feind noch nicht fertiggezählt!«
Der Hauptmann nickte. Er hatte allen Grund dazu, denn jetzt war seine Beförderung gewiß. Unser Resultat mußte dem ganzen Regiment zur Ehre gereichen, denn das Regiment bestand ja nur aus Auszubildenden, die erst zu Legionären für den Einsatz geformt werden sollten. Der Hauptmann reagierte zu Müller gewandt:
»Ich gratuliere, Sergeant!«
Auch ich schüttelte Rudi kräftig die Hand:
»Meinen Glückwunsch!«
»Kovács«, herrschte mich der Hauptmann an. »Das Funkgerät her, aber dalli!«
»Das Gerät steht auf dem Hügel, weil dort bessere Empfangsbedingungen herrschen.«
»Verschwinde!«
Ich tat, wie mir geheißen. Während ich davonstiefelte, ging mir einiges durch den Kopf: Für mich standen jetzt acht Tage mit Gummi aus. Den Kopf brauchte man mir zu diesem Zweck wenigstens nicht mehr scheren. Allerdings konnten aus den acht Tagen leicht mehr werden. Irgendwann werde ich auch noch mit dem Hauptmann unter vier Augen sprechen. Dann wird er mir einiges erzählen müssen, ob er will oder nicht! Mir fiel ein, daß man uns darüber aufgeklärt hatte, daß auch wir einfache Soldaten das Recht besaßen, Fehler unserer Offiziere an höherer Stelle zu melden. Schließlich wäre doch ohne meine Aufmerksamkeit alles schief gegangen. Wir wären den Arabern direkt in die Arme gelaufen – nicht auszudenken, was das bedeutet hätte! Auch wäre interessant zu wissen, wer schuld war, daß unsere Gruppe eine halbe Stunde in die falsche Richtung lief: der Glühwurm oder der Hauptmann!
»Kleiner«, wurde ich von der Seite angesprochen.
»Peter! Wo steckst du denn die ganze Zeit?«

»Beim Funkgerät! Wir rufen schon die ganze Zeit nach dem Hauptmann!«
»Hol' das Scheißding her, Peter!«
»Nein, besser, wir gehen zu Karl hinauf! Der Hauptmann wird schon nachkommen!«
Inzwischen war ein weiterer Zug unserer Kompanie eingetroffen. Die Neuankömmlinge sahen sich die Leichen an, dann wurden sie von ihrem Zugführer so weit auseinandergezogen und über den Hang verteilt, daß sie die ganze Gegend überwachen konnten.
Peter und ich näherten uns dem Hang, auf dem Karl mit dem Funkgerät wartete. Rudi und der Hauptmann trotteten uns in einiger Entfernung hinterher. Über uns kreiste schon seit geraumer Zeit mit weit gezogenen Schleifen ein einmotoriges Aufklärungsflugzeug. Ich erreichte den Gipfel des Hügels auf dem Karl saß. In dem Moment konnte ich auch sehen, was sich am Fuße der anderen Seite des Hügels abspielte: Unsere Leute plünderten die Toten. Angeekelt wandte ich mich an Karl:
»Es ist eine Sauerei, was da geschieht, Karl! Was machen die da unten?«
»Die suchen die Taschen der Araber durch, diese Schweine! Ich habe mir schon einige gemerkt, die sich etwas eingesteckt haben. Am liebsten würde ich auf sie losballern! Das kannst du mir glauben, Kleiner!«
»Wo ist Schmidt?«
»Den haben sie schon abgeholt!«
»Kovács!« unterbrach uns die mächte Stimme des Häuptlings.
Ich wandte mich um, und machte einige Schritte auf ihn zu, wobei ich ein steifes Bein vortäuschte. Glücklicherweise kam gerade zur rechten Zeit Peter daher, der mit dem Funkgerät auf den Hauptmann zuging. Gleich würde die Nervensäge mit dem Austeilen von Befehlen über Funk beschäftigt sein. Ich konnte mich wieder abwenden. Inzwischen war Rudi bei uns angekommen:
»Was wollte der Häuptling von dir, Rudi?«

»Mich berichten lassen, wie du es geschafft hast, mit dem Funkgerät Kontakt aufzunehmen, obwohl wir so weit voneinander entfernt waren!«
»Ihr habt über mich geredet?«
»Das ließ sich nicht umgehen, da ich genau berichten mußte, was sich ereignet hat. Peter und Karl können damit rechnen, daß sie bald grüne Winkel bekommen. Mit dir hat er etwas anderes vor, aber sicher nichts Schlechtes, wie mir scheint, obwohl er sich nicht konkret geäußert hat. Ich habe seinen Gesichtsausdruck beobachtet, als ich von dir sprach.«
»Und, was hast du bemerkt, wenn ich fragen darf?«
»Stolz!«
»Idiot, was habe ich mit seinem Stolz zu tun?«
»Viel, Kleiner! Sehr viel! Jedesmal, wenn von dir die Rede war, sprachen aus seinem Gesicht, Anerkennung, Respekt und Stolz. Merk dir das!«
Rudis Miene verriet Ernst und Mitgefühl, so, als ob er sich für meinen Bruder hielt. Das darf er auch, dachte ich mir, schließlich hatte ich fast alles, was meine Kampfausbildung betraf, von ihm gelernt.
»Danke, Rudi!«
Da kam mir eine Idee. Rudi schien meine Gedanken zu erraten und fragte erstaunt:
»Was ist los mit dir, Kleiner?«
Ich begann:
»In unserer Gruppe sind drei Mann ausgefallen. Wir müssen also drei neue bekommen, die du dir als Gruppenführer aussuchen darfst... natürlich nur mit unserer Genehmigung!« Dabei deutete ich auf Karl, Jack und mich. Die Bezeichneten nickten zustimmend.
»Ich nenne jetzt drei Namen: Béla, Jonás und Otto!«
»Nein!«
»Doch«, kam es dreistimmig zurück. Rudi stöhnte.
»Wer ist hier eigentlich der Gruppenführer, der Kleine oder ich?«

»Offiziell du«, erklärte Karl. »aber nur offiziell! Inoffiziell seid ihr es beide – und damit basta! Wenn's dir nicht paßt, kannst du dich ja in eine andere Gruppe versetzen lassen!«
Dabei verriet sein Gesichtausdruck, daß er keine Widerrede mehr duldete.
»Rudi, bist du einverstanden?« hakte ich nach.
»Bleibt mir wohl nichts anderes übrig«, gab er zur Antwort, »du hast jetzt alle um mich versammelt, die mich hassen. Warum, verdammt nochmal haßt ihr mich?«
»Solange wir dich hassen, haben wir Vertrauen zu dir. Im übrigen beruht das wohl auf Gegenseitigkeit!«
Damit war unsere Gruppe nun so zusammengestellt, wie wir es wünschten. Jetzt mußte Rudi nur noch vor den Häuptling treten und diesem den Vorschlag unterbreiten. Unser Gruppenführer saß nachdenklich unter uns, endlich hob er den Kopf und meinte:
»Wir brauchen noch zwei Leute, zwei Funker: Jack löse doch mal Peter ab und schicke Peter her!«
Der Angesprochene verschwand, kurze Zeit später erschien Peter:
»Was ist los?«
»Peter, wir brauchen zwei Funker in unserer Gruppe!«
Er brauchte nicht lang nachzudenken, dann schoß es aus ihm heraus:
»Haag und Schneider!«
»Na also! Jetzt müssen wir nur noch Béla, Jonás und Otto herbeiholen. Martinez, das könntest du erledigen, du hast sowieso ein Jucken am Hintern, wie ich merke, und würdest am liebsten da drüben mitmischen!«
»Hasta la vista, hombres«, verabschiedete sich Martinez.
Rudi begab sich zum Häuptling. Kurze Zei darauf hörten wir die beiden sich anschreien. Für Jack war es die Gelegenheit, sich davonzumachen, um die von uns gewählten Funker herbeizuholen. Peter und ich blieben bei Karl, der von hier oben

aus das Gefecht hatte ausgezeichnet überblicken können. Ich hatte das Gefühl, daß er etwas loswerden wollte und forderte ihn dazu auf:

»Kleiner, du weißt doch, daß nach Feuerbeginn auf deiner Seite der erste Ausbruchsversuch der Araber erfolgte!«

Peter und ich nickten zur Bestätigung. Karl fuhr fort:

»Als sie merkten, daß das nicht möglich war, glückte ihnen der Durchbruch nach vorne. Ich konnte nicht weiter auf die Flüchtenden achten, denn einige suchten ein MG in Stellung zu bringen und auf uns zu richten. Seht ihr dort hinten jenen Hügel?«

Er deutete mit der Hand auf eine Anhöhe. Wir nickten.

»Dort teilten sich die Flüchtenden. Ein Teil lief rechts um den Hügel und verschwand, ein Teil links herum. Drei Mann stiegen mit einem MG auf den Hügel. Vor etwa zwanzig Minuten sind auch diese drei verschwunden. Entkommen sein können sie nicht, da unsere Leute inzwischen den ganzen Kessel eingeschlossen haben.«

»Trotzdem sind dic Araber entkommen«, behauptete ich voller Überzeugung. Vielleicht haben sie einen Funkspruch aufgeschnappt, der ihnen verriet, daß unsere Südwestseite noch nicht dicht war. Der Hauptmann kündigte ja sein Kommen vom Südwesten an. Durch diese Lücke haben die Kerle bestimmt das Weite gesucht. Übrigens noch was: Was denkt ihr über unsere Deserteure?«

Darauf reichte mir Karl wortlos ein großes Taschenmesser. Ich erkannte es sofort als das Eigentum eines Österreichers aus unserer Kompanie, der oft damit prahlte, wie scharf er sein Messer geschliffen hatte. Jetzt klebte auf der Klinge getrocknetes Blut.

»Karl, wo hast du das her?« fragte ich.

»Martinez fand es dort unten!

»Die fünf Deserteure sind tot«, meinte Peter bestimmt. Sie hatten nämlich, wie viele vor ihnen, den Versprechungen der Araber vertraut, sie würden nach dem Überlaufen in ihre Heimat

zurückgebracht. Das blutverschmnierte Messer eines Überläufers ließ darauf schließen, daß er ermordet worden war.
In diesem Augenblick vernahm ich eine Stimme mit ungarischem Akzent und blickte in ein paar Augen, die mir verrieten, daß ihr Besitzer über das Wiedersehen genauso erfreut war wie ich.
Gleichzeitig sah ich Otto und Jonas heranststiefeln. Es folgten Martinez, Pasgomes und die beiden für unsere Gruppe auserwählten Funker. Über deren Köpfe wedelten die Antennen der auf dem Rücken getragenen Funkgeräte.
Béla grüßte nur mit einem trockenen »Karl! Peter!« und ließ sich bei uns nieder. Kurz darauf gesellte sich Rudi dazu. Jonás wurde auf die gleiche Weise begrüßt und schien, wie die anderen, ebenfalls mit Rudi im besten Einvernehmen. Otto führte sich nicht anders ein. Er meinte zu mir gewandt:
»Freut mich, dich wieder unter unserer Obhut zu wissen, Kleiner!«
Jonás öffnete einen Sack, den er mitgebracht hatte, fischte eine Salami heraus, holte eine weitere hervor und schnallte seine Feldflasche vom Gürtel. Otto nahm die Zeltplane aus seinem Gepäck und breitete sie zwischen uns auf dem Boden aus. Jonás zauberte noch einige Konserven und Brot dazu und meinte:
»Wenn die Herren so nett wären, diesen kleinen Imbiß zu sich zu nehmen, würde mich das in meiner Gastfreundschaft hoch beehren!« Dabei verbeugte er sich mehrfach.
Während des Frühstücks fragte ich Rudi, wie der Hauptmann auf unsere Wünsche reagiert hätte.
»Das kannst du dir leicht vorstellen, wenn ein bretonischer Dickkopf und ein Hunne die Klingen kreuzen«.
»Rudi, wie geht es jetzt weiter?«
Wir bleiben bis heute abend hier, dann ziehen wir zum Schein ab, wobei wir die Toten zurücklassen. In der Nähe beziehen wir versteckt im Dunkeln Stellung und warten, bis die Araber zurückkehren, um ihre Toten zu holen.«

Da ich jedoch überzeugt war, daß die Araber längst entkommen waren, erwiderte ich:
»Sie kommen nicht, wetten!«
»Doch, sie werden versuchen, ihre Gefallenen zu bergen, wenn nicht heute, dann morgen!«
»Sie werden weder heute noch morgen kommen, Rudi. Ich halte jede Wette, und wenn es um meine Glatze geht!«
»Um was sollen wir wetten?«
Ich überlegte rasch und schlug vor:
»Um unseren Sold! Deinen gegen meinen!«
Rudi reichte mir die Hand, Peter schlug zur Bekräftigung einmal mit seiner Hand darauf.
»Übrigens, Rudi, weiß ich, wo die Leichen unserer Deserteure sind, zumindest ich vermute es!«
Ich hatte es absichtlich so laut gesagt, daß es auch der etwas abseits sitzende Hauptmann hatte hören müssen.
»Was vermutest du«, fragte Rudi.
»Ich bin absolut sicher, daß alle fünf Deserteure tot sind, weil Blut an diesem Messer ist!«
Ich hielt ihnen das Messer hin. Rudi bestätigte:
»Gut kombiniert, Kleiner! Aber weiter! Glaubst du da unten befindet sich irgendwo eine Höhle?«
»Allerdings! Als wir die Araber überraschten, waren sie nur leicht bekleidet, führten kein Gepäck mit sich, keine Granaten, kein Essen, keine Ersatzmagazine, nur das, was in den Waffen steckte. Was ist daraus zu folgern? Die Araber sind nur für die Nacht aus ihrer Höhle gekommen, vielleicht um ein wenig frische Luft zu schnappen. Ich bin überzeugt, daß sie noch nicht hier lagerten als wir ankamen, denn sonst hätten sie uns gehört.
»Rudi, weißt du, was wir jetzt machen?« schlug ich vor, »Martines und Pasgomes gehen jetzt zur Ruine hinunter. Peter, Béla, ihr geht mit mir! Jonás und Karl folgen in kurzem Abstand! Rudi, Otto und Jack, ihr kommt mit dem Hauptmann nach! Du, Rudi, klärst den Häuptling über unsere Vermutungen auf! Und

per Funk sagt den Typen, die den Hügel bewachen Bescheid, damit sie nicht auf uns schießen. Jeder von uns bindet sich einen weißen Verband um den rechten Oberarm, so können sie uns erkennen. Du Béla gehst ungefähr zwanzig Meter links von mir, Peter ebensoweit rechts! Auf mein Zeichen marschieren wir los, so schnell wie möglich, aber ohne zu rennen. Unser Ziel ist der rechte Hang des besagten kleinen Hügels. O.k.?«
»O.k.!«, kam die Antwort. Ich blickte auf die Uhr und gab das Zeichen. Karl und Jonás folgten uns, dahinter kamen in einer Schlange die anderen, den Schluß machte der Häuptling. Nach genau elf Minuten erreichten wir das Ziel. Der Hauptmann nahte.
»Jetzt kommt es zu einer Auseinandersetzung mit mir«, erklärte ich Béla. »Gehe zum Häuptling und weise ihn an, leise zu sein, vielleicht sind noch ein paar Araber in der Höhle!«
»O.k.!«
»Peter, was schaust du so?«
»Ich freue mich, daß du wieder der Alte bist!«
»Wieso?«
»Weil es mir heute morgen schien, daß du einWeichling bist!«
»Das ist auch der Fall, Peter! Ich hasse es, Menschen umzulegen! Ich mag mich allerdings auch nicht umbringen lassen, da ist es ja wohl mein gutes Recht, mich zu verteidigen. Und was Detmar betrifft: Auch wenn wir ihn nicht mochten, er war immerhin einer von uns, oder?«
»Der Häuptling kommt, Kleiner! Er winkt dir, zu ihm kommen!«
In der Tat! Der Hauptmann schien mich allein sprechen zu wollen. Darauf wartete ich schon lange! Er peilte einen Punkt unterhalb unseres Hügels an, etwa achtzig Meter entfernt von den anderen. Das war mir sehr recht, denn so konnte niemand hören, was ich ihm an den Kopf zu werfen gedachte. Ich grüßte vorschriftmäßig.
»Kovács, setz dich hierher zu mir!«
Ich setzte mich vor ihn hin und legte los:

»Sie sind unfair zu mir. Ich verstehe noch, daß sie sich von mir nichts sagen lassen wollen. Aber wenn sie mich verarschen wollen, sind sie bei einem Falschen gelandet. Mich hat bisher noch kaum einer geschafft! Das mit dem Wettkampf nehme ich ihnen nicht übel, aber mich mit Zigaretten und Alkohol zu prämieren, war eine Blamage für mich! Als Belohnung durfte ich sie bedienen!« In etwas milderem Ton fuhr ich fort: »Die blöde Geschichte mit dem Autounfall habe ich auch noch geschluckt. Aber ich ertrage keinen Krankenhausgeruch, merken sie sich das bitte!«
Den letzten Satz hatte ich sehr eindringlich von mir gegeben.
»Noch etwas! Woher habe ich meine Kopfwunde?«
»Vom Waschbecken! Du mußt einen sehr harten Schädel haben, denn das Waschbecken ist dabei zu Bruch gegangen. Als du gegen die Badezimmer gerannt bist, wurde sie von innen geöffnet. Du bist wie ein Wilder hineingestürmt und gegen das Becken geknallt!«
»Endlich weiß ich jetzt darüber Bescheid! Und warum hat mich Claudine nicht im Krankenhaus besucht?«
»Sie hat mir gedroht, eine Ladung Schrot in den Bauch zu jagen, wenn du nicht heil herauskommst. Und schießen kann sie! Wir waren früher oft zusammen auf der Jagd, wo sie mir ihre Zielkünste bewiesen hat.«
»Aber warum hat sie mich nicht besuchen dürfen?«
»Weil der Arzt nicht sicher wußte, ob du überlebst!«
So ging unser Streitgespräch, das mehr einem Verhör meinerseits entsprach, noch eine ganze Weile weiter. Der Hauptmann zeigte sich besonders überrascht über meine Vermutung, daß Claudines Mann, der Leutnant in einer Transportkompanie, vielleicht gemeinsame Sache mit der Gegenseite machte; denn die Araber näherten sich in der Nacht damals zwar vorsichtig, aber doch so, als wenn sie bereits schon einmal oder bereits öfters zu nächtlichen Besprechungen dagewesen wären!«
»Ich weiß noch etwas«, spielte ich meinen letzten Trumpf aus.

»Heute nacht haben sie und der Glühwurm sich mit unserer Position total vertan! Ich bin erst heute morgen darauf gekommen, als ich die Karte betrachtete und entdeckte, daß zwei Ruinen existieren! Sie waren bei der einen, wir bei der anderen. Aber vergessen wir's. Jetzt ist alles klar zwischen uns. Jetzt holen wir die Brüder aus dem Loch. Sergeant Denis muß her, er ist Spezialist für Grotten!«
Ich ging zu unseren Leuten zurück.
»Hast du ihn degradiert?« witzelte Peter.
»Nein, noch schlimmer! Ich habe ihn aus der Armee geschmissen und zwar ohne Pension! Jetzt hole Rudi herbei, schnappe dir eine MP und einige Granaten!«
Inzwischen war Rudi gekommen.
»Kleiner, wie stellst du dir das Vorgehen vor?«
»Denis wird Phosphor mitbringen. Er weiß ganz genau, wie er es anfangen muß, wenn er als erster hineingeht!«
»Ich möchte mitgehen! Komm, wir sehen uns das Loch mal aus der Nähe an!«
Wir trotteten die fünfzig Meter schweigsam nebeneinander her zur Höhle. Plötzlich standen wir vor einer Öffnung im Fels, die kaum eineinhalb Quadratmeter groß war. Früher mußte hier einmal Quellwasser hervorgesprudelt sein, denn an dieser Stelle begann ein ausgetrocknetes Bachbett, das in Richtung Talausgang zeigte. Vielleicht führte es in der Regenzeit auch heute noch Wasser. Den Arabern mochte dieses Bachbett zur Flucht verholfen haben!
Die Öffnung im Fels war notdürftig mit Grasbündeln verdeckt. Während wir auf Denis warteten, versuchte ich, Rudi klar zu machen, daß die Araber, die nach unserem Angriff bis hierher entkommen waren, aus unseren Funkverkehr, den sie abhörten, entnahmen, daß unsere Südwestseite noch nicht geschlossen war. Und dieses Bachbett konnte den Flüchtigen Schutz vor unseren Augen bieten.
»Ich sage dir, Rudi, die Araber sind weg!«
Denis kam.

»Also, Rudi, paß auf dich auf, wenn du mitgehen willst!«
Peter äußerte:
»Mir ist klar, daß man da drinnen nicht weiß, was einem erwartet!«
Als erster verschwand Sergeant Denis in der Höhle. Er galt als ausgesprochener Spezialist für solche Fälle, denn er war unser Ausbilder in Sachen Antiterror. Peter schlüpfte Denis hinterher, gefolgt von Rudi. Alle drei waren nur leicht bewaffnet, um sich besser bewegen zu können. Nach einiger Zeit hörten wir ein paar Handgranaten detonieren, aber keine Schüsse. Vermutlich hatten unsere Höhlenstürmer aus Vorsicht einige Granaten vorausgeschickt, bevor sie sich weiter hinein wagten. Zehn Minuten später kam Peter wieder zum Vorschein und verlangte fünf Zeltplanen und ein Seil, ohne sich über die Vorfälle in der Höhle zu äußern. Es war jedoch nicht schwer zu erraten, daß das Verlangte benötigt wurde, um die Leichen der Deserteure zu transportieren.
Vom Hauptmann kam inzwischen per Funk der Befehl, sich zum Aufbruch bereit zu machen. Die Marineinfanterie sollte uns ablösen, wir durften zurück in die Kaserne. Durch Funkspruch erfuhren wir etwas später, daß die Marineinfanterie nicht weit von Mascara einen Schwerverletzten gefunden und ins Krankenhaus gebracht hatte. Es sollte sich um einen Legionär handeln, der splitternackt und halbverblutet bewußlos am Straßenrand lag. Von Peter erfuhr ich, daß sie in der Höhle nur vier unserer Deserteure gefunden hatten. Mir war sofort klar: Der Schwerverletzte war unser fünfter Deserteur.
Wir traten die Rückfahrt an und befanden uns am späten Nachmittag wieder in der Kaserne. Während wir gewöhnlich nach der Ankunft immer gleich wegtreten durften, mußten wir diesmal auf dem Platz stehenbleiben. Alle möglichen Meldungen waren entgegenzunehmen und zum Schluß mußten wir zweimal an den aufgebahrten fünf Leichen vorbeigehen. Die Ereignisse des Tages reichten mir eigentlich. Ich war beileibe nicht

mehr neugierig auf das Betrachten dieser Toten. Nicht wenige unserer Kameraden überfiel der Brechreiz beim Anblick der schrecklichen Bilder: Allen vieren war die Kehle durchgeschnitten, das Glied abgetrennt und in den Mund gesteckt worden. So lagen sie vor den Zeltplanen vor dem Fahnenmast. Wie wir von dem fünften, zu diesem Zeitpunkt im Krankenhaus befindlichen Deserteur erfuhren, hatte er und seine Kameraden den Arabern zur sexuellen Befriedigung dienen müssen. Als wir angriffen, war er gezwungen worden, seine Kameraden zu töten und zu verstümmeln. Als die Flüchtenden sich in Sicherheit wähnten, hatten sie jedoch auch ihm eine Abreibung verpaßt. Er erlag später im Krankenhaus seinen Verletzungen.

Wir brauchten uns keine Vorwürfe zu machen, weil erst nach unserem Angriff die Araber ihre Grausamkeiten vorgenommen hatten. Früher oder später hätte die sechs ohnehin das gleiche Schicksal ereilt. Andere Legionäre mußten früher die gleiche Erfahrung machen. Es war nur erstaunlich, daß es trotz dieser abschreckenden Beispiele immer wieder Legionäre gab, die auf die Versprechungen der Araber hereinfielen.

Der Anblick der Leichen blieb nicht ohne Wirkung auf uns; er provozierte einen Haß, den wir vorher nie gespürt hatten. Auch ich fühlte ihn in mir aufsteigen angesichts dieser unmenschlichen Kriegsführung, die die Araber Demoralisierung nannten, in meinen Augen aber ein feiges Verhalten war. Da waren fünf junge Kerle unbewaffnet zu ihnen übergelaufen, weil sie hofften, die Freiheit zu bekommen. Dafür wurden sie auf grausamste Weise getötet. Wir, die wir das erlebten, waren nun eher bereit, brutal und gnadenlos unsere Befehle auszuführen und neigten dazu, in Zukunft das Wort Gefangene zu vergessen und lieber gleich zu schießen.

7. Neue Herausforderungen

Endlich kam der erlösende Befehl zum Wegtreten. Wir verschwanden blitzschnell in unseren Unterkünften und wollten gerade unsere Gewehre reinigen, da trat der Alte in unser Zimmer und eröffnete mir, daß ich in fünfzehn Minuten sauber angezogen vor dem Hauptmann zu erscheinen hätte. Jack ergriff mein Gewehr, um mir die Arbeit abzunehmen und meinte:
»Kleiner, deine Ausgehuniform befindet sich doch noch im Krankenhaus, oder?«
»Sie ist verbrannt!« entgegnete ich mürrisch.
»Dann nimm meine! Wir bleiben heute sowieso hier und feiern Weihnachten!«
»Ist gut! Wahrscheinlich muß ich noch heute in den Bau. Dieses Schwein kann es wohl gar nicht abwarten! Aber beeilen werde ich mich nicht. Zuerst gehe ich noch duschen.«
Nur scheinbar beleidigt verschwand ich im Duschraum. In Wahrheit war ich bester Dinge. Bis ich mich endlich fertig angezogen hatte, waren über zwanzig Minuten vergangen, ohne daß jemand nach mir gerufen hätte. Entweder bekam ich noch ein paar Tage Bau dazu oder die Strafe wurde gestrichen. Letzteres erschien mir zwar unwahrscheinlich, aber möglich war bei dem komischen Vogel, unserem Häuptling, alles.
Meine Kameraden halfen mir nach Kräften: Martinez polierte mir die Schuhe, Peter entstaubte mit einer Kleiderbürste Jacks Uniform und Karl war dabei mein Käppi zu weißen.
»So, Jungs,« verabschiedete ich mich, »wenn ich nicht zurückkomme, ist alles in Ordnung. Fragt dann nicht, wo ich bin, das ist tabu! Bin ich in fünf Minuten wieder hier, wißt ihr Bescheid für die nächsten acht Tage!«
Auf dem Gang stand schon der Alte. Er korrigierte in alter Gewohnheit meine Uniform, indem er hier einmal zupfte und dort einmal klopfte. Ich pochte an die Tür des Hauptmanns.
»Herein«, hörte ich seine Stimme. Ich trat ein und grüßte:

»Legionär Kovács meldet sich zum Rapport!«
»Meinst du nicht, daß es auch für mich langsam Zeit wird mich umzuziehen?«
»Herr Hauptmann, damit habe ich doch nichts zu tun, wenn ich das sagen darf!«
»Das meinst du! Aber es gibt zwei Frauen, die anderer Meinung sind; sie haben bereits dreimal angerufen und gedroht, wenn ich dich nicht mitbringe, brauche ich selbst auch nicht zu kommen. Hier!«
Er reichte mir einen Gürtel mit einer Pistolentasche. Ebenso außergewöhnlich wie meine Freude über das sicher bevorstehende Wiedersehen mit Claudine war meine Verblüffung über das Verhalten des Hauptmanns. Wir befanden uns in der Kaserne, seinem uneingeschränkten Machtbereich. Hier hätte ich mir nie das erlauben können, was ich mir morgens auf dem Gelände herausgenommen hatte.
Ich schnallte den Gürtel um und folgte wortlos dem Hauptmann die Treppe hinunter zu einem bereitstehenden Jeep. Ich sprang auf und nahm hinter dem Fahrer Platz. Der Hauptmann wechselte noch ein paar Worte mit dem Alten, der hinter uns hergelaufen kam. Ich betrachtete den Fahrer und entdeckte an seinem Handgelenk meine Uhr, die ich seit meiner zweiten Einlieferung ins Krankenhaus vermißte
»Wie spät haben wir's, Kollege? fragte ich.
»Zehn nach sechs«, antwortete er nach einem kurzen Blick auf die Uhr.
»Danke! Bist du bei der MP?«
»Ja, warum?«
»Nur so! Hast du am nächsten Samstag Dienst?«
»Ich glaube schon! Warum fragst du?«
»Nur, weil ich dich oft im Dienst sehe!«
Das war gelogen. Ich hatte ihn noch nie vorher gesehen. Aber er hatte meine Uhr gestohlen. Ich hoffte, ihn am kommenden Samstag zur Rechenschaft ziehen zu können. Im Augenblick

mochte ich keinen Krach schlagen, zu sehr freute ich mich auf Claudine.
Der Hauptmann saß auf und befahl loszufahren. Der Kollege mit meiner Uhr am Arm gab Gas.
Na warte, du läufst mir nicht weg! Hoffentlich hast du am Samstag Dienst! Diebstahl ist mit Desertion vergleichbar, noch dazu hast du einen Bewußtlosen beraubt! So grübelte ich an einem Racheplan, der gar nicht gemein genug sein konnte.
Als uns der Fahrer abgesetzt hatte, fragte ich den Hauptmann, ob dieser Fahrer damals dabei war, als ich ohnmächtig aus Claudines Haus getragen wurde.
»Ich weiß nicht, aber ich kann das feststellen lassen. Ist das wichtig für dich?«
»Ja, Herr Hauptmann!«
Der Hauptmann öffnete die Gartentür. Wir traten ein, er sperrte wieder zu, legte väterlich seinen Arm um meine Schulter und führte mich durch den Garten zum Haus. Diese Geste und der Gedanke, daß drinnen Claudine auf mich wartete, ließen mir es richtig warm ums Herz werden.
»Seit einer Woche benimmt sich Claudine wieder wie früher«, verriet mir der Hauptmann. »Es war auch für mich nicht leicht. Jetzt bin ich froh über meine Entscheidung!«
Ich war verwirrt. Am besten halte ich meinen Mund, dachte ich, sonst fange ich noch zu heulen an, was ich nur tue, wenn ich traurig bin und außerdem alleine. Schließlich rang ich mir doch eine Aussage ab:
»Onkel Patric, ich weiß nicht, was sie mit mir vorhaben, aber ich habe volles Vertrauen zu ihnen. Ich werde sie nie enttäuschen, solange das, was sie von mir verlangen, im Bereich meiner Möglichkeiten liegt!«
»Danke, darüber werden wir uns noch unterhalten, wenn du deinen Lehrgang hinter dir hast, was ja noch ein paar Monate dauern wird.«
Ich wußte nicht, was er damit meinte, hatte aber auch gar keine

Zeit mehr zum Nachsinnen, denn Claudine erschien in der Tür. Sie war noch schöner als in meiner Erinnerung: klein, zärtlich, zerbrechlich, fast wie eine Porzellanpuppe. Dieses Geschöpf konnte ich mir unmöglich mit einem Jagdgewehr in der Hand vorstellen.
»Mon Cherie«, sprach sie mich an.
»Clu«, war meine knappe Antwort. Sekunden später sank sie in meine Arme. Aus dem Augenwinkel sah ich, wie Patric im Haus verschwand. Sicher war ihm die Situation peinlich. Er wollte uns nicht seine Gefühle bei unserem Wiedersehen zeigen, der alte Soldat. Ich verstand ihn gut.
»Hast du noch alles? Fehlt dir nichts? Wie fühlst du dich? Mußt du wieder ins Krankenhaus? Dein Kopf! Und dein Finger! Er ist schuld!«
»Claudine, jetzt mal ganz langsam«, beruhigte ich. »Erstens ist niemand schuldig. Zweitens: Ins Krankenhaus gehe ich nicht mehr! Drittens fühle ich mich sehr wohl und viertens habe ich noch alle meine Gliedmaßen, wie du siehst!«
»Ja, ja, Cherie!«
»Gut, jetzt gehen wir hinein, bevor du dich erkältest!«
Claudine hatte ein langes Abendkleid an, das ihre Schultern unbedeckt ließ. Wir gingen ins Haus hinein. Es war so ähnlich wie das von Claudine. Nur die Empfangshalle zeigte sich wesentlich kleiner, dafür existierten zusätzliche Zimmer.
Madame Zazu war eine schöne Frau, meiner Schätzung nach etwa dreißig Jahre alt. Daß sie drei Kinder hatte, sah man ihr nicht an. Sie war eine lebhafte Person, ständig in Bewegung und hatte pausenlos etwas zu erzählen. Dies kam mir sehr entgegen, denn so brauchte ich nur wenig zu sagen. Ich erfuhr von Giselle, so hieß sie nämlich, daß sie mich sehr gut kannte, obwohl sie mich nur einmal gesehen hätte. Ich hörte, daß sie von einer Adelsfamilie abstammte, und daß ihre Kinder in der Schweiz in ein Internat gingen.
Claudine wich den ganzen Abend nicht von meiner Seite und nahm mir die kleinsten Arbeiten ab, als hätte sie einen völlig

Hilflosen vor sich. Der Häuptling amüsierte sich darüber, wie sich die beiden Frauen um mein Wohlbefinden kümmerten. Daheim schien er gewöhnlich nicht viel zu sagen zu haben, denn er gab sich ziemlich wortkarg. Dafür ging der guten Giselle der Gesprächsstoff nie aus. Nach dem köstlichen Dinner nahmen wir in einem hübsch eingerichteten Raum vor dem Kamin in bequemen Polstersesseln Platz. Giselle erzählte ununterbrochen und bemerkte nicht, daß ihr niemand so richtig zuhörte. Wir wurden aber stutzig und horchten auf, als sie folgendes von sich gab:

»Patric, ich will, daß Claudine und der Kleine mit uns nach Paris gehen. Wir haben da genug Platz. Irgendeine Arbeit wird sich in deinem Büro schon für ihn finden lassen!

Der Hauptmann und ich sahen uns an. Er konnte sich bestimmt nicht vorstellen, daß ich hinter einer Schreibmaschine sitzen könnte, um Briefe zu schreiben, die er diktierte.

»Giselle, grinste er«, du hast keine Ahnung, was du da sagst. Ich möchte nie die Verantwortung übernehmen, den Kleinen in ein Büro zu sperren. Du unterschätzt ihn, wenn du ihn für einen braven Jungen mit guten Manieren hältst, der vor dir sitzt und dir aus Anstand beim Erzählen zuhört. Wahrscheinlich wünscht er uns schon lange weit weg, damit er endlich mit Claudine allein sein kann.«

Ich wollte protestieren, doch er hatte sich schon erhoben, seiner Gattin den Arm geboten und war mit ihr im Begriff den Raum zu verlassen.

»Gute Nacht!« verabschiedete er sich. Wir erwiderten den Gruß und waren allein.

»Endlich«, seufze Claudine und begann sich mit mir über ihre Zukunft zu unterhalten. Dabei konnte ich ihr nicht beibringen, daß ich mich nicht binden wollte. Ich fühlte mich noch viel zu jung, als daß ich mich als braven Ehemann hätte vorstellen können. Wie sie mir sagte, wollte sich ihr Mann von ihr scheiden lassen, womit sie einverstanden war. Jetzt mußte ich mir

um meine Freiheit ernstlich Sorgen machen. Claudine durfte bloß nicht beginnen, eine gemeinsame Zukunft aufzubauen. Ich nahm mir vor, ihr das langsam und schonend beizubringen.
Am nächsten Morgen wartete ich gar nicht bis mich jemand weckte. Ich nahm leise meine Kleider in die Hand, drückte Claudine noch einen Kuß auf die Wange und schlich die Treppe hinunter. Hier ertappte mich der Hauptmann:
»Willst du schon gehen?«
»Ja, Onkel Patric!«
»Komm ins Eßzimmer und trinke wenigstens noch einen Kaffee mit mir!«
»Gerne!«
»Wie geht's dir?«
»Na, ja!«
»Was ist los?«
»Es geht um Claudine!! Ich weiß nicht, wie ich ihr sagen soll...«
»Mach dir keine Sorgen! Ab Ende Januar geht meine Frau mit Claudine nach Paris. Dann werdet ihr euch vorläufig nicht mehr sehen. Es ist sowieso besser, denn hier wird es immer brenzliger! Uns Männer lenken die beiden nur von der Arbeit ab, nicht wahr, Kleiner?«
»Das ist wahr«, gab ich ebenso ernst zurück. Ich war froh darüber, daß er so ehrlich mit mir sprach. Außerdem war ich stolz, endlich von ihm wie ein Erwachsener behandelt zu werden.
»Was macht ihr heute in der Kaserne?« fragte Patric.
»Wir haben Theorie im Straßenkampf bei Denis, dann Französisch, schließlich Sprengübungen in der Ruine. Am Nachmittag, wenn die anderen frei haben, möchte ich in die Funkstation.«
»Das ist mir neu, daß du dich für's Funken interessierst!«
»Schon immer! Darf ich jetzt gehen?«
»Natürlich, der Jeep wartet schon. Schick ihn mir anschließend wieder her. Hier hast du die Ersatzschlüssel für das Haus. Ich

bin zwei Tage nicht da. Der Adjudant weiß Bescheid, daß du abends auf die Frauen aufpaßt!«
Damit hatte ich wirklich nicht gerechnet. Es freute mich unendlich, daß Patric mir gegenüber sein volles Vertrauen zeigte. Das sollte allerdings nicht bedeuten, daß wir in Zukunft immer einer Meinung sein mußten. Als ich in unsere Unterkunft zurückkehrte, erwartete mich eine nette Überraschung. Wie ich erfuhr, war Rudi in ein Unteroffiziersheim umgezogen. Béla, Jonás und Pasgomes wohnten ab jetzt in unserer Stube.
»Kleiner«, erklärte Karl, »wir bekommen einen neuen Korporal!«
»Wer sagt das?«
»Der Alte und Müller!«
»Übrigens war Rudi gestern abend bei euch?«
»Nein, er hat zusammen mit den anderen Unteroffizieren seine Streifen begossen!«
»Soso! Dieser Verräter! Was stellen wir mit ihm an? Denkt euch etwas aus, bis ich mich umgezogen habe! Jack, ich danke dir für deine Uniform. Ich habe sie nur zwei Stunden angehabt, du brauchst sie nicht erneut zu bügeln! Brauchen wir heute nicht anzutreten?«
»Natürlich müssen wir. Denn sonst könnten sie uns vier Tage hintereinander nicht mehr kontrollieren. Wir haben nämlich drei Tage frei, weil wir über die Feiertage in Bereitschaft waren!«
Aus Bequemlichkeit streifte ich mir den Trainingsanzug über. In diesem Moment trat Otto ins Zimmer, der die Aufgabe übernommen hatte, Rudi herbeizuholen:
»Er ist da!«
Rudi erschien an der Tür und murrte:
»Ihr geht zu weit, ich bin Unter...«
Weiter kam er nicht mehr, denn Otto packte ihn und stellte ihn vor uns hin.
»Soso« sprach ich Rudi an, »du möchtest gerne Unteroffizier werden?«
»Ich bin es bereits seit gestern!«

»Nee, mein Lieber, wir haben das noch nicht schriftlich. Karl, reiß ihm die Streifen runter!«
Das geschah so schnell, daß es zu spät war, als Rudi zum Protestieren ansetzen wollte.
»Müller, was bildest du dir eigentlich ein? Uns einfach zu verlassen? Du willst uns jemanden in die Stube legen, ohne uns zu fragen? Ah, nee! Du bleibst bis zur Ausbildung bei uns, und zwar als Korporal! Karl, schmeiß seine schönen Sergeantenwinkel in den Abfalleimer!«
Karl setzte sein für ihn so typisches Grinsen auf:
»Es tut mir leid, ihr Barbaren! Ich habe nicht gewußt, daß ihr so an mir hängt. Ich bleibe! Was sollte ich auch ohne euch anstellen? Es gefällt mir da unten sowieso nicht.«
»Hipp, hipp, hipp, hurra!« tönte es vielstimmig und laut in unserem Zimmer. Alle waren fröhlich und mir persönlich hatte es einen Heidenspaß bereitet, ihn wieder bei uns einzugliedern.
»Peter, den Verbandskasten!« rief ich, »es ist jemand verletzt!«
Rudi schaute ziemlich doof drein. Er wußte als einziger nicht, was das bedeutete. Peter legte die geheime Kasse auf das Bett, wir stellten uns drumherum, so daß ein ungebetener Gast nichts erkennen konnte.
»Was denkt ihr, fragte ich, sollen wir diesem degradierten Sergeanten sechzigtausend Franc Vorschuß geben?«
»Nur mit Pfandschein«, meinte Karl.
»Schuldschein meinst du«, verbesserte Béla.
»Jack, reiche mir Papier und Schreibzeug,« kommandierte ich.
Der Angesprochene reichte mir die Utensilien, die ich an Rudi weitergab:
»Unterschreiben!«
»He da steht doch nichts drauf!«
»Egal! Schreib deinen Namen drauf!«
Ich öffnete die Kasse. Als Rudi die vielen Scheine sah, bekam er Stielaugen. Er unterschrieb das blanke Stück Papier und rief:
»Das ist ja ein Vermögen!«

»So, jetzt weißt du wenigstens, wo dein Zuhause ist. Jack nimm das Papier und schreibe:

»Ich, Sergeant Rudolf Müller, mit Geburtsdatum, Einheit und Dienststelle, gebe hiermit Vollmacht an den Legionär Josef Kovács, meinen Sold für den Monat Januar vollständig zu erhalten. Zeugen dieses Schreibens sind die Legionäre... »es folgten alle Unterschriften.

»So, Rudi«, wandte ich mich triumphierend an unseren Gruppenführer, »jetzt paß auf!«

Ich fischte sechzigtausend Francs aus der Kasse und zählte sie ihm auf die ausgestreckte Handfläche. Als ich bei »neunundfünfzig, sechzig« angelangt war, nahm ich das gesamte Geld blitzschnell an mich, steckte es in meine Brieftasche und sperrte die eben erstellte Vollmacht in die Kasse, die ich wieder Peter übergab.

»Aber mein Geld! stammelte Rudi.

»Peter, kläre Rudi auf!« sagte ich.

Der Angesprochene begann:

»Müller, du hast deine Wette verloren, weil die Araber nicht so blöd waren in die Falle zu laufen, nur um dir zu helfen deinen Sold zu retten. Jetzt hast du erst sechzigtausend Francs bezahlt! Bleiben noch zwanzigtausend als Schulden stehen, klar!«

Rudi machte einen ausgesprochen geknickten Eindruck.

Es klopfte an der Tür. Bevor wir »herein« sagen konnten, stand der Alte vor uns. Er wandte sich an mich:

»Kovács, hau sofort ab. Der Oberst kommt gleich hier vorbei und will dich verhaften lassen!«

»Warum denn das?«

»Du mußt es doch am besten wissen! Der Pfleger Jean ist fast gestorben, so voll war er mit Pernod. Er ist heute noch besoffen, denn jedesmal, wenn er aufsteht und Wasser trinkt, ist er gleich wieder voll wie eine Haubitze. Keiner versteht das. Also nimm den Ausgangsschein und verdufte so schnell wie mög-

lich! Der Oberarzt hat angedroht, dich für einige Monate in eine psychiatrische Anstalt zu sperren.«
Jetzt galt es, rasch zu handeln
»Martinez, du kennst meine Größe!«
»Si, hombre!«
Also eine Uniform, bitte! Und du begleitest mich!«
»Wo gehst du hin?« wollte Rudi wissen.
»Spazieren, was sonst?«
Martinez kam schon mit einer frisch gebügelten Uniform zurück, die er bei seinen spanischen Freunden aufgetrieben hatte.
»Peter, haben wir noch Bier?«
»Fünf Karton, Kleiner«, kam die Antwort.
»Martinez, bringe deinen Freunden einen Karton und bestelle ihnen meinen Dank. Aber beeile dich, du mußt dich ja noch umziehen, oder willst du, daß ich im Irrenhaus lande?«
Ich glaube, so schnell wie an diesem Morgen habe ich mich noch nie angezogen. Selbst mein Freund Martinez zeigte eine Eile, die ihm gewöhnlich fremd war. Unklar war mir im Moment, was ich mit meiner Pistole anfangen sollte. Im Haus von Giselle würde ich die Waffen heute abend brauchen. Ich muß den Alten fragen! Ich eilte mit Martinez die Treppe hinunter, hieß meinen Freund einen Augenblick warten und trat ins Kompaniebüro ein.
»Herr Adjudant«, fragte ich, »was mache ich mit meinen Pistolen?«
»Behalten, bis neue Befehle kommen!«
»Danke, Herr Adjudant!«
»Komm, Martinez, wir gehen jetzt auf den Basar!«
Daß ich für diesen Spaziergang einen Begleiter ausgesucht hatte, hatte seinen guten Grund. Der Marktplatz lag zwischen Kaserne, Europäerviertel und Ba-ba-Luèd, dem Araberviertel. Zwar befand sich auch die Gendarmerie in unmittelbarer Nähe, dennoch empfahl es sich nicht, hier alleine herumzuspazieren.

Aus Sicherheitsgründen waren wir davor gewarnt worden, dieses Gebiet zu betreten. Neugierig, wie ich nun einmal war, mußte ich dennoch hierher. Außer uns beiden trieben sich nur Araber an diesem Ort herum. Mir gefiel es recht gut. Außer Schweinefleisch konnte man auf dem Markt alles kaufen. Wir schlenderten zwischen den Ständen durch. Ständig waren wir von Einheimischen umringt, die uns alles Mögliche andrehen wollten, vom Teppich bis zum Krummdolch. Ich kaufte für Claudine ein Tuch aus reiner Seide. Der Händler überließ es mir zu einem Spottpreis.
Als ›Merguez‹, stellte mir Martinez unser Frühstück vor. Hinter einem Holzkohlengrill stand ein altes arabisches Männlein, das damit beschäftigt war, Schafsleber, -herz und -nieren zu zerstückeln. Er steckte die Teile auf Spießchen, die über dem Grill gegart wurden. Das nannte sich also ›Merguez‹. Dann zog das Männlein das Spießchen heraus, steckte die Fleischstückchen zwischen zwei Scheiben Weißbrot, tat Harrisa und andere pikante Gewürze hinzu. Das war zwar nicht jedermanns Geschmack, mir mundete es jedoch ausgezeichnet. Das einzige, was uns störte waren die vielen Fliegen, die sich während der Zubereitung auf die Fleisch- und Brotstücke setzten. Wir kauften uns je zwei ›Merguez‹, die wir genüßlich verzehrten, während wir zur Gendarmerie hinüberschlenderten, wo ständig zwei Gendarmen und ein Mann vom Staatssicherheitsdienst standen und den Markt überwachten. Wir gesellten uns dazu und beobachteten gleichfalls das bunte Treiben. Was mir besonders auffiel war, daß ich keinen einzigen Mann sah, der eine Last schleppte. Dagegen waren die Frauen von ihren Lasten so gebeugt, daß sie dem Umfallen nahe schienen. Jetzt wurde mir klar, warum junge Frauen in diesem Land so alt aussahen!
Wir spazierten weiter und besuchten auch die ein und andere Kneipe bis es Abend wurde. Unsere Verabschiedung war kurz und herzlich. Ich trug Martinez auf, die anderen herzlich zu grüßen. Sie sollten sich keine Sorgen um mich machen.

Giselle empfing mich wie ein altes Familienmitglied; sie war außerordentlich nett und liebenswürdig zu mir, vielleicht ein wenig übertrieben, was mich aber nicht störte. Claudine freute sich sehr über mein Geschenk, doch als ich ihr trotz mehrfacher Fragen nicht verraten wollte, wo ich mich heute herumgetrieben hatte, war sie beleidigt. So weit war ich noch nicht, daß ich am Abend berichtete, was ich am Tag so getan hatte! Der Abend und die Nacht verliefen ruhig und ohne besondere Vorkommnisse. Als ich mich verabschiedete, spürte ich, daß Claudine mißtrauisch geworden war. Wir sahen uns in der Folgezeit nur noch selten. Ich besuchte sie immer erst dann, wenn mir der Hauptmann berichtete, daß sie sich vor Sehnsucht nach mir fast verzehrte. Natürlich ging ich auch hin, wenn Onkel Patric einmal verreiste und mich bat, den Schutz der beiden Frauen zu übernehmen.

So verging Woche um Woche. Eines Tages wurde uns mitgeteilt, daß der zur Abschlußprüfung gehörige 125-Kilometermarsch bevorstand. Trotz der bevorstehenden Strapazen ging es auf unserer Stube immer lustig zu. Eines Tages verging mir jedoch das Lachen, als ich erfuhr, daß ich für den Abend als Posten für den Wachturm vorgesehen war. Rudi warnte mich, ja nicht einzuschlafen, denn der Alte würde wahrscheinlich herumschleichen und die Posten kontrollieren. Draußen im Flur stand zufällig Orloff, dieser russische Spion. Er hatte sich in der Nähe unserer Stube aufgehalten und alles mitgehört

Ich mußte nachts zweimal auf den Turm: von zehn bis zwölf und von zwei bis vier. Um fünf Uhr früh war für unsere Kompanie die Abmarschzeit für den Leistungsmarsch festgesetzt worden.

Die ersten zwei Wachstunden verliefen absolut ruhig. Es war zwar kalt, aber man konnte es ertragen. Danach durfte ich zwei Stunden schlafen, bis mich um fünf vor zwei der wachhabende Sergeant Denis weckte und zum Wachturm begleitete. Als wir noch weit vom Turm entfernt waren rief mein Vorgänger

»Halt, wer da?«

»Ablösung!« rief Denis zurück. Er verabschiedete sich von mir. Ich stieg die Treppen hinauf. Es war der Turm hinter den Arrestzellen, der ziemlich im Dunkeln lag. Meine Augen gewöhnten sich langsam an die Dunkelheit. Ich blickte angestrengt hinunter und überlegte, welche Möglichkeit bestand, sich dem Turm unauffällig zu nähern, denn ich rechnete fest mit einem Besuch von Orloff und war fest entschlossen, mich nicht überraschen zu lassen. Ich entdeckte einen Weg, der sich besonders gut zum Anschleichen zu eignen schien: es war ein langer Pfad direkt an der Mauer entlang, die im Mondlicht starke Schatten warf. Ein geschickter, leise schleichender Mann konnte sich, wenn der Posten nicht hundertprozentig aufpaßte, auf diesem schmalen Weg dicht an den Turm heranpirschen. Ich stellte mich so hin, daß ich jenen Streifen gut überblicken konnte, ohne daß mir deswegen die andere Seite verborgen blieb. Jetzt brauchte ich nur mehr in aller Ruhe zu warten bis Orloff kam; denn daß er kommen würde, davon war ich fest überzeugt.
Zwischen halb vier und vier Uhr entdeckte ich ihn, als er er sich, dicht an die Mauer drückend, immer näher heranschlich. Leise, wie auf dem Schießstand, lud ich mein Gewehr durch. Natürlich zielte ich nicht auf ihn, sondern nur vor seine Nase, so daß ihm der Dreck ins Gesicht spritzen mußte.
»Halt, wer da?« fragte ich.
»Ich bin's, Kleiner« gab Orloff schüchtern zurück.
»Ich kenne keinen ›Ich bin's‹! Name oder der Kopf ist weg!« drohte ich.
»Hier ist Mutter!«
Ich setzte schnell zwei Kugeln rechts und links von ihm in den Sand. In der Kaserne gingen die Lichter an, einige Legionäre eilten herbei und schrien:
»Alarm!«
Ich brüllte vom Turm herunter:
»Ich habe in Afrika keine Mutter! Runterknien und die Hände hinter den Kopf! Wird's bald!«

Ich schoß noch einmal, um meiner Aufforderung Nachdruck zu verleihen. Eine Kugel zischte knapp an Orloff vorbei. Jetzt folgte er meinem Befehl. Ich erkannte Denis und die restliche Wache, die anrückte.

»He, was ist los?«

»Da unten kniet einer und betet den Mond an! Der wollte mir wahrscheinlich die Kehle durchschneiden!«

Ich sah, daß ein Legionär meinen Turm erklomm, um mich abzulösen.

»Es ist noch zu früh«, erklärte ich, »ich habe noch fünf Minuten!«

»Schon gut, geh' schon, ich kann sowieso nicht mehr schlafen«.

Die Lichter in der Kaserne erloschen. Ich stieg vom Turm und folgte Denis ins Wachbüro. Der Alte zitterte immer noch und wollte mir drohen. Ich wandte mich darum an Denis:

»Sergeant Denis, aus wieviel Metern Entfernung muß man sich melden, wenn man sich dem Wachtposten nähert?«

»Aus vierzig Metern!«

»Und wie weit waren sie von mir entfernt, Herr Adjudant? Ich sage es ihnen: höchstens zwanzig Meter! Daß sie noch leben ist ein Wunder, denn sie kennen meine Treffsicherheit!«

Nach einer Pause fügte ich noch hinzu:

»Ich möchte ihnen ja keinen Vorwurf machen, aber für einen erfahrenen Kämpfer haben sie sich benommen wie ein grüner Junge. Ausgerechnet mich, den sie so gut kennen, wollten sie hereinlegen!«

Der Arme tat mir fast leid, denn es war eine unsterbliche Blamage für ihn.

Mein Wachdienst war beendet, ich konnte mich zu meiner Kompanie begeben, wo mich meine Freunde freudig empfingen.

»Kleiner«, meinte Rudi, »es ist gut, daß deine Ausbildung jetzt zu Ende geht!«

»Wieso?«

»Weil es langsam gefährlich für deine Vorgesetzten wird! Es müssen neue »Blaue« her, damit sich die Vorgesetzten wieder Autorität verschaffen können. Mit euch ist nicht mehr zu spaßen, ihr seid uns über den Kopf gewachsen.«
»Das ist eure Schuld, Rudi! Wir haben es von euch gelernt, gemeingefährlich zu werden. Ihr habt es in uns hineingehämmert, das war ein Risiko! Wie marschieren wir heute?«
»Mit dem Häuptling ganz vorne!«
»Sehr gut! So brauchen wir wenigstens keinen Staub zu schlucken!«
Der bevorstehende Gewaltmarsch war die letzte Strapaze unserer Ausbildungszeit. Gleichzeitig war es aber noch einmal ein richtiger Härtetest. Für die einhundertfünfundzwanzig Kilometer hatten wir nur zwei Tage Zeit. Wir gingen mit einhundertvierzig Mann los. Der Marsch blieb ohne besonder Zwischenfälle. Natürlich kippten einige Schwächlinge um. Nach zweieinhalb Tagen kamen wir mit einhundertzweiundzwanzig Mann am Ziel an. Damit war unsere reguläre Ausbildung beendet. Uns war klar, daß jetzt erst die richtige Dienstzeit in neuen Einheiten begann. Alle meine Freunde wurden in das gleiche Regiment versetzt wie ich. Vorläufig mußten Karl, Peter ich und uns von den anderen trennen, da wir auf einen Lehrgang geschickt wurden, denn wir solten zu Korporalen ausgebildet werden.
Die Verabschiedungszeremonien dauerten drei volle Tage. Sie begannen mit unserer Rückkehr vom Gewaltmarsch. Der Hauptmann feierte unseren Abschied auf besondere Weise. Er ließ uns, die wir gerade die harten Strapazen hinter uns hatten, vor der Stadt in Fünfmannkolonnen per Zug antreten. Müde, schmutzig und verschwitzt mußten wir im Paradeschritt die gut drei Kilometer vom Stadtrand bis zur Kaserne zurücklegen. Da wir in unserer Verfassung nicht gut sangen, mußten wir nach Erreichen der Kaserne noch eine besondere Schikane über uns ergehen lassen. Er jagte uns zweihundert Meter kriechend und

fünfhundert Meter in der Hocke über den Platz. Damit durften wir unseren Zuschauern beweisen, daß wir nach hundertfünfundzwanzig Kilometern Gewaltmarsch noch durchaus kampffähig und topfit waren. Auch das ging zu Ende, und in den folgenden Tagen durften wir uns ausruhen.

Rudi wurde als Sergeant ausgezeichnet, alle am Einsatz bei der Ruine Beteiligten dekoriert, auch der arme Schmidt, der gefallen war.

Während der letzten drei Ausbildungstage waren alle Legionäre berechtigt, ihren ehemaligen Vorgesetzten Befehle zu erteilen. Viele taten das auch. Es gab auch Vernüftigere, zu denen ich mich zählte, die sich bei den Ausbildern bedankten, daß sie uns zu richtigen Legionären gemacht hatten.

Mein Abschied von Claudine war kurz und schmerzlos. Sie hatte eingesehen, daß ich recht hatte. Wir trennten uns wie zwei gute Freunde.

Am Vorabend unserer Abreise wurde ich zum Abwehrbüro gerufen, wo mir ein Brief ausgehändigt wurde, der von Imre stammte. Ich freute mich sehr, denn seit Marseille hatte ich von dem Freund nichts mehr gehört, obwohl ich mich mehrfach um eine Kontaktaufnahme bemüht hatte.

Imre schrieb nicht viel, aber immerhin erfuhr ich den Grund für die außergewöhnliche Härte meiner Ausbildung. Alles Mögliche hätte ich vermutet, nur nicht, daß Imre seine Hand dabei im Spiel hatte und der eigentliche Drahtzieher für die fortwährenden Schikanen war. Er hatte mich nämlich überall als seinen Bruder ausgegeben, das bedeutete, daß ich zu den zehn besten der Ausbildungskompanie zählen mußte. Jetzt, da ich alles hinter mir hatte, konnte ich leicht darüber lachen. Am Ende schrieb er:

»Wie ich gehört habe, hast du dein Abitur gut bestanden. Das ermöglicht dir ein weiteres Studium. Kopf hoch, das schaffst du auch noch, es dauert nur zwei Monate. Dann bekommst du deine schwer verdienten grünen Streifen und mußt nicht mehr

als ein Niemand jeden Befehl ausführen. Ratschläge erteile ich dir keine, denn du hast meine Erwartungen weit übertroffen. Nur eines will ich dir sagen: Du mußt auf einen Ausbilder mit Bart aufpassen!
Also bis bald! Ich erwarte keine Antwort, dazu wird deine Zeit zu knapp sein. Wir sehen uns ohnehin eher als mich ein Brief ereichen würde.

Der Große«

Da Imre die eben überstandene Grundausbildung Abitur nannte, konnte ich mir bereits ausmalen, wie schwer die nächste Prüfung werden sollte. Ich hielt an meinem Grundsatz fest: Am besten abwarten – und dann durchbeißen!

8. Unteroffiziersausbildung in Chancy

Als ich wieder in die Unterkunft eintrat, hörte ich, daß wir am nächsten Morgen um 5 Uhr zur Abfahrt bereit sein mußten.

»Weißt du, wohin die Reise gehen wird?« wollte Peter wissen.

»Keine Ahnung! Aber wir drei werden bestimmt nicht allein zu Korporalen ausgebildet. Ich glaube nicht, daß sie nur wegen uns einen Kurs anfangen.«

»Gehst du noch mit uns aus?«

»Nein, Peter, ich möchte mich früh hinlegen. Viel Spaß euch beiden!«

Es war so, wie ich mir gedacht hatte. Zum ersten und letzten Male konnte ich in dieser Nacht richtig ausschlafen. Die Kompanie war fast vollständig ausgegangen und diejenigen, die noch da waren, wie ich, hatten nur das Interesse zu schlafen. Es war himmlisch ruhig.

Um 4 Uhr früh wurde ich von Peter geweckt, der gerade nach Hause kam. Er streckte mir etwas entgegen und meinte:

»Hier, deine Uhr, Kleiner!«

Also doch! Ich hatte schon gedacht, ihr hättet die Sache, die ich euch ans Herz gelegt habe, vergessen. Wie ging's vor sich?«

Peters Antwort kam kühl und knapp:

»Glatt! Ganz glatter Unterarmbruch!«

»Wie? Erkläre doch etwas näher!«

»Der Kerl hat geleugnet, die Uhr gestohlen zu haben. Es hat ihm aber nichts genützt, da dein Name eingraviert war. Es kam zu einer kleinen Schlägerei, was wiederum Béla nicht gepaßt hat. Darum hat er dem Wicht schnell den Arm gebrochen!«

Ich kann mir gut vorstellen, wie das zuging. Auf jeden Fall hat der Dieb es verdient. Wo stecken denn unsere anderen Freunde?«

»Martinez und Pasgomes sind im Bunker, Jonás, Jack, Rudi und Béla lassen sich gerade verarzten.«

»Schlimm?«

»Nee, sie wollen nur nicht auch noch eingesperrt werden, wie die beiden Spanier. Um dem Bunker zu entgehen, sind sie zum Sani. Es fehlt ihnen aber nichts, außer daß sie besoffen sind!«
Fertig angezogen, begaben wir uns in den Hof, wo ein Geländewagen bereits auf uns wartete. Dort trafen wir den uns bekannten Italiener Gino.
»Gino, was machst denn du hier?« fragte ich erfreut.
»Sono in instruzione per lottare, Caporale Guiseppe«, war die Antwort. Das bedeutete, er würde auch im Korporal-Ausbildungszug dabei sein.
Beim Antreten spürten wir die erste Veränderung in der Behandlung. Der kommandierende Leutnant, der uns übrigens unbekannt war, nannte uns nicht Legionäre, sondern Élève Corporale, das heißt auszubildende Korporale. Der Leutnant las unsere Namen vor, wobei sich jeder beim Aufruf zu melden hatte. Wir waren einundzwanzig Mann. Dann hielt er eine kleine Ansprache:
»Ihr wißt, daß ihr als Korporale Vorgesetzte in der Truppe sein werdet. Eure nun folgende Ausbildung wird deshalb noch härter sein als die vergangene. Am Ende müßt ihr besser sein als diejenigen, die euch untergeben sind. Aber diese Ausbildung haben schon viele durchgestanden! Aufsitzen!«
Unser Ziel hieß Chancy und war eine nette Ortschaft zwischen Mascara und Sidi-bel-Abbès. Auch hier lebten die Einheimischen ausschließlich vom Weinanbau und von Obstplantagen. Wir wurden in einer ehemaligen Winzerfarm stationiert, etwa dreißig Kilometer von der nächsten Ortschaft entfernt. Vor uns war hier die fünfte Kompanie stationiert, von der einige zurückblieben, um mit uns zusammen zu Korporalen ausgebildet zu werden. Zu meiner Freude befand sich unter ihnen ein Landsmann. Er war zweiundzwanzig Jahre alt, ein sehr lustiger Kerl mit dem Namen Sanyi.
Im Hauptgebäude waren die zwei Offiziere und die vier Unteroffiziere untergebracht; wir Elèven schliefen in einem umge-

bauten Pferdestall in Doppelbetten. Die beiden Unterkunftsgebäude und die Küche bildeten durch ihre ungewöhnliche Anordnung ein Dreieck, in dessen Mitte sich der Hof befand. Von der einen Ecke dieses Dreieckhofes bis zur anderen betrug die Distanz etwa zweihundert Meter. Befestigt war das Anwesen nicht. Daher wunderte ich mich nicht über die Warnungen unserer Vorgesetzten, stets die Waffen bereitzuhalten. Wie wir erfuhren, befand sich in unmittelbarer Nähe kein einziger Verbündeter. Im Falle eines Angriffs durch arabische Untergrundkämpfer auf unsere Farm würde es zwei Stunden dauern, bis wir mit Hilfe rechnen konnten. Mit unseren zweiundfünfzig Mann wäre es uns jedoch kaum möglich, uns zwei Stunden lang zu halten, vor allem wenn der Gegner in der Überzahl und uns mit Granatwerfern angreifen würde. Unsere einzige Überlebenschance lag in der Flucht. Aber ich zweifelte daran, ob ich oder irgendeiner von uns während eines Kampfes daran zu denken wagte.

Die ersten beiden Wochen verliefen ohne Zwischenfall. Am Mittwoch der dritten Woche mußte ich, zusammen mit zwölf anderen, Wache schieben. Die Aufsicht führte an diesem Abend Sergeant Eckert. Eine halbe Stunde nach dem zweiten Schichtwechsel kam der Sergeant zu mir ins Wachzelt:

»Kovács, hast du den Hofer gesehen?«

»Ja, ich habe ihn vor einer halben Stunde auf seinen Posten hinausgebracht. Er muß unter den Feigenbäumen sein!«

»Ich habe zweimal die Runde gemacht und ihn nicht gefunden!«

»Ich sehe mal nach, Sergeant!«

»Tue das, aber nimm noch jemanden mit!«

Da wir uns im Wachzelt unterhalten haben, war Peter aufgewacht.

»Peter, gehst du mit?«

»Ich kann dich doch nicht allein in die Dunkelheit spazieren lasse! Es könnte sonst noch passieren, daß dich die Schakale anknabbern. Die heulen so komisch heute nacht!«

Das war auch mir aufgefallen. Die Schakale heulten heute wie Kinder, die nicht einschlafen konnten.
»Peter«, bat ich, »nimm noch zwei Handgranaten mit!«
»Hast du Angst, Kovács?« fragte Sergeant Eckert.
»Natürlich, Sergeant! Vor allem bin ich vorsichtig. Peter weiß das zu schätzen!«
Wir gingen hinaus, ehe Eckert etwas antworten konnte.
»Du, Peter«, meinte ich, »der ist noch ein viel größeres Arschloch als Rudi!«
»Rudi ist zwar ein Möchtegernheld, aber kein schlechter Kerl. Was Eckert betrifft...«
Er kam nicht weiter. Wir wurden von einer Stimme unterbrochen:
»Halt! Kennwort!«
»Rote Kirschen im Mai«, antwortete ich. Darauf trat Sanyi aus dem Dunkel. Ich fragte ihn:
»Hast du etwas von Hofer gesehen oder gehört?«
»Keine Spur! Ich war schon zweimal da hinten, wo er stecken müßte. Hier stimmt etwas nicht. Seit einigen Minuten haben die Schakale aufgehört zu jammern, obwohl noch Vollmond ist!«
»Peter!« rief ich mit unterdrückter Stimme. Mach bitte keine Taschenlampe an. Komm Sanyi, wir gehen nachsehen! Bleibst du hier, Peter?«
»Haut schon ab! Seht euch auch gleich nach dem Posten Nummer drei um!«
Geduckt schlichen wir weiter. Wolken hatten sich jetzt vor den Mond geschoben.
»Keine Lampe, Sanyi. Die Dunkelheit ist unser Vorteil; sie begünstigt auch die Araber, falls welche in der Nähe sind.«
»Hier müßte Hofer sein!«
»Ist er aber nicht!«
»Ich sehe etwas!«
»Wo?«
»Da, am Baum!«

Ich blickte in die angegebene Richtung und sah unter einem Feigenbaum ein regungsloses Etwas, den Umrissen nach einem menschlichen Körper ähnlich.
»Sanyi«, flüsterte ich, »geh' zurück zum Wachzelt und weck' die anderen. Jemand soll den ganzen Zug wecken!«
»Und du?«
»Ich gehe zum dritten Posten und kehre hierher zurück. Schick mir den Peter her!«
Nachdem mich Sanyi verlassen hatte, schlich ich den Streifenweg weiter entlang. Dabei achtete ich auf jedes Geräusch. Der dritte Posten, der in der Nähe der Küche hätte stecken müssen, fehlte ebenfalls. Das zweimalige Rattern einer MP ließ mich erschrecken. Das konnte Peter gewesen sein! Ich rannte den Weg zurück zu den Feigenbäumen, dort verharrte ich regungslos. Der körperähnliche Gegenstand hing noch an Ort und Stelle. Wenn das Hofer war, lebte er bestimmt nicht mehr. Ich schlich weiter bis zu der Stelle, wo ich Peter zurückgelassen hatte. Trotz der Schüsse wagte ich leise zu rufen:
»Peter!«
»Hier!«
Ich sprang rasch zu ihm hin und landete flach auf dem Bauch genau neben dem Freund.
»Hast du geschossen?«
»Nein!«
»Kovács« hörte ich Eckerts Stimme.
»Hat der geschossen? fragte ich Peter.
»Ja!«
»Kovács!« rief der Sergeant zum zweiten Mal. Ehe ich antworten konnte sahen wir Eckerts Waffe zweimal aufblitzen. Kaum zehn Meter von uns peitschten die Schüsse in den Boden.
»Peter, der schießt auf seinen eigenen Schatten«, meinte ich, während der Sergeant zum dritten Mal meinen Namen rief.
»Du kannst mich mal«, fluchte ich leise vor mich hin.

Da stand Eckert einen Meter vor uns und schrie mich an:
»Kovacs!«
»Warum schreist du so?« fragte ich zurück und rollte mich mit Peter auf die Seite. Wie wir fast erwartete hatten, richtete dieser Idiot seine Waffe auf die Stelle, die wir eben verlassen hatten und schoß sein ganzes Magazin leer. Bevor er nachladen konnte, nahm ich ihn mit der MP ins Visier und herrschte ihn an:
»Eckert, wenn du dich auch nur bewegst, rasiere ich dir mit meiner MP den Bart ab!«
Eckert war nämlich der bärtige Ausbilder, vor dem mich Imre in seinem Brief gewarnt hatte.
»Kovács«, fauchte Eckert »ich zeig dich an wegen Feigheit vor dem Feind!«
»Mach das nur, du Schattenschießer! Du bist die längste Zeit Korporal gewesen, du Arschloch!«
Eckert wandte sich an Peter:
»Klein, haben sie das gehört!«
»Was bitte?«
»Wie dieser Kerl mit mir redet!«
»Nein!«
»Aha! Ein Komplott!«
»Die Araber sind schon über alle Berge«, gab ich zu verstehen, »wenn mehrere hier auf der Lauer liegen würden, wären wir längst tot! Peter, am besten stellen wir bis morgen früh um 4 Uhr Doppelposten auf. Um halb fünf ist sowieso Wecken!«
Im Wachzelt erwartete uns völlig aufgeregt unser Kompaniechef im Rang eines Leutnants:
»Wer hat geschossen, Eckert?« brüllte er den Sergeanten an, als dieser gerade zu uns ins Zelt kam.
»Ich, Herr Leutnant!
»Und warum?«
»Ich habe Bewegungen zwischen den Bäumen gesehen!«
Dabei bekam er einen roten Kopf. Wir mußten in drei Gruppen aufgeteilt bis halb fünf Uhr Wache schieben. Peter, Sanyi und

ich standen in der Nähe der Feigenbäume. Wie wir inzwischen festgestellt hatten, hing der vermißte Hofer, an den Beinen aufgehängt, nackt an einem Feigenbaum. Die Kehle war ihm durchgeschnitten worden, die Geschlechtsteile abgetrennt. Waffen und Uniform waren spurlos verschwunden. Den anderen vermißten Posten hatte das gleiche Schicksal ereilt.
Um fünf Uhr wurden Rationen für zwei Tage verteilt. Nur ein Zug Wehrpflichtiger, die inzwischen in Kompaniestärke als Verstärkung eingetroffen waren, blieb als Wache zurück. Wir Legionäre fuhren los, um die Gegend abzusuchen. Kaum zwanzig Kilometer von unserem Hof entfernt, entdeckten wir ein Lager. Wir fuhren auf einem Feldweg darauf zu und waren noch ziemlich weit weg, als wir drei einzelne Flüchtlinge sahen. Unser Chauffeur reagierte rasch, verließ den Weg und jagte quer durch das Gelände den Flüchtenden hinterher. Unser zweiter Wagen steuerte auf das Gebäude zu. Plötzlich wurden wir kräftig durchgeschüttelt und unser Fahrzeug blieb stehen. Ohne lange zu überlegen, sprang ich ab und folgte dem mir nächsten Flüchtigen. Die drei hatten sich klugerweise getrennt und liefen in drei verschiedenen Richtungen. Mein Mann rannte auf das offene Feld hinaus, ich hinter ihm her. Als ich bis auf dreißig Meter an ihn herangekommen war, rief ich ihn an stehenzubleiben. Als Antwort drehte er sich um und zielte mit einer Pistole auf mich. Mir blieb nichts anderes übrig, als ihm zuvorzukommen. Auf diese Entfernung fiel es mir nicht schwer, ihn in die Beine zu treffen. Mit einem Schrei sackte er zusammen.
»Keine Bewegung, sonst muß ich dich erschießen«, warnte ich beim Näherkommen. Da er nicht antwortete und sich nicht rührte, ging ich, vorsichtig die Waffe im Anschlag, bis auf drei Meter an ihn heran. Er hatte mir den Rücken zugewandt und zitterte am ganzen Körper.
Plötzlich fuhr er herum. Die Pistole blitzte in seiner Hand. Automatisch zog ich den Hahn meiner Waffe durch und mußte aus

dieser Nähe mit ansehen, wie der Kopf des Arabers auseinandergerissen wurde.
Jetzt erst drehte ich mich um, um zu sehen, wie es den anderen ergangen war. Die meisten lagen am Feldrand in Stellung. Nur Sergeant Eckert stand breitbeinig hinter einem Araber in Zivilkleidung und hielt seinen US-Karabiner auf ihn gerichtet. In der Ferne erkannte ich unseren Kompaniechef, der auf Eckert zusteuerte. Peter winkte mir, zu ihm zu kommen. Ich folgte der Aufforderung und fragte ihn:
»Wer hat denn hinter mir hergeschossen?«
»Wer schon? Dieser Idiot natürlich!« und deutete dabei auf Eckert.
»Habt ihr den dritten Araber auch erwischt?« fragte ich weiter.
»Ja. Gino hat ihn gestellt. Auch dieser mußte getötet werden.«
»Und was ist mit dem Zivilisten, den der Sergeant in Schach hält?«
»Der blieb gleich stehen. Der Sergeant macht sich jetzt lediglich wichtig!«
Wir sahen, wie der Kompaniechef sich mit Eckert unterhielt und dabei auf den verängstigt wirkenden Araber zeigte.
»Man muß kein Hellseher sein, um zu ahnen, was das bedeutet«, meinte ich zu Peter. »Schau, jetzt schickt er ihn weg!«
Der Mann rannte wie von der Tarantel gestochen davon. Eckert ließ ihn etwa dreißig Meter weit fliehen, dann hob er den Karabiner und schoß, wie ein Jäger hinter einem flüchtigen Hasen, ihm drei Kugel in den Rücken. Von irgendwoher schrie jemand:
»Du mieser, feiger Bastard!«
Eckert fuhr herum, die Waffe noch im Anschlag:
»Wer hat eben geschrien?«
Niemand gab ihm Antwort. Statt dessen richteten sich auf einmal sämtliche Waffen auf ihn. Da ließ er den Gewehrlauf sinken, aschfahl stand er vor uns. Wir bildeten im Abstand von fünfzehn Metern einen Halbkreis um ihn. Ich bin sicher, wäre

der Leutnant nicht in der Nähe gestanden, wäre ein weiteres Unglück nicht zu vermeiden gewesen.
»Peter«, befand ich, »dem dürfen wir nie wieder den Rücken zuwenden!«
»Kovács«, rief mich der Kompaniechef.
»Haben sie ihren Mann durchsucht?«
»Nein, Herr Leutnant!«
»Lebt er noch?«
»Ohne Kopf wird das schwerlich möglich sein!«
»Sehen sie nach, ob er Landkarten oder Notizen bei sich hat!«
Eckert mischte sich ein:
»Ich mach' das!«
Sehr bestimmt antwortete ich ihm:
»Sie werden gar nichts unternehmen, Sergeant. Für den bin ich zuständig«.
Und zu Peter gewandt:
»Kommst du mit!«
»Natürlich, Kleiner!«
Wir gingen über das Feld zu dem Toten.
»Der trägt ja den gleichen Tarnanzug wie wir«, bemerkte Peter erstaunt.
»Das ist mir auch schon aufgefallen. Er hat nur eine Pistole und eine Kartentasche dabei. Das könnte ein Offizier gewesen sein!«
Peter leerte die Taschen, ich nahm den Waffengürtel und die Kartentasche an mich
»He, Kleiner, sieh mal her! rief Peter, das sind ja mindestens fünftausend Dollar!«
Peter zeigte mir eine prall gefüllte Brieftasche. Ich fragte:
»Du hast doch noch meine Geheimkasse, oder?«
»Aber ja!«
»Gut! Kein Wort mehr!«
Wir gingen zurück und meldeten dem Kompaniechef:
»Herr Leutnant, wir haben eine Pistole und eine Kartentasche gefunden!«

»Sehr gut, Kovács, Du hast wenigstens keinen Wehrlosen erwischt. Es freut mich, daß Männer bei uns sind, die gegen Bewaffnete kämpfen.«
»Es freut mich, Herr Leutnant. so etwas von ihnen zu hören!«
Wir sahen uns in die Augen. Ich spürte, daß das ein gerechter Mann war.
»Kovács«, sprach der Leutnant weiter, »das bringt ihnen den ersten Orden ein! Wissen sie, wen sie da erwischt haben?«
»Nein, Herr Leutnant!«
»Einen Hauptmann, Kovács.«
»Es tut mir leid für ihn und seine Familie. Wenn er nicht auf mich geschossen hätte, könnte er noch leben, auch wenn jemand dagegen gewesen wäre!«
Bei den letzten Worten sah ich Eckert an. In seinen Augen las ich blanken Haß. Und der Leutnant schien nicht zu wissen, daß ich bereits eine Auszeichnung erhalten hatte.
Eine Stunde später übernahm ein Zug Wehrpflichtiger unsere weiteren Aufgaben, und wir fuhren auf unsere Farm zurück. Für den Rest des Tages bekamen wurde frei gegeben. Ich fragte Peter:
»Was machst du heute nachmittag?«
»Ich weiß noch nicht, Kleiner! Vielleicht spielen wir Karten. Und du?«
»Ich gehe auf die Jagd. Willst du nicht mit?«
»Doch!«
»Wir nehmen noch Gino und Sanyi mit. Die beiden haben, wie ich auch, Fallen aufgestellt. Ich bin gespannt, wer von uns etwas gefangen hat. Karten spielen können wir heute abend ja auch noch.«
»Du hast recht!«
»Übrigens könnten wir heute abend mal pokern. Mit unserem Geld können wir hier sowieso nichts anfangen. Wir müssen nur aufpassen, daß wir nicht erwischt werden. Ich geh' schnell zu Sergeant Lacombe und sag ihm Bescheid, daß wir das Lager verlassen!«

»Gut, Kleiner, ich hole die beiden anderen herbei!«
Ich überquerte den Hof und klopfte an die Tür des Kompaniebüros:
»Herein«, drang es zu mir.
»Elève corporale Kovács, Sergeant wir gehen zu viert für ein paar Stunden raus«.
»Wer sind die vier?«
»Varga, Klein, Forbelli und ich!«
»Gut, genehmigt! Sagt mir Bescheid, wenn ihr wieder da seid! Wenn ihr Rebhühner oder Hasen gefangen habt, dann möchte ich eingeladen werden!«
»Gilt Sergeant! Bis dann!«
Draußen warteten schon meine Freunde auf mich. Wir waren uns schnell einig, daß der, der am wenigsten gefangen hat, die Viecher putzen und braten muß.
»Aber«, forderte Gino »es geht nach Gewicht und nicht nach Zahl!«
»Wie du willst! Ich gehe mit Peter, du mit Sanyi. Wir treffen uns oben bei den Zitronenbäumen. Waidmannsheil!«
Wir waren noch nicht weit gegangen, zeigte ich auf einen Baum, bei dem sich meine erste Schlinge befand. Dort bewegte sich etwas. Enttäuscht mußte ich erkennen, daß es ein Schakal war, der noch zappelte.
»Meinst du, Peter, ob man Schakale essen kann?
»Ich weiß nicht. Da müssen wir Gino fragen. Der ist ein Wildspezialist! Da es nach Gewicht geht, habe ich schon gewonnen. Kein Wunder, daß der Schakal letzte Nacht auf einmal nicht mehr geheult hat – mit der Schlinge um den Hals! Peter, haue ihm eine auf den Kopf, damit er nicht mehr länger leiden muß.«
»Das tue ich und stell' mir dabei vor, daß das der Eckert ist, der Schattenschießer!«
»Komm, ich habe da hinten noch fünf weitere Fallen aufgestellt.«
In diesen Fallen war nichts drin. Wir gingen jetzt einen kleinen

Pfad bis zu einem Bach hinunter und dann am Bach entlang, wo ich noch einige Fallen angebracht hatte. Unsere Ausbeute betrug noch zwei Hasen, von denen einer bereits von einem Raubtier angeknabbert war und ein paar Vögel. Als wir uns dem vereinbarten Treffpunkt näherten, hörten wir schon von weitem das fröhliche Gelächter der Kameraden.
»He, Gino, rief ich, »wie steht's?«
»Elf Rebhühner und zwei Hasen!«
»Sanyi?«
»Neun Vögel und ein halber Hase!«
»Und was haben wir, Peter?«
»Zehn Vögel, außerdem zwei Hasen und ein Schakal!«
Wir triumphierten und forderten unsere Freunde auf, mit dem Abziehen aller Stücke zu beginnen.
»Du, Gino, kann man Schakale essen? fragte ich.
»Si, wir ziehen ihm die Haut ab und hängen ihn bis morgen zum Trocknen auf. Dann legen wir ihn in Rotwein und am Abend können wir ihn kochen.«
»Und du meinst, daß das schmeckt?«
»Nein, auf keinen Fall!«
»Warum sollen wir uns dann die ganze Mühe machen?«
»Wir schenken ihn anschließend den Unteroffizieren. Das ist doch keine schlechte Idee?«
Alle lachten vergnügt und waren mit dem Vorschlag einverstanden. Anschließend wuschen wir unsere Beute sorgfältig am Bach und kehrten ins Lager zurück.
Nach einem herrlichen Abendessen spielten wir bis spät in die Nacht hinein Karten. Das Spiel um Geld war zwar streng verboten, aber irgendeine besondere Unterhaltung mußten wir uns ja ausdenken. Damit das Geld niemand sehen konnte, schlüpften wir bis zur Hüfte in den Schlafsack und hielten das Geld darin verborgen. Wir glaubten uns völlig sicher.
Am nächsten Tag wurde ich nach dem vormittäglichen Unterricht zum Rapport gerufen.

»Kleiner, was hast du denn wieder angestellt?« fragte Karl bevor ich losging.
»Ich fürchte, irgendein Schwein hat uns doch beim Kartenspiel gesehen und mich beim Leutnant verpfiffen. Sag' Peter, er soll mein Geld verstecken!«
»Wird gemacht, Kleiner!«
Ich meldete mich beim Kompaniechef.
»Kovács, hast du gestern um Geld gepokert?«
Ich blickte ihm in die Augen und wußte sofort, daß ich diesen Menschen nicht anlügen konnte:
»Ja, Herr Leutnant!«
»Hast du wenigstens gewonnen?«
»Ja, Herr Leutnant!« erwiderte ich.
»Gut, das freut mich. Sergeant Eckert hat dich angezeigt. Wie du weißt, muß ich dir acht Tage Arrest geben, wenn du vermeiden willst, daß die Meldung an höhere Stelle geht!«
»Ich weiß es, Herr Leutnant!«
»Wo hast du den Gewinn? Ich frage, weil ich muß. Und wie ich Eckert kenne, ist er bereits dabei, deinen Schrank zu durchwühlen.«
»Wo mein Geld ist, verrate ich niemandem. Sergeant Eckert kann lange suchen, er wird nichts finden. Wann muß ich in den Bunker, Herr Leutnant?«
»Um fünf Uhr meldest du dich bei Sergeant Eckert, bis dahin gehst du in die Funkstation. Du mußt den Funker ablösen, denn der will seine Wäsche waschen!«
Das Gespräch schien beendet. Ich ging auf den Hof hinaus, da kam mir Eckert entgegen.
»Kovács, hierher!« krächzte er.
Ich folgte der Aufforderung und blieb innerhalb der vorgeschriebenen Distanz vor ihm stehen. Er kam näher zu mir, so daß ich seinen übel riechenden Atem spürte.
»Kovács, du dreckiger Zigeuner«, schimpfte er, »wo hast du das Geld versteckt?«

»Mieser Kartoffelfresser! Dich haben sie bestimmt aus der Heimat verjagt, weil sie sich deinetwegen schämen müßten, du feiger Mörder! Mein Geld bekommst du nie!«
»Dich erwische ich noch!« knurrte er. Er ließ mich stehen, ohne eine weitere Bemerkung zu machen. Daß er vor Wut kochte, konnte er dabei nicht verbergen.
Den ganzen Vormittag verbrachte ich in der Funkstation. So hatte ich endlich Gelegenheit, mich mit dem Funker des Krankenhauses Mascara zu unterhalten. Ich erfuhr, daß der Oberarzt immer noch schlecht auf mich zu sprechen war. Mich wunderte es nicht. Zu meiner Freude hörte ich auch, daß unsere Kompanie noch existierte, sie war nicht aufgelöst worden. Ich nahm mir fest vor, in diese Kompanie zurückzukehren, sofern ich zur Ausbildung nicht noch irgendwohin mußte.
Um fünf vor fünf ging ich gut gelaunt ins Kompaniebüro, um mich, wie befohlen, zu melden. Ich war gespannt, wo ich eingesperrt werden sollte, denn wir besaßen keine eigentlichen Arrestzellen. Eckert saß mit vier bewaffneten Kumpels im Büro. Er ließ mich in Richtung Küche abführen. Wir hielten vor einem kleinen Gebäude hinter der Küche. Früher war hier einmal Wein gelagert worden. Ich sah zehn große Betonfässer mit je einer fünfzig bis siebzig Zentimeter großen Öffnung und einem kleineren Entlüftungsloch an der Oberseite.
»Und da soll ich rein?« fragte ich. Ich blickte hinein, konnte aber den Boden nicht sehen, weil es stockdunkel war.
»Ratten gehören in ein Loch«, spottete Eckert.
»Das ist mir egal! Hauptsache, ich sehe deine Mördervisage nicht mehr!«
Ich kletterte hinunter. Die Klappe wurde hinter mir geschlossen, jetzt war es so dunkel, daß ich die Hand nicht vor den Augen sehen konnte. Ich ergab mich in mein Schicksal, legte mich hin und wollte schlafen. Eine Stunde später hörte ich Eckerts Stimme:
»Kovács, komm raus!«

»Hau ab, ich will deine Visage nicht sehen!«
Ich hörte Ginos Stimme.
»Forbelli«, schrie der Sergeant, »Holen sie den Kerl sofort heraus!«
»Warum denn, wenn es ihm darin gefällt?« ließ sich Gino vernehmen.
»Das ist ein Befehl!«
Jetzt ließ ich mich wieder hören:
»Wenn einer reinkommt, dreh' ich ihm den Hals um. In meinem Bunker bin ich der Kommandant!«
Sie zogen ergebnislos ab. Erst am nächsten Vormittag kam der Leutnant. Er öffnete die Klappe und rief:
»Generalamnestie für den Gefangenen! Kovács, kommen sie raus!«
Ich schlüpfte durch die Öffnung ins Freie. Es dauerte ein Zeit, bis sich meine Augen an das Tageslicht gewöhnt hatten.
»Kovács, in einer halben Stunde erwarte ich sie im Büro – und zwar in Paradeuniform!«
»Ich habe verstanden!«
Im Unterkunftsgebäude fand ich niemanden, der mir genauere Auskunft darüber geben konnte, warum ich und die anderen die Ehrenuniform anlegen sollten.
Vorschriftsmäßig meldete ich mich im Büro des Kompaniechefs. Der Leutnant unterbrach meine Meldung und bot mir einen Stuhl an. Jetzt wurde es mir komisch zumute. Soviel Freundlichkeit sollte der Kuckuck verstehen!
»Kovács, ich habe eine wichtige Frage: Willst du diesen Kurs zu Ende bringen?«
»Natürlich, Herr Leutnant! Habe ich einen Fehler gemacht?«
»Wirst du den Kurs auch beenden, wenn du das nicht mehr nötig hast, um Korporal zu werden?«
»Auch dann, Herr Leutnant!«
»Danke, das ist alles, was ich wissen wollte!«
Jetzt verstand ich überhaupt nichts mehr. Wie ich sah, waren

meine Kameraden bereits im Hof angetreten. Ich stellte mich an meinen Platz dazu. Der Leutnant kam aus seinem Büro und ließ noch einmal das Präsentieren des Gewehrs üben. Daß ich – im Gegensatz zu meinen Kameraden – kein Gewehr erhalten hatte, schien von besonderer Bedeutung zu sein.
Wir hörten Motorengeräusche von drei bis vier Fahrzeugen. Kurz darauf hielt ein schwarzer Peugeot im Hof. Wer ausstieg war kein anderer als Onkel Patric. Diese Überraschung! Fast hätte ich laut seinen Namen gerufen. Nur wegen ihm war das ganze Affentheater inszeniert worden!
Auf Patrics Schultern blitzten die Abzeichen eines Oberst. Hat der sich aber fein gemacht, der alte Herr! Und wen sehe ich denn da neben ihm? Das gib's doch gar nicht, der Glühwurm persönlich ist dabei! Ein schönes Samtkissen hat er in der Hand! Der Oberst unterhielt sich mit unserem Kompaniechef. Dann kamen sie auf uns zu. Oberst Patric stellte sich vor Eckert hin:
»Sergeant Eckert! Im Namen des Inspekteurs...« dann stellte er sich vor Gino hin:
»Elève corporale Forbelli! Im Namen des Generals...habe ich die Ehre, euch mit der Tapferkeitsmedaille zu dekorieren!«
»Kovács, Kovács ...wo hast du deine Auszeichnungen?«
»Ich habe sie vergessen, Herr Oberst!«
Unser Kompaniechef riß die Augen auf. Eckert wurde immer kleiner.
»Sergeant Kovács! Im Namen des Generals...habe ich die Ehre dir für mehrfach bewiesene Tapferkeit die Militär-Tapferkeitsmedaille mit Palme zu verleihen!«
»Herr Oberst, sie haben sich in meinem Dienstgrad geirrt!«
»Nein Kovács, hier sind die Streifen! Dieser Orden darf nur an einen Unteroffizier verliehen werden!
»Danke, Herr Oberst!«
Jetzt strahlte ich, und er nicht weniger, der Gute. Glühwurm gratulierte mir, Lacombe tat es ihm gleich.

Unser Leutnant ließ uns wegtreten. Der Oberst stand etwas abseits und beobachtete die Prozedur. Dann winkte er mir, zu ihm zu kommen. Ich begab mich zu ihm. Er lächelte:
»Herr Oberst«, begann ich, es freut mich sehr, sie wiederzusehen!«
»Mich auch, Kleiner!«
»Wie geht es Madame Giselle und Claudine?«
»Sie fühlen sich wohl in Paris. Ich soll dir von beiden schöne Grüße bestellen und Clu läßt ausrichten, wenn du ihr nicht bald schreibst, kommt sie wieder zurück und geht nicht mehr weg!«
»Dann schreibe ich lieber, Herr Oberst! Ich habe gehört, daß unsere Kompanie weiter besteht. Könnte man mich nicht dort gebrauchen?«
»Ich habe keinen Zweifel mehr daran, daß du Gedanken lesen kannst! Die ganze Zeit habe ich überlegt, wie ich es anstellen soll, dich zu fragen, ob du Interesse hast, wieder zurückzukommen. Ich soll dir von Müller und den anderen Wilden sagen, daß sie dageblieben sind und auf dich warten.
»Herr Oberst, wenn sie sich um meine Versetzung bemühen, wird es sicher klappen Es gibt nur einen Haken: Außer mir müssen noch vier andere mit!«
Wer sind die vier?«
»Die MG Schützen Karl Stieger und Peter Klein! Und dann sind da noch Varga und Forbelli. Varga ist Sprengstoffspezialist und Forbelli der beste MP-Schütze und Nahkämpfer, den ich kenne!
»Du willst schon wieder die ganzen Barbaren um dich haben!«
»Naja, Herr Oberst, wenn man im Kampf weiß, wen man neben und hinter sich hat, ist das immer ein gutes Gefühl! Im übrigen lade ich sie für heute abend zum Hammelbraten ein. Vorher lasse ich sie nicht gehen, Herr Oberst, und wenn ich ihren Wagen sabotieren lassen muß.
»Kleiner, du Schweinehund!«
»Also bis später, Onkel Patric!«

Ich eilte zum Umziehen ins Unterkunftsgebäude. Dort stürzten alle Kameraden auf mich zu.
»Langsam Freunde«, bremste ich sie, »ich habe jetzt keine Zeit! Wir veranstalten ein Fest heute abend! Karl, nimm dir ein paar Mann zum Holzholen! Gino und Peter, ihr begleitet mich beim Einkaufen! Sanyi, such dir vier Männer und stell mit ihnen vier große Spieße her. Peter nimm die ganze Kasse mit!«
Das Fest war bis zur letzten Minute ein großer Erfolg. Karl hatte soviel Holz herangeschafft, daß noch im Morgengrauen die Lagerfeuer brannten. Zum Abschied sangen wir für den Oberst eine schönes Legionärslied, das ihm fast die Tränen aus den Augen lockte. Einen ganzen gebratenen Hammel mußte der Oberst ebenfalls mitnehmen, in einen sauberen Bettlaken eingerollt und zugebunden mit der Adresse: »Sergeant Müller, siebte Kompanie, Mascara«.
Unser Lehrgang dauerte noch fünf Wochen, daran schlossen sich vier Prüfungstage an. Leider bestanden nicht alle. Fünf Mann mußten zur Wiederholung zurückbleiben. Rechnet man die zwei Gefallenen hinzu, so waren wir sieben weniger geworden.
Die Prüfungen waren rein theoretischer Art. Sie zu bestehen, fiel mir nicht schwer. Nur als ich nach meiner politischen Einstellung gefragt wurde, mußte ich mir lange überlegen, was ich sagen sollte. Der mich prüfte, war immerhin ein Hauptmann der Abwehr. Da ich mich kaum mit Politik beschäftigt hatte, erklärte ich, keine politischen Äußerungen mir unbekannten Menschen gegenüber machen zu wollen. Daraufhin wurden mir keine weiteren Fragen gestellt.
Schon am nächsten Tag wurden die ersten zehn frischgebackenen Unteroffiziere abgeholt und in Richtung Sidi-bel-Abbès gefahren, wo sie auf ihre weitere Versetzung zu warten hatten. Die dreißig übrigen, worunter auch ich war, warteten auf die Ablösung. Wir fünf, die wir darauf warteten, nach Mascara gefahren zu werden, hatten einige freie Tage, die wir mit Jagen verbrachten.

Dann kam der Tag, an dem wir erfuhren, daß wir uns zur Abreise fertig machen sollten. Am Nachmittag fuhren drei Jeeps in den Hof und parkten nebeneinander. Vom ersten Fahrzeug sprang ein uns unbekannter junger Leutnant herunter. Wir blieben auf unserem Gepäck sitzen und sahen zu, wie der Leutnant ins Kompaniebüro stürzte. Dann erst trauten sich die drei Fahrer und ihre drei Escorteure abzusitzen.
»Kleiner,« meinte Peter, »wetten, daß der Leutnant den Sergeant Kovács sucht!«
»Laß ihn ruhig suchen, vielleicht wird er fündig!«
Der Leutnant verschwand im Mannschaftshaus. Dann sahen wir, wie er in der Küche verschwand. Jetzt kam er auf uns zu. Ich wartete, bis er auf wenige Schritte herangekommen war. Als er sich wieder in Richtung Büro wenden wollte, sprach ich ihn an:
»Herr Leutnant! Suchen sie jemanden?«
Er drehte sich um, betrachtete mich abschätzend und fragte:
»Legionär, Kennen sie Sergeant Kovács?«
»Ja, Herr Leutnant! Sogar sehr gut!«
»Wo finde ich ihn?«
»Er steht vor ihnen!«
»Machen sie keine Witze! Sergeant Kovács ist ein hochdekorierter Unteroffizier!«
»Deswegen kann er doch vor ihnen stehen!«
»Ihr Name?«
Er zückte Notizblock und Federhalter aus der Brusttasche.
»Sergeant Kovács, mit den Korporalen Klein, Varga, Forbelli und Stieger stehen bereit zur Abfahrt!«
»Warum tragen sie ihre Streifen nicht?«
»Herr Leutnant, die mich kennen, wissen Bescheid!«
»Und die sie nicht kennen?«
»Die werden mich noch kennenlernen! Männer grinst nicht so unverschämt! Wir können aufsteigen, Herr Leutnant!«
Der Leutnant erwiderte nichts mehr, nahm im ersten Jeep Platz.

Karl und Peter stiegen in den zweiten, Sanyi, Gino und ich in den letzten.

Als ich während der Fahrt unseren Fahrer etwas genauer betrachtete, staunte ich nicht schlecht, in ihm einen alten Bekannten wieder zu entdecken. Es war Krüger, der in Paris Imre und mich zum Bahnhof gefahren hatte. Ich sagte vorläufig nichts, um abzuwarten, ob er mich erkannte.

Zu Gino gewandt schlug ich vor

»Was meinst du, Gino, sollen wir für unsere Kompanie ein Maskottchen besorgen?«

»Si, Pepe, eine gute Idee!«

»Weißt du, an was ich gedacht habe? Wir kamen doch gestern bei der Jagd an einer Farm vorbei, auf der wir einen Schafsbock gesehen haben! Den kaufen wir!«

»Du meinst den mit dem schwarzen Kopf?«

»Genau, den meine ich! Krüger, da vorne bei den Bäumen geht ein Weg rechts ab, da fährst du von der Straße runter!«

Krüger nickte, aber er hatte mich nicht erkannt. Krüger bog in den bezeichneten Weg ein, ohne weitere Fragen zu stellen, während die anderen Jeeps weiter fuhren.

»Da vorne ist eine Farm« erklärte ich ihm, »da müssen wir hin!«

Krüger hielt vor der Farm, ich sprang herunter und bat Gino zu mir.

»Gino, mach schnell, wir haben wenig Zeit!«

Der Araber kam uns schon entgegen.

»Was kostete das Schaf mit dem schwarzen Kopf?« fragte ich ihn.

»Fünftausend, weil du Freund!«

Da ich weder Lust noch Zeit zum Feilschen hatte, blätterte ich dem verdutzten Mann den verlangten Betrag hin. Gino schleppte bereits das Tier an.

»Gut, hinein mit ihm in den Jeep!« befahl ich. »Krüger, jetzt zeig mal, was du kannst. Wenn wir hier jetzt weiter fahren,

treffen wir auf die Straße und können leicht zu den anderen aufschließen!« Und so geschah es!
»Gino«, fragte ich, »wie soll er denn heißen unser Bock?«
Ich blickte den Leginär an, der neben Gino saß und zur Eskorte gehörte, aber bis jetzt kein Wort gesagt hatte.
»Wie heißt du?« fragte ich ihn.
»Gruber, Sergeant!«
»Dein Vorname?«
»Hans!«
»Gut, Hans! Kannst du mir sagen, wer in der Kompanie in Mascara der neue Adjudant ist?«
»Orsini heißt er!«
»Und mit Vorname?«
»Oscar!«
»Das paßt! Gino, das ist die Antwort!«
Unser Oscar gab durch ein langgezogenes »Bääääá! Bääääá!« zu verstehen, daß er einverstanden war. Endlich wandte ich mich an Krüger:
»Kennst du mich nicht mehr?«
»Sie kommen mir bekannt vor, aber ich weiß nicht mehr woher, Sergeant!«
»Ich helfe dir ein wenig: Porte des Versailles! Sagt dir das was?«
»Da war ich mal! Das ist aber schon länger her!«
»Genau achteinhalb Monate! Du hast mich und einen Sergeanten in Paris herumgefahren und drei Bier auf meine Rechnung getrunken!«
Jetzt erinnerte er sich. Wir unterhielten uns die ganze Fahrt und ich erfuhr einiges, wie es ihm seither ergangen war. Nachdem er Sergeant Imre Kovács in die Kaserne zurückgefahren hatte, durfte er in Paris nicht mehr Auto fahren. Mit dem nächsten Transport wurde er nach Marseille gebracht und nach Algerien eingeschifft.
Von unserer Kompanie in Mascara wurden wir schon erwartet.

Die Freude war groß, aber nicht überschwenglich laut. Ein Händeschütteln und ein paar Worte sagten genug.
Es hatte sich hier einiges geändert. Onkel Patric war nicht mehr da. Der neue Kompaniechef war ein Hauptmann, den noch niemand richtig kannte. Da die jetzt recht große Kompanie nicht vollständig in dem Kasernenbau untergebracht werden konnte, waren vor dem Versammlungsplatz noch vier Zwölfmannzelte aufgestellt worden. Ich teilte von nun an ein Zimmer mit Rudi. Es gefiel mir recht gut. Vom Fenster aus konnte ich die Zelte sehen und alles überblicken.
Mit Rudi hatte ich heute noch einiges zu besprechen. Als wir im Bett lagen, erzählte er mir von den Veränderungen während meiner Abwesenheit.
»Warum haben sie denn Sergeant Denis versetzt?« wollte ich noch wissen. »Der wäre doch genau der richtige Mann gewesen für die Antiterroreinsätze dieser Kompanie!«
»Er hat sich mit dem Zugführer, einem Leutnant, nicht vertragen. Bei dem mußt du dich vorsehen! Er versteht sich verdammt gut mit dem Hauptmann!«
»Und Orsini, der Adjudant, wie ist der?«
»Völlig harmlos! Der hat nur einen Sauberkeitsfimmel. Jeden Tag muß ein Zug stundenlang Kippen und Papier und sonstiges Zeug, was auf dem Hof herumliegt, einsammeln. Das ist schon eine richtige Krankheit. Neulich hat er uns sogar am Sonntag aufräumen lassen!«
»Das ist nicht so schlimm, Rudi, das kann man ändern!«
Ich dachte dabei an den gehörnten Oscar. Ob der Papier und Tabak frißt?
»Kleiner, wo hast du diesen Revolver her?« wollte Rudi wissen und deutete auf die Waffe, die ich dem von mir getöteten Hauptmann abgenommen hatte.
»Die habe ich von einem Hauptmann geerbt! Gute Nacht, Rudi!«
»Gute Nacht, Kleiner!«

9. Antiguerillaeinheit in Mascara

Als ich am nächsten Morgen aufwachte, berichtete mir Rudi, daß bereits vor dem Frühstück ein Zug unter Aufsicht mehrerer Korporale den Platz aufräumen mußten. Ich rief Gino zu mir:
»Gino, gib Oscar in den nächsten Tagen Zigaretten und Papier zu fressen! Vielleicht gewöhnt er sich daran!«
»Si, Sergeant, gute Idee!«
Ich hatte mich beim neuen Hauptmann vorzustellen. Fast eine Stunde wartete ich vor seinem Büro, ohne daß er mich hereinließ. Ich kannte diese Methode schon. Sie diente dazu, Wartende nervös zu machen. Aber da war er bei mir an der falschen Adresse!
Gerade kam Peter aus dem Büro heraus. Vor ihm waren schon Karl, Gino und Sanyi drin gewesen.
»Peter«, sprach ich ihn an, »kaufe fünfhundert Gramm Tabak und zwei Stangen Zigaretten! Gib sie Gino, er weiß Bescheid!«
Diese Waren hatte ich für Oscar bestimmt, denn sein zweibeiniger Namensvetter, den ich übrigens als feinen Kerl kennengelernt hatte, besaß einfach einen unerträglichen Sauberkeitsfimmel. Peter schickte mich zum Hauptmann hinein:
Ich klopfte und hörte einen Ton, den ich schon von anderen Männern seines Schlages kannte:
»Herein!«
Ich stellte mich vor und verharrte strammstehend vor dem Schreibtisch, hinter dem der Häuptling saß.
»Kovács, warum treten sie im Kampfanzug vor mich anstatt in der Ausgehuniform?«
So eine blöde Frage! Entsprechend dumm antwortete ich:
»Weil ich noch nicht weiß, ob ich ausgehe, Herr Hauptmann!«
Sein Gesicht wechselte gleich die Farbe. Olala, der wird ja schnell wütend!
»Kovács«, meinte er streng »ich habe von ihnen schon gehört. Aber eines sage ich ihnen und das merken sie sich: Bei mir

müssen sie bedingungslos gehorchen, andernfalls sind sie die längste Zeit Sergeant gewesen! Haben sie mich verstanden!«

»Sehr gut, Herr Hauptmann! Aber ich lasse mir von niemandem drohen. Ich habe die Armeeregeln auswendig gelernt, wofür ich in der Prüfung eine sehr gute Note erhielt. Auch habe ich mir meine Auszeichnungen nicht in der Ausgehuniform hinter einem Schreibtisch verdient, wie sie sicher wissen. Um mich zu degradieren, müssen sie mir erst einmal meine Orden wegnehmen, was nicht so leicht möglich ist. Solange meine Männer und ich es für nicht unmöglich halten, ihre Befehle auszuführen, werden wir das tun, so gut wir können!«

»In meiner Kompanie wird alles gemacht, was ich anordne – und zwar genau so, wie ich es will! Machen sie, daß sie rauskommen! Ich werde noch sehen, ob sie ihre Medaillen wirklich verdient haben!«

Ich fand, daß eine Antwort zwecklos war, und wandte mich zum Gehen. Bevor ich die Tür hinter mir geschlossen hatte, rief mir der Häuptling noch nach:

»Sie sind verpflichtet, sich eine Ordonanz zu nehmen, wofür ihnen pro Monat fünftausend Franc vom Sold abgezogen werden!«

Während er die letzten Worte sprach, war die Tür schon zu. Ich meldete mich beim Adjudanten, um ihm den Namen meines zukünftigen Putzers anzugeben.

»Na, Kovács, begrüßte er mich, »dicke Luft, was?«

»Nicht zu dick, um verdünnt werden zu können, Herr Adjudant. Ich möchte nur den Namen meines Spunzes angeben. Er heißt Jonás und gehört zum zweiten Zug, erste Gruppe, bei Müller, wenn das nicht geändert wurde. Wissen sie zufällig, wohin ich eingeteilt wurde?«

»Ja, auch in den zweiten Zug! Es wäre gut, wenn du das Nähere mit Müller besprechen würdest!«

»Das werde ich! Müller und ich kennen uns schon länger, Herr Adjudant!«

»Nimm dich vor eurem Leutnant in Acht! Der versteht sich verdammt gut mit dem Häuptling:«
»Danke für den Hinweis! Vorsicht war schon immer meine Stärke!«
Ich merkte, daß ich mich mit ihm gut verstehen würde. Mich mit Rudi zu einigen, war natürlich kein Problem. Er war sehr froh darüber, daß wir wieder zusammen sein konnten. In meiner Gruppe war Karl Korporal, des weiteren gehörten dazu Jonás, Martinez, Béla und zwei Neue, die ich mir aussuchen durfte. Ich überließ diese Entscheidung den Kameraden.
Die Tage gingen dahin, ohne daß sich Nennenswertes ereignete. Wir führten ein paar ergebnislose Einsätze durch, die ich für reine Schikane unseres Häuptlings hielt, so zum Beispiel einige Durchsuchungen arabischer Häuser nach Waffen und untergetauchten Fellagahs.
Unser gehörnter Oscar gewöhnte sich rasch an den Tabak und fraß morgens den Hof sauber.
Es war eine Phase absoluter Ruhe, der bald ein Sturm folgen mußte. Wir verdankten sie dem bevorstehenden Besuch von General de Gaulle. Im Herbst, nachdem der hohe Besuch wieder abgezogen war, brach in der Tat eine andere Zeit an!
Es war Mitte September. Wir saßen im Unteroffizierskasino und spielten Karten. Der Korporal vom Dienst trat ein und rief aus, daß in zwei Stunden alle zum Ausrücken bereit sein sollten. Der befohlenen Ausrüstung nach zu schätzen, würden wir mit einem längeren Aufenthalt rechnen müssen. Ungewöhlicherweise mußten wir sogar den zweiten Kampfanzug mitnehmen. Jeder von uns begab sich zu seiner Gruppe und gab die notwendigen Anweisungen. Wenige Minuten später standen die GMC-Transporter für uns bereit. Ich bat Jonás, der gerade meine Sachen zusammenpackte:
»Du, Jonás, nimm einige Gewürze mit! Vielleicht können wir mal selbst etwas kochen!«
»Habe ich schon längst verstaut!«
Rudi kam herein:

»Kleiner, macht euch fertig!« Wir fahren in fünf Minuten ab!«
Wir stürmten den Hof hinunter.
»Rudi«, bat ich, »Nimm von Karl die Meldung ab, du bist älter als ich!«
»Das brauche ich nicht mehr, denn der Hauptmann gibt schon den Befehl zum Aufsitzen. Setz' dich vorn ins Führerhaus, ich komme gleich nach!«
Es ging in der Tat alles sehr schnell. Wir schienen es sehr eilig zu haben. Der Hauptmann kam vorbei, drückte mir eine Landkarte in die Hand und meinte, ohne mir Zeit zu einer Frage zu lassen:
»Hier, Kovács, nehmen sie! Jetzt werden wir sehen, ob es wahr ist, daß sie ein Wunderkind sind!«
Ich erwiderte nichts auf diese spöttische Bemerkung. Rudi kam gleichfalls mit einigen Karten zurück. Ich gab ihm die meinige und erklärte:
»Wenn wir dahin wollen, wo der rote Punkt eingezeichnet ist, begeben wir uns in bekanntes Gelände. Es gibt in der Gegend nur Weinfelder und Dornbüsche!«
»Steig auf, Kleiner! Die ersten fahren schon los!«
Wir näherten uns bald dem Sektor Chancy, wo ich meine Ausbildung gemacht hatte. Wie ich unterwegs mitbekam, handelte es sich um eine Operation, die von mehreren Regimentern durchgeführt werden sollte. Über Funk vernahm ich, daß sogar eine Panzerschwadron dabei war. Daneben gab es einige andere motorisierte Einheiten und zwei Infanterieregimenter mit Wehrpflichtigen. Man hatte ein riesiges Gebiet abgeriegelt und wartete darauf, daß die eingeschlossenen arabischen Kämpfer den einzelnen Einheiten vor die Flinten getrieben würden. Die gefährliche Rolle der Jäger sollten wir übernehmen. Dazu mußten wir die Gegend durchstöbern, was leicht einigen von uns das Leben kosten konnte.
Gegen halb sechs erreichten wir unser Ziel, eine Farm inmitten des abgeriegelten Gebietes. Der Häuptling rief seine Zugführer

zu sich und gab ihnen genaue Instruktionen. Kurz darauf kam der Leutnant zu uns und gab die Anordnungen weiter:
»Sergeant Müller und Sergeant Kovács! Sie sehen den roten Punkt auf der Karte. Die damit bezeichnete Farm ist für heute abend unser Ziel! Wir werden aber nur bis auf zwei Kilometer herangehen. Die Farm ist von Europäern bewohnt. Heute hat unser Aufklärungsflugzeug hier einige Fellagahs entdeckt. Wir müssen also sehr leise sein. Sobald wir auf zwei Kilometer heran sind, bleiben wir bis morgen früh in dieser Position. Das wär's, meine Herren!«
Ich wandte mich an die Freunde:
»Rudi, ich gehe links, du rechts! Béla, wir bleiben auf Kontakt über Kanal eins des Gerätes! O.k.?«
»O.k., Kleiner!«
»Karl, zu mir, Martinez und Béla geben Rückendeckung! Jochen du gehst rechts und paßt auf, daß du den Mann von der zweiten Gruppe nicht aus den Augen verlierst! Rivas, du gehst links und hältst Kontakt mit dem dritten Zug. Jonás, du gehst mit Karl! Ich bleibe in der Mitte! So, sind alle soweit?«
Eine Stimme dröhnte aus dem Funkgerät
»Rio eins! Hier Rio zwei!«
Ich antwortete:
Hier Rio eins! Ich höre!«
»Rio eins! Uhrzeit angeben!«
»18 Uhr!«
»Richtig! Dann los!«
»Verstanden!«
Ich wandte mich den Kameraden zu:
»Wir gehen Richtung rechter Abhang des vor uns liegenden Hügels! Rivas, geh' nicht ganz hinauf!«
Ich blieb noch einen Moment bei Karl stehen:
»Karl, unser Häuptling hat doch eine Macke, findest du nicht?«
»Doch, Kleiner, und zwar eine gewaltige! Die europäischen Bewohner der Farm werden morgen früh sicher nicht mehr leben.«

»Das ist glatter Mord an ihnen, Karl! Wir hätten gleich nach unserer Ankunft die Farm stürmen müssen. Jetzt werden uns die Araber sicher irgendwann bemerken und sich an den Einwohnern rächen! Aber das ist nicht unsere Schuld!«
»Das meine ich auch, Kleiner. Aber es läßt mir keine Ruhe, so eine Schweinerei mitzumachen!«
»Mir läßt es auch keine Ruhe! Aber was soll ich tun? Der Hauptmann und der Leutnant mögen mich sowieso nicht!«
»Kleiner, das ist nur der Neid, weil sie noch nicht dekoriert sind. Ich habe das von Jack erfahren, der ist nämlich der Funker des Häuptlings. Er erzählt mir manchmal, was er so mitbekommt. Wie weit müssen wir noch vordringen?«
»Wartet mal! Nach dieser Anhöhe noch etwa fünf bis sechs Kilometer. Schau mal, wo unser Hauptmann läuft!«
Der Hauptmann ging auf einen Hügelkamm zu. Man konnte ihn schon von weitem sehen. Wir hatten die Farm noch nicht eingekreist. Wenn die Araber den Hauptmann entdeckten, würden sie sich blitzartig davonmachen und wir müßten sie erneut suchen. Möglicherweise könnten sie auch einen bewaffneten Ausbruchsversuch wagen. Da unsere MGs noch nicht in Stellung waren, war das kein großes Risiko für sie. In jedem Fall bedeutete es das Ende der Farmer.
Allmählich wurde es dunkler. Das brachte für uns den Vorteil, näher an die Farm heranschleichen zu können, gab aber gleichzeitig unseren Gegnern die Chance, durch unser Netz zu schlüpfen und zu entkommen. Wir bezogen Stellung, Karl richtete sein MG ein. Ich meldete über Funk:
»Rio. hier Rio eins!«
»Rio eins, hier Rio, ich höre!«
»Höhe sechshundertdreizehn, MG in Position, alles ruhig!«
»Rio eins, hier Rio! Sehr gut! Funkstille bis 21 Uhr!«
»Verstanden!«
Ich schaltete mein Gerät aus und schlug Karl vor:
»So, jetzt schauen wir uns einmal aus der Nähe an, ob die

Kerle überhaupt noch da sind«! Und zu Martinez gewandt: »Martinez, steig den Hügel runter und hole Rudi herbei! Peter soll auch raufkommen! Karl, du schnappst dir das Fernglas und bleibst hier! Wenn uns etwas passiert, gibst du es per Funk durch. Noch etwas für den Fall des Falles: Den Inhalt meiner Kasse im Schrank teilt euch kameradschaftlich auf!«

Schon waren Peter und Rudi da.

»Rudi, Martinez und ich schleichen uns von hinten an den Hof heran, ihr beide nehmt den Vordereingang! Wir versuchen gleichzeitig hineinzustürmen! Alles klar!«

»Alles klar, Kleiner! Wenn wir bereit zum Stürmen sind, klackse ich dreimal kurz mit meinem Frosch!«

»Gut, Rudi! Bis dann! Martinez, komm!«

Der Hang, den wir hinunterklettern mußten, war dicht bewachsen und bot gute Deckung. Dennoch mußten wir äußerst vorsichtig sein. Schließlich durften uns weder unser Häuptling noch die Araber bemerken.

Martinez und ich lagen gut hundert Meter von der Farm entfernt. Wir beobachteten alles angestrengt, konnten aber nichts entdecken. Es herrschte völlige Stille. Das war zu ruhig! Natürlich konnte es sein, daß alle schon im Bett lagen, aber daran glaubte ich nicht. Die zweite Möglichkeit war für uns weitaus gefährlicher: sie konnten gut versteckt auf der Lauer liegen. Ich versetzte mich in ihre Lage. Beim scharfen Nachdenken kam ich zu dem Schluß, daß dort unten niemand mehr lebte. Es standen nämlich beide Tore weit offen; so dumm konnte in dieser gefährlichen Gegen niemand sein, das zu tun, weder die Araber noch die dort wohnenden Europäer.

»Martinez, was denkst du?« fragte ich.

»Es ist niemand da!«

»Komm, gehen wir hinunter! Sei aber trotzdem vorsichtig!«

Ich gab Rudi das Signal zum Aufbruch und hörte sofort die Antwort. Wir kletterten den Hang hinunter, schlichen um die

Farm herum und näherten uns dem Hintereingang. Wir hörten Rudis Signal.

»So, Martinez, jetzt«, raunte ich dem Spanier zu. Vorsichtig hielt ich die MP schußbereit in der Rechten, eine Handgranate in der Linken. Wir huschten durch das Tor und bewegten uns mit langen Schritten auf das Hauptgebäude zu. Zwei Meter vor der Hausecke blieb ich stehen und versuchte, den Hof zu überblicken. Martinez lief an mir vorbei direkt auf die Eingangstür zu.

Links daneben blieb er stehen, eng an die Wand gepreßt. Ich folgte ihm und drückte mich rechts vor der Tür an die Wand. Die Tür war nur angelehnt. Ich wollte sie gerade aufstoßen, da gab mir Martinez ein Zeichen mich umzudrehen: Rudi stand direkt hinter uns. Er hatte sich so leise angeschlichen, daß er nicht zu hören war. Er gab mir zu verstehen, daß die Nebenräume leer waren. Ich deutete auf die Tür vor mir und blickte durch den Türspalt ins Haus. Sieben Gestalten lagen nebeneinander auf dem Boden. Sie waren alle nackt, unter ihnen zwei Kinder, auch ein Baby in den Armen seiner Mutter. Wir konnten ihnen nicht mehr helfen!

Zu Rudi sagte ich:

»Wir gehen sofort zurück und zwar genauso leise, wie wir gekommen sind! Wir schaffen das in zehn Minuten und sind also bis zum Ende der Funkstille wieder an Ort und Stelle!«

So geschah es. Keine zehn Minuten später lagen wir wieder in unseren Stellungen. Ich bat Rudi und die anderen:

»Kein Wort davon an den Hauptmann oder den Leutnant!«

»Du hast recht! Es ist eh zu spät! Jetzt werden wir morgen ein paar blöde Gesichter sehen. Diese Schweine! Wir sind höchstens eine Stunde zu spät gekommen!«

Ich klärte Karl über das Geschehene auf. Dann griff ich nach dem Funkgerät, denn es war schon fünf nach neun. Beim Einschalten hörte ich, daß man mich schon rief:

»Rio eins! Rio eins! Bitte melden! Hier Rio!

Ich gab die Antwort:
»Rio, hier Rio eins! Alles in Ordnung!«
»Rio eins, hier Rio! Warum melden sie sich so spät?«
»Rio, hier Rio eins! Meine Batterie ist ausgefallen!«
Das war natürlich eine Lüge.
»Rio eins, hier Rio! Verstanden! Funkstille bis 4 Uhr! Ende!«
Ungeduldig schaltete ich das Gerät ab.
Jonás legte mir eine Zeltplane hin, auf der ich mich ausstrecken konnte. An Schlaf war nicht zu denken, darum unterhielten wir uns. Ob wir die Täter noch erwischen würden, hing in hohem Maß von der exakten Abriegelung ab, die man um das Gebiet vorgenommen hatte. Unser Hauptmann war nach der langen Ruhepause in punkto Heldentaten richtig ausgehungert. Er würde nach der Pleite, die ihn da unten erwartete, gewiß keine Ruhe geben. Diese Vermutung sollte sich am nächsten Tag bestätigen.
Um halb fünf Uhr erhielt ich die Order, weiter vorzustoßen und direkt über der Farm das MG in Stellung bringen zu lassen. Wir kamen diesem Befehl, obwohl er für uns keine Bedeutung mehr besaß, dennoch nach. Als wir unsere neue Position erreicht hatten, meldete ich mich wieder per Funk. Ich hörte die Stimme des Leutnants, der aufgeregt in den Hörer hineinrief. Ich erhielt den Befehl, mich mit drei Mann zu Rudi zu begeben und gemeinsam mit diesem und seinen Leuten die Farm zu stürmen. Wir spazierten gemütlich in Schlangenlinie hinunter. Der von der anderen Seite des Tales losgeschickte Stoßtrupp wußte ja nicht, was uns seit gestern bekannt war. Er schlich sich leise und langsam an. Wir waren natürlich längst vor ihm am Ziel.
Was wir nun, bei vollem Licht und genauer Betrachtung sahen, übertraf alles bisher erlebte an Grausamkeit: Eine siebenköpfige Familie war ausgerottet worden. Auf dem Boden lagen zwei Ehepaare, zwei Kinder und ein Baby mit durchgeschnittenen Kehlen. Ich wollte gerade den Leutnant rufen, als dieser mit

zornigem Gesicht durch das Tor auf uns zu kam. Als der Leutnant die Leichen sah, wurde er bleich und ging wieder hinaus. Kurze Zeit später kam auch der Hauptmann. Über uns kreiste ein Aufklärungsflugzeug und wackelte mit den Flügeln. Anscheinend wollte der Pilot mit uns Kontakt aufnehmen. Mir war das im Augenblick egal. Sollte doch ruhig der Alte etwas selbst machen!

»Rudi«, fragte ich, »sagst du ihm, daß wir gestern schon hier waren?«

»Wenn es nicht anders geht, schon. Kommt darauf an, wie er sich benimmt!«

Der Häuptling ging auf Rudi zu und schimpfte:

»Müller, was fällt euch ein, hier wie Touristen herumzuspazieren?«

Rudi entgegnete:

»Herr Hauptmann, sind wir hier im Einsatz oder im Manöver? Im Augenblick sollten sie sich um etwas anderes kümmern. Da oben wartet jemand darauf, mit ihnen zu sprechen!«

Dabei deutete er mit dem Daumen nach oben, ohne selbst einen Blick hinauf zu richten.

Jack erhielt ein Zeichen, mit dem über uns kreisenden Vogel Kontakt aufzunehmen. Der Hauptmann schien sich zu beruhigen. Rudi sprach weiter:

»Herr Hauptmann, wir haben schon gestern abend hier nach dem Rechten gesehen und festgestellt, daß niemand mehr lebte.«

»Wer ist wir?«

»Kovács, Martinez, Klein und ich, Herr Hauptmann!«

Der sagte jetzt nichts mehr, aber sein Gesicht entspannte sich.

»Herr Hauptmann«, meldete ich mich ungefragt zu Wort, falls sie Befehl geben, die Leichen wegzuräumen, ist Vorsicht geboten, denn unter jedem Toten liegt eine Granate mit sehr kurzem Zünder.«

Keine Reaktion, kein Anschiß. Er nickte zum Zeichen, daß er verstanden hatte. Endlich nahm er von dem Flugzeug Notiz, hastete zu Jack und nahm den Hörer in die Hand. Das folgende ging sehr schnell. Neue Befehle wurden weitergegeben, schließlich rief er Rudi und mich zu sich. Er hielt uns seine Karte hin und zeigte uns, wo der Aufklärer zuletzt die Flüchtenden gesehen hatte.

»Es sind etwa fünfzig Mann. An dieser Stelle sind sie vor etwa einer halben Stunde spurlos verschwunden.

Nach einem kurzen Blick auf die Karte wußte ich Bescheid: »Herr Hauptmann, bis zu dieser Stelle sind es etwa zehn Kilometer. Wir sollten so schnell wie möglich zu der bewußten Stelle vorrücken. Am besten, wir schicken schon zwei Gruppen voraus, die schneller am Ziel sein können, um die Kerle festzunageln. Das erhöht unsere Chance, sie alle zu erwischen!«

Der Häuptling musterte mich einen Augenblick und erwiderte lediglich:

»Paßt aber auf, daß ihr nicht in unsere eigene Schußlinie kommt!«

Er schien sich damit abgefunden zu haben, daß wir ohnehin taten, was wir für richtig hielten.

»Viel Glück«, verabschiedete er uns, als rechnete er mit einer längeren Abwesenheit.

»Karl«, schlug ich vor, »Wir bewegen uns immer auf den Höhenzügen. Rudi läuft unten, so kann uns nichts entgehen!«

Wir legten die Strecke bis zum Zielpunkt in Rekordzeit zurück. Schließlich standen wir vor einem unübersichtlichen, dicht mit Dornenbüschen bewachsenen Gelände. Die Büsche waren zum Teil mannshoch und bedeckten die Gegend soweit das Auge reichte. Wenn die Araber bis hierher gekommen waren, konnte es nicht verwundern, daß der Pilot sie aus den Augen verloren hatte.

»Rudi«, murrte ich, »wenn wir hier durch müssen, kommen wir auf der anderen Seite als Stachelschweine heraus!«

»Kleiner, das ist das einzige Gelände, wo sich die Araber vor dem Flugzeug verstecken konnten. Es kann natürlich sein, daß

sie das Dornbuschgelände schon durchquert haben und in dem dahinter liegenden Dorf untergetaucht sind!«
Das besagte Dorf befand sich etwa sechs Kilometer von uns entfernt. Deutlich sahen wir am Horizont Rauch aufsteigen, der von den Schornsteinen dieses Dorfes stammte. Zwischen uns und dem Dorf erstreckte sich das Buschfeld.
»Du könntest recht haben, Rudi. Aber bis wir hier durch sind, ist es Abend, was für die Araber ein Vorteil sein wird. Wenn sie uns in der Dunkelheit wieder entwischen, ist es fraglich, ob wir sie überhaupt noch einmal stellen können. Schau, der Häuptling kommt!«
Wie wir uns gedacht hatten, ließ der Hauptmann die Kompanie in langer Linie am Anfang des Buschgürtels aufstellen. Mir kam eine Idee:
»Rudi, mit Karls MG können wir beim Durchstöbern des Busches ohnehin nichts anfangen. Er könnte doch inzwischen den Busch umgehen und oben im Dorf in Stellung gehen. Dann kann er die Kerle empfangen, wenn wir sie vor uns hertreiben.«
»Du hast recht, Kleiner! Wir geben ihm zum Schutz noch vier Mann mit!«
»Karl, siehst du den Hügel über dem Dorf, dort wo die Baumgruppe steht? Dort gehst du mit Jochen, Rivas, Peter und einem weiteren Mann hin, bringst das MG in Stellung und erwartest uns!«
Damit war die Gruppe stark genug, um sich zu verteidigen.
In langer Linie streiften wir durch das Dornbuschgelände. Links vor uns befand sich der Zug des Glühwurms, rechts die beiden übrigen Züge unserer Kompanie.
»Durch diese engen Maschen kann nicht einmal eine Maus schlüpfen, Rudi! Wir beide bleiben in Rufweite! Béla und Jonás, ihr beide bleibt in meiner Nähe. Das Scheiß-Funkgerät würde ich am liebsten wegschmeißen!«
»So, jetzt geht's los! Waidmannsheil, Kleiner!«
Es war ein fast undurchdringliches Dickicht. Mal robbten wir

auf allen Vieren, mal krochen wir auf dem Bauch, ab und zu konnten wir eine Strecke aufrecht zurücklegen. Wir quälten uns regelrecht Meter um Meter vorwärts. Vergeblich versuchte ich auf Geräusche zu achten. Der Lärm zu beiden Seiten überdeckte alles. So mußte ich mich darauf verlassen, daß mich mein Instinkt vor der Gefahr warnte. Jonás neben mir bahnte sich, so gut es ging, mit einem Feldspaten den Weg.
Plötzlich hörte ich MG-Schüsse in der Ferne.
»Rudi«, schrie ich, »das kann nur Karl gewesen sein, was meinst du ?
Bumm, machte es.
»Und das war Peter, Kleiner!«
Rudi kam dicht an meine Seite, griff nach meinem Funkgerät und forderte:
»Laß mich mal mit Peter reden!«
Ich gab ihm das Gerät und verschwand im Gebüsch. Ich beeilte mich, vorwärts zu kommen. Den Geräuschen nach zu urteilen, waren Jonás und die anderen schon weiter vorgedrungen. Von meiner augenblicklichen Position, einer kleinen Anhöhe, konnte ich erkennen, daß sich nicht allzuweit vor uns eine Lichtung im Gebüsch befand, die nur mit Gras bewachsen war. Ich hatte Angst, daß meine Freunde diese Lichtung achtlos durchquerten und beeilte mich, sie einzuholen.
»Jonás«, rief ich, als ich mich in Rufnähe wähnte.
»Hier bin ich, Kleiner«!
»Sag' Béla Bescheid, daß alle auf mich warten sollen. Auf keinen Fall darf einer auf die Wiese hinausgehen!«
Wieder hörte ich aus der Ferne Karls MG-Feuer. Es war anzunehmen, daß die Araber jetzt kehrt machten und bald auf uns trafen.
»Wenn Karl sie zurücktreibt, haben wir bald nichts mehr zu lachen,«.rief ich. »Jonás, bleibe in meiner Nähe!«
»Ist ja gut, ich bin hier, Kleiner, du brauchst keine Angst zu haben!«

»Idiot! Wir müssen uns der Wiese leise nähern und an deren Rand liegenbleiben. Sag das weiter!«

Wir hatten uns bis dicht an den Rand der Wiese herangepirscht. Ich flüsterte zu Jonás:

»Bleibe auf dem Bauch liegen und beobachte den Wiesenrand auf der anderen Seite. Wenn wir nichts Verdächtiges merken, laufe ich los. Du gibst mir Deckung, bis ich drüben bin! Dann kommst du nach! Verstanden!

»O.k.!«

Ich blickte angestrengt hinüber zum anderen Wiesenrand und versuchte das dortige Dickicht mit meinen Augen zu durchdringen. Daß ich niemanden erblickte, war kein Garantieschein für eine gefahrlose Überquerung der Lichtung. Unsere Gegner hatten in der Vergangenheit schon mehrfach bewiesen, wie nervenstark sie waren, wenn es galt, in einer Deckung auf der Lauer zu liegen. Die Lichtung war höchstens zehn Meter breit und zwanzig Meter lang. Ich war überzeugt, daß sie eine tödliche Falle für uns sein konnte und eine Chance für sie; denn, wenn es ihnen gelang, eine Lücke in unsere Linie zu reißen, konnten sie entkommen.

»Ich gehe vor«, raunte mir Jonás zu. In gefährlichen Situationen versuchte unter Freunden immer jeder, dem anderen zuvorzukommen.

»Nein«, rief ich, bleibe liegen, es ist ... »Weiter kam ich nicht, denn Jonás war schon aufgesprungen und losgerannt. Er kam keine vier Meter weit, da krachte ein ohrenbetäubender Schuß und Jonás stürzte, wie von einer Faust getroffen, rücklings zu Boden. Das war eine Schrotflinte! Wut flammte in mir auf. Mit der MP im Hüftanschlag, wild schießend, rannte ich los. Mit ein paar Sätzen hatte ich die Lichtung hinter mich gebracht, und während ich in das Gebüsch auf der anderen Seite hineinhechtete, warf ich das leergeschossene Magazin weg. Ich rollte über den ersten Busch hinweg, landete wieder auf den Beinen, die wieder geladene MP im Anschlag. Ich verharrte ein paar

Sekunden. Den Heckenschützen hatte ich erwischt; er lag ausgestreckt am Boden. Alles blieb ruhig. Wahrscheinlich war er allein gewesen. Rückwärts tappte ich wieder aus dem Gebüsch heraus auf die Lichtung, zurück zu Jonás. Der rührte sich nicht mehr. Ich erreichte den Freund und kniete bei ihm nieder. Einen Augenblick behielt ich noch den gegenüberliegenden Wiesenrand im Auge, dann ließ ich alle Vorsicht fahren und sah nach der Verletzung. Ich achtete nicht auf einen brennenden Schmerz in meinem rechten Oberschenkel. Das war sicher eine dicke Dorne! Jonás Gesicht war schmerzvoll verzogen.
»Nicht bewegen, mein Junge«; bat ich ihn.
»Hast du ihn erwischt?«
»Natürlich!«
»Laß mich liegen, Kleiner! Es ist zwecklos! Mein Bauch...«
Ich verpaßte ihm einen Kinnhaken, damit er nichts mehr sagen konnte. Hastig holte ich aus meiner Tasche das Verbandszeug heraus und riß dem Freund über dem blutigen Bauch das Hemd auseinander. Die Wunde sah übel aus. Mit dem Inhalt meiner Feldflasche spülte ich sie, so gut es ging, aus und legte einen Notverband an. Ich wollte um Hilfe rufen, merkte aber sofort, daß das zwecklos war, denn ganz in meiner Nähe war ein Gefecht ausgebrochen, in dessen Lärm meine Rufe untergingen. Es blieb mir nichts anderes übrig, als Jonás wegzutragen. Zum ersten Male mußte ich den oft geübten Sanitätergriff an einem wirklich Verletzten anwenden. Ich hängte zuerst sein Gewehr um meinen Hals, dann seinen Rucksack. Es war nicht einfach, den Freund auf die Schulter zu hieven. Aber als es geschafft war, ging es ganz gut voran. Ich mußte nur hoffen, daß wir auf keinen weiteren Heckenschützen trafen, denn mit meiner gewaltigen Last war ich unbeweglich geworden. Wie ein Elefant wälzte ich mich durch das Gebüsch, ohne auf die unzähligen Dornenstiche zu achten, die wir dabei abbekamen. Bald fühltc ich, daß mir Kraft und Puste ausgingen. Doch ich wagte keine Pause zu machen; denn wenn ich Jonás einmal abgelegt hatte,

konnte ich nicht sicher sein, ihn wieder hochzubringen. Die Schüsse des Gefechts entfernten sich immer weiter von uns, schon bald hörte ich keine mehr. Ich quälte mich weiter und erreichte endlich den Rand des Gebüschs. Jetzt mußte ich doch verschnaufen, wenn ich nicht umkippen wollte. Ich legte Jonás vorsichtig ab und atmete erleichtert durch. Während ich so dasaß, blickte ich mich um, um vielleicht einen Kameraden zu entdecken. Aber es war weit und breit niemand zu sehen. Selbst Karl und seine Leute hatten ihre Stellung verlassen und waren verschwunden. Mit Hilfe einer Karte errechnete ich meine Position. Dabei stellte ich fest, daß vier Kilometer von mir entfernt eine Straße verlief, auf der Truppen französischer Wehrpflichtiger sein mußten. Allerdings durfte ich mich auf dem Weg dahin nicht von Fellagahs sehen lassen, das heißt, ich mußte das Dorf umgehen. Scheiße! Dann muß ich noch zwei Kilometer dazurechnen! Ob ich das schaffe?
Jonás kam wieder zu sich. Ich verabreichte ihm mit meiner Faust eine zweite Narkose und hob ihn wieder auf. Es blieb mir nichts anderes übrig, als mich mühsam voranzuschleppen. Ich versteckte mich für einige Minuten, als mir ein Araber auf einem Eselsrücken entgegen kam. Nach einem weiteren Stück gönnte ich mir wieder eine Erholungspause. Dabei beobachtete ich ständig die Umgebung. Jonás regte sich wieder. Er faselte dummes Zeug. Das war Fieber! Mir tat die Hand noch von den letzten Schlägen furchtbar weh, darum schlug ich erst wieder zu, als ich weiter marschieren wollte. Gott sei Dank blutete Jonás nicht aus dem Mund; denn dann wären seine inneren Verletzungen noch weit schlimmer gewesen. Als ich den Freund unter Aufbietung aller Kräfte hochstemmte, spürte ich wieder den stechenden Schmerz in meinem rechten Oberschenkel. Ich hatte jedoch keine Zeit, mich damit zu befassen, ich mußte vorwärts. Meine Last wurde immer schwerer, ich kam immer langsamer vorwärts. Ich ging tief nach vorn gebeugt, schon sah ich fortlaufend kleine rote Pünktchen im hellen

Sand. Ich versuchte mir Mut zuzusprechen: Es ist nicht mehr weit, du schaffst es, beiß' die Zähne zusammen! Nur nicht noch einmal ablegen!
Ich hörte irgendjemanden rufen. Es war mir nicht mehr möglich zu erkennen, woher das kam. Völlig erschöpft sank ich zu Boden, sah noch eine Stiefelspitze und verlor die Besinnung. Etwas Brennendes lief mir die Kehle hinunter, ich mußte husten. Ich sah das Gesicht des Hauptmanns, der sich über mich gebeugt und mir etwas eingeflößt hatte.
»Wie geht's Kleiner?« fragte er.
»Das klingt sehr freundlich«, meinte ich und setzte mich auf.
»Wo ist Jonás?«
»Den haben sie schon abgeholt!«
Ich stand auf und sah mich um.
»Wo sind die anderen?« wollte ich wissen.
»Die haben dich gesucht. Ich habe sie über Funk zurückgerufen, jetzt sind sie auf dem Weg hierher!«
»Verluste?«
»Ja, drei Mann!«
Ich sah den Hauptmann erschrocken an, aber er schüttelte den Kopf und sagte:
»Keiner von eurer Gruppe! Nur mit Jonás müssen wir abwarten!«
Beruhigt fragte ich weiter:
»Und die Feinde?«
»Dank deiner Weitsicht mit dem MG haben wir sie fast alle erwischt! Sie kommen schon zurück«, machte er mich auf meine herannahenden Freunde aufmerksam.
Ich erblickte Rudi, der eine Jagdflinte in der Hand hielt und mir zuwinkte.
»Herr Hauptmann«, fragte ich, wie lange war ich bewußtlos?«
»Höchstens zehn Minuten!«
Mir kam es vor, als hätte ich zwei Tage lang geschlafen.
»Wer hat Jonás mitgenommen?« wollte ich wissen.

»Du kannst mir glauben, daß er in guten Händen ist. Wenn er schnell operiert wird, und das ist sicher noch heute der Fall, wird er durchkommen. Dann kann er dir sein Leben verdanken!«
»Danke, Herr Hauptmann! Ich möchte ihnen noch sagen, daß ich sicher bin, daß sich einige übriggebliebene Fellagahs im Dorf versteckt haben! Wir sollten noch einmal zurückgehen und einen Ring um das Dorf ziehen. Morgen früh um vier Uhr, wenn für die Araber erfahrungsgemäß die Aufbruchszeit gekommen ist, können wir die restlichen erwischen!«
»Ich überlege es mir, jetzt ruhe dich erst mal aus!«
Bei den ersten Schritten, die ich machte, um auf meine Gruppe zuzugehen, schmerzte mein rechtes Bein gewaltig, aber dann ging es wieder. Die Burschen saßen beim Essen zusammen.
»Kleiner,« fragte Rudi, »wo bist du denn langgezogen?« Wir sind zweimal zur Wiese im Busch, fanden aber bloß drei tote Araber. Wir haben schon Angst gehabt, daß sie dich vielleicht mitgenommen hatten!«
»Rudi, du bist und bleibst ein Idiot! Glaubst denn du, ich wäre so dumm, direkt am Dorf vorbeizulaufen? Ich war doch mit Jonás auf dem Rücken völlig wehrlos! Weißt du was das heißt, einen Knochenberg wie Jonás durch ein Dornengebüsch zu schleppen? So, jetzt laßt mich in Ruhe, ich muß mal kurz verschwinden!«
Ich schnallte meinen Munitionsgurt mit allem Gerät, das daran hing, ab und schlug mich seitwärts in die Büsche, um meine Notdurft zu verrichten. Ich grub ein Loch und setzte mich drüber, die MP schußbereit auf den Knien. Die Zeit hatte uns gelehrt, in allen Situationen sehr vorsichtig zu sein.
Ein Geräusch ließ mich aufhorchen. Von woher kam es? Direkt hinter mir! Ich ließ mich fallen, riß gleichzeitig meine MP hoch und nahm das Gebüsch unter Feuer. Ich blieb noch einen Augenblick liegen, hörte aber nichts mehr. Meine Freunde eilten herbei. Rudi und Béla standen vor mir und fragten besorgt:

»Was ist los, Kleiner?«
»Seht mal nach, was in dem Gebüsch da hinten steckt!«
Sie gingen an mir vorbei und bewegten sich vorsichtig weiter in der von mir angezeigten Richtung. Kurz darauf hörte ich Béla rufen:
»Kleiner, du hast eine Wildsau geschossen!«
»Du spinnst!«
Es ist wahr, bestätigte Rudi, los, wir holen sie heraus! Aber wir benötigen sechs Mann, um das riesige Tier aus dem Gebüsch herauszuziehen!«
Ich schüttete rasch mein Loch zu, trat vor den Hauptmann und meldete:
»Herr Hauptmann, es tut mir leid, es war nur eine Wildsau! Aber das konnte ich vorher nicht wissen!«
»Du brauchst dich nicht zu entschuldigen! Wir haben jetzt wenigstens frisches Fleisch!«
Meine Kameraden zogen die Sau aus dem Gebüsch. Großspurig verkündigte ich:
»Meine Herren, ich lade sie jetzt alle zum Wildbraten ein!«
Rudi grinste:
»Kleiner, das darfst du deinen Enkeln einmal nicht erzählen, daß du beim Scheißen eine Wildsau geschossen hast!«
Alle brüllten vor Lachen als hätte er den besten Witz erzählt.
»Rudi«, lenkte ich vom Thema ab, »da unten fließt ein Bach. Wie wäre es, wenn du dem Häuptling vorschlagen würdest, daß wir uns da hinunter begeben sollen. So könnte die Kompanie mehr zusammenrücken und wir bräuchten hier oben nur ein paar Wachen zurückzulassen.
»Warum hast du ihm das nicht schon selbst vorgeschlagen? Du hast doch die ganze Zeit mit ihm geredet!«
Ich tat es und es kam so, wie ich es mir gedacht hatte. Der Hauptmann war mit der Maßnahme einverstanden, die Kompanie schlug ihr Lager unten am Bach auf. So konnte ich alle meine Freunde zum Braten bitten.

Wir sprachen dabei von Jonás, was unsere Stimmung etwas trübte.
»Kleiner, wenn es mich einmal erwischt, brauchst du mich nicht mehr zu tragen. Da kommt gleich der Sensenmann und nimmt mich mit,« scherzt Béla.
»Red' nicht so daher, das kann ich nicht vertragen!« gab ich böse zurück. Trauer hatte mich erfaßt. Innerhalb eines Jahres sollten wir schon zwei Männer von unserem harten Kern verloren haben? Und vier Jahre lagen noch vor uns!
»Kleiner«, sprach mich jemand an, »weißt du, wieviel Kugeln deine Sau abgekriegt hat?
»Nein«, gab ich nur halb interessiert zurück.
»Zweiundzwanzig Stück! Du hast fast ein Sieb aus ihr gemacht!«
So scherzten sie den ganzen Abend mit mir herum, ohne daß ich eine einzige schlagfertigen Antwort geben konnte. Ich war einfach nicht in Stimmung und mußte immer wieder über das Geschehene nachdenken. Um zwei Uhr wurde der Aufbruch befohlen. Wir zogen einen Ring um das Dorf. Gegen halb vier waren wir soweit. Wir erhielten den strikten Befehl, niemanden mehr herauszulassen. Die Zivilisten waren gefangenzunehmen. Wir rätselten über die Möglichkeiten, wo sich die Fellagahs versteckt haben konnten. Es war nicht anzunehmen, daß sie von sich aus herauskommen würden, denn sie wußten, daß sie von uns keine Gnade zu erwarten hatten. Mir fiel eine Geschichte ein, die ich dem Hauptmann, der gerade vorbeikam erzählte:
»Als kleiner Junge habe ich einmal einem Manöver bei uns in Ungarn zusehen können Da haben sich drei Mann in die Erde eingraben lassen und durch einen Strohhalm, der aus dem Boden herausragte, geatmet.«
Das Gesicht des Hauptmanns wurde ernst. Aufmerksam hörte er meinen weiteren Ausführungen zu.:
»Eine ganze Kompanie hat zwei Tage lang nach den Männern

gesucht, sie aber nicht gefunden. Nach dem Manöver rief man die drei zu sich, man glaubte nämlich sie seien desertiert.«

Es war zehn nach fünf. Der Hauptmann gab den Befehl mit der Durchsuchung zu beginnen. Wir zogen den Kreis um das Dorf immer enger, schließlich durchkämmten wir die Wege und Häuser – ohne Erfolg. Die Fellagahs hatten bestimmt ein gutes Versteck. Rudi fand außerhalb des Dorfes sieben Löcher im Boden, die als Kornsilos dienten. Fünf dieser Silos waren leer, zwei aber randvoll. Darin konnte sich jemand versteckt haben. Wir sahen sorgfältig nach. Die Silos waren drei Meter tief, hatten oben einen Durchmesser von achtzig Zentimetern und gingen nach unten trichterförmig auseinander, so daß der Boden gut zweieinhalb Meter breit war. Mir kam die Idee hier mal genauer nachzuschauen.

»Rudi«, sagte ich, » ich schlage vor, wir lassen die beiden vollen Silos leerschaufeln, also einfach umschütten. Wenn sich die Leute weigern, wissen wir, woran wir sind. Und sie werden sich weigern, darauf kannst du Gift nehmen! Peter, Martinez, holt mal zwanzig Mann herbei!«

Die Einwohner weigerten sich zunächst tatsächlich und waren nur durch Waffengewalt zu zwingen die Silos zu leeren. Einen halben Meter unter der Oberfläche kamen schon in jedem der beiden Silos drei Köpfe zum Vorschein. Die Fellagahs hatten sich durch ein raffiniertes System Atemluft verschafft: sie hatten einfach einen Tunnel zu den leeren Silos gegraben, was wir bei Inspizieren des leeren Silos wegen der Trichterform nicht sehen konnten. In diese Tunnel hatten sie Schläuche eingeführt, durch die sie Luft schöpfen konnten. So standen sie aufrecht in den beiden Silos, eine Kapuze über dem Kopf, den Schlauch im Mund. Als sie uns sahen, waren sie total verblüfft und ergaben sich ohne Gegenwehr.

Inzwischen waren einige Kettenfahrzeuge der motorisierten Brigade eingetroffen. Wir übergaben ihrem Kommandanten die Gefangenen, behielten aber deren Waffen als Beute zurück.

Unsere Aufgabe war erledigt, wir machten uns auf den Rückweg. Eine Marschstunde vom Dorf entfernt warteten die Lastwagen auf uns. Mein Oberschenkel begann mir immer mehr Schwierigkeiten zu machen; er hatte begonnen anzuschwellen, was mir langsam Sorgen bereitete. Die letzten hundert Meter mußte ich stark zu humpeln. Der Hauptmann bemerkte es und rief mich zu sich:
»Kovács, sind sie verletzt?«
»Ich weiß nicht, Herr Hauptmann, es könnte sein, daß sich meine Dornwunde entzündet hat!«
Dabei zeigte ich auf mein rechtes Bein. Knapp über dem Knie konnte man ein kleines Loch in der Hose erkennen. Am Oberschenkel spannte die Hose, was bei den weit und bequem geschnittenen Hosen unseres Kampfanzuges durchaus etwas bedeuten wollte.
»Sanitäter!« rief der Häuptling. Sogleich rannte einer herbei, kniete sich vor mich, zog eine Schere aus der Tasche und schnitt mir das Hosenbein auf. Ich wollte protestieren, aber schon lag mein Oberschenkel frei. Der Anblick war ein kleiner Schock für mich. Der Oberschenkel war grün und blau, aus dem kleinen Loch über dem Knie tropfte eine gelbliche Flüssigkeit mit Blut vermischt. Der Sanitäter starrte mich mit großen Augen an:
»Hast du mit dieser Wunde Jonás getragen?«
»Idiot, das ist doch keine Wunde, sondern nur ein Dornenstich!«
»Nein, mein Junge! Da kenne ich mich ein bißchen besser aus als du! Ich sage dir, das ist eine Schußwunde! Genauer: ein Steckschuß im Muskel! Wenn das nicht sofort behandelt wird, kannst du dein Bein für immer abschreiben«.
Kaum fünf Minuten später scherte ein Ambulanzwagen aus der Kolonne aus und brauste vorbei. Ich rief Martinez zu mir und gab ihm meine Waffen, behielt aber einen Revolver zurück. Man schnallte mich auf eine Bahre und schob mich in den Wa-

gen. Mit Blaulicht und Martinshorn ging es in rasendem Tempo in Richtung Mascara. So eine Scheiße! Schon wieder ins Krankenhaus! Ob der Oberst noch da ist? Daß Jean und Charles noch dort tätig waren, wußte ich sicher. Ich beschloß erst einmal abzuwarten und mir ein paar Tage Ruhe zu gönnen. Dann würde man weitersehen.
Schon nach einer Stunde erreichten wir Mascara. Ich klopfte an die Klappe, die mich von der Fahrerkabine trennte. Einer der beiden Sanitäter öffnete. Ich reichte ihm meinen Pistolengurt und bat ihn, den Gurt beim Wachposten des Krankenhauses abzugeben. Er nickte und schloß die Klappe wieder. Am Tor hielt er kurz an, führte meine Anweisung aus, dann fuhren wir zur Eingangstür. Augenblicke später sah ich in Jeans verblüfftes Gesicht.
»Hallo, Jean, wieder nüchtern? Wie geht's?«
Keine Antwort. Ob er noch immer beleidigt ist? Ach so, der Oberarzt stand hinter ihm.
»Hallo, Herr Doktor!«
Keine Reaktion! Das konnte nichts Gutes bedeuten! Na mal abwarten, im Augenblick bin ich auf euch angewiesen!«
Jean und Charles halfen mir aus dem Wagen, ohne ein Wort zu sagen. Ich flüsterte Jean ins Ohr:
»Du, Jean! Zehn Karton Bier und alles ist vergessen, o.k.?«
Er nickte. In seinem Gesicht konnte ich ablesen, daß er einverstanden war.
Im Behandlungszimmer halfen mir die beiden beim Ausziehen. Ich erhielt ein Nachthemd und mußte mich auf der fahrbaren Liege lang legen. Beide schoben mich in den OP-Saal, wo mich der Oberarzt und sein Assistent erwarteten. Meine Augen weiteten sich beim Anblick der verschiedenen Instrumente auf dem Tisch, unter denen sich auch eine Säge befand.
»Herr Oberst, was wollen sie mit der Säge?«
»Dumme Frage, wir brauchen sie für deine Operation! Wir können doch deine Knochen nicht mit dem Skalpell durchtrennen!«

»Hier wird nichts gesägt«, schrie ich, »sonst könnt ihr alle miteinander euer Testament machen!«
Der Oberarzt zeigte auf mich:
»Festbinden!«
Ich wollte aufspringen, aber Jean und Charles hielten mich fest. Jemand verabreichte mir eine Spritze in den Oberarm. Ich wurde furchtbar müde, vergeblich versuchte ich dagegen anzukämpfen, dann wurde es mir schwarz vor den Augen.
Nach dem Erwachen traute ich mir nicht, die Augen zu öffnen. Ich erinnerte mich gleich wieder an den Oberst, die Spritze und die Säge. Immer noch mit geschlossenen Augen versuchte ich, die Zehen zu bewegen. Das ging ganz gut! Idiot! Das war doch das linke Bein! Ich nahm allen Mut zusammen und versuchte es mit dem rechten: Und siehe da, es ging! Ich mußte über meine Dummheit lachen. Ohne meine Erlaubnis durfte mir ein Bein ja gar nicht abgenommen werden. Außerdem spürte ich Schmerzen am rechen Oberschenkel. Doch dann fiel mir ein, daß ich schon einmal gehört hatte, daß Menschen mit frisch amputierten Füßen sich oft einbildeten, diese noch zu fühlen. Vielleicht hatte mir der Oberarzt mein Bein doch abgesägt! Ich gab mir noch einmal Mühe, es zu bewegen. Es ging! Ein schallendes Gelächter riß mich aus meinem Trancezustand. Ich öffnete die Augen und sah den Oberst und Jean an meinem Bettende stehen.
»Ihr habt mich reingelegt« schimpfte ich. Aber in Wirklichkeit war ich ihnen dankbar für ihre Hilfe.
»Kovács, hier deine Kugel! Es ist eine Schrotkugel! Du hast Glück gehabt, daß sie im Muskel steckengeblieben ist. Einen Zentimeter tiefer und du hättest zeitlebens ein steifes Bein!«
»Wo ist Jonás?«
»Du meinst den mit dem Bauchschuß?«
»Genau den!«
»Der ist schon nach Paris geflogen worden. Wir haben ihn noch hier operiert. Heute nachmittag wurde er abgeholt.«

»Wie lange habe ich geschlafen?«
»Leider nur zwölf Stunden! Ich muß jetzt gehen! Bis später, du Unverbesserlicher! Jean, heute noch zwei Spritzen und zweimal absaugen!«
»Was sollst du denn absaugen?«
»Das ist nicht so schlimm! Ich muß dir die Flüssigkeit aus der Wunde absaugen!«
Dabei fischte er unter den Instrumenten eine übergroße Spritze heraus.
»Jean, du sadistisches Schwein! Wenn du das tust, fülle ich dich das nächste Mal nicht mit Pernod, sondern voll Benzin und zünde es hinterher an!«
Er hatte schon die lange Nadel in die Wunde eingeführt und zog den Eiter heraus. Als auf einmal rote Flüssigkeit in der Spritze sichtbar wurde, meinte er:
»Schon fertig, hat doch nicht weh getan, oder?«
»Nein, nein, gar nicht, Jean, du hast recht,« behauptete ich und bemühte mich, einigermaßen glaubwürdig zu wirken. In Wirklichkeit dachte ich daran, daß ich noch viel Zeit hatte, mir weitere Gemeinheiten auszudenken.
»Jose, du bekommst heute Besuch!«, verriet mir Jean.
»Von wem?«
»Ich weiß es nicht genau! Irgend ein höherer Offizier hat angerufen.«
»Du Idiot! Jedesmal, wenn du Besuch ankündigst, weißt du nicht, um wen es sich handelt! Übrigens: Wie lange bist du noch im Dienst?«
»Bis 21 Uhr!«
»Nein, Jean! Ich meine, wann darfst du nach Hause?«
Er holte ein zusammengerolltes Maßband aus der Tasche und zählte siebenundzwanzig Zentimeter ab. Ebenso viele Tage mußte er noch in der Legion dienen.
»Freut mich für dich, Jean! Und das ist ehrlich gemeint! Ich werde dich vermissen und habe keinen Grund mehr hierher zu

kommen, wenn du nicht mehr da bist«!

»Ich glaube nicht, daß es dir gelingen wird, diesem Krankenhaus lange fern zu bleiben!«

»Weil du nicht der Typ bist, der sich drückt, wenn's brenzlig wird. Du hast sehr gute Freunde, die mögen dich nicht nur, weil du Geld hast. Und du bist nicht Unteroffizier geworden, weil du ein Feigling bist. Ich habe vom Funker einiges über dich erfahren. Ehrlich gesagt, ich freue mich auch, dein Freund sein zu dürfen!«

»Jetzt übertreibst du aber, Jean! Red' kein so dummes Zeug! Du bringst mich noch dazu, daß ich anfange zu heulen, nur weil du bald hier abhaust!«

Ich ertappte mich dabei tatsächlich traurig zu werden bei dem Gedanken, Jean nicht wiederzusehen.

»Jean, setz dich mal her«, schlug ich vor, »und verrate mir, wo du hingehst und was du in Zivil anfangen willst!«

»Ich gehe nach Tyuhenwill. Dort wartet ein Freund auf mich, mit dem ich zusammen ein Lokal aufmache!«

»Sehr gute Idee! Ein Lokal ist immer gut; denn Durst und Hunger haben die Leute immer, selbst in Krisenzeiten. Jean, wenn du nachher nochmal vorbeikommst, bringst du Schreiber und Briefpapier mit! Und jetzt habe ich Hunger! Was gibt's zu essen?

»Für dich alles!«

»Sehr gut! Sag', warum habt ihr mich in einem Einzelzimmer untergebracht?«

»Weiß ich nicht! Der Oberst hat es so befohlen!«

10. Bittere Zwischenbilanz

Als ich wieder allein war, betrachtete ich die Kugel etwas genauer, die man mir aus dem Bein herausoperiert hatte. Es war eine gewöhnliche Stahlkugel aus einem Kugellager. Bestimmt war sogar noch Schmierfett daran gewesen, was wohl eine Infektion ausgelöst hatte. Die Araber dachten sich immer neue Gemeinheiten aus. Oder ist ihnen vielleicht das Blei ausgegangen?
Es tat gut, einmal allein zu sein. Ich schloß die Augen. Die Erinnerungen an mein bisheriges Leben hatten sich verdunkelt. Am besten konnte ich mich an Claudine erinnern. Was mochte sie wohl jetzt machen? Sicher ging sie irgendeiner Arbeit nach. Vielleicht hatte sie schon einen neuen Freund und heiratete bald wieder. Ja, und Imre. Wo steckte der? Schon seit einem halben Jahr hatte ich nichts mehr von ihm gehört. Nicht einmal über Funk konnte ich ihn erreichen, niemand konnte mir Auskunft über ihn geben. Naja, irgendwann würde er sich schon wieder rühren! Ob ich mich zu den Fallschirmjägern melden sollte? Da hätte ich eine gute Chance, Imre wiederzusehen. Ich war ohnehin schon zu lange in Mascara, ich mußte einmal wieder etwas Neues sehen. Ja, sobald ich hier herauskomme, melde ich mich zum nächsten Springerkurs! Das brauchen ja jetzt noch nicht alle zu erfahren! Inzwischen könnte ich ja eine Weile hierbleiben. In einem Einzelzimmer ließ es ich gut aushalten. Ich mußte nur darauf sehen, daß immer die Fenster offen blieben. Warum nicht einmal etwas anderes? Statt heimlich abzuhauen, einfach einmal hierzubleiben?
Jean kam zurück und brachte mir alles, was der Gaumen begehren konnte. Es fehlten nur noch Kaviar und geräucherter Lachs. Den Abschluß der Mahlzeit bildeten verschiedene Sorten Obst und ein schöner Kuchen. Gewöhnlich aß ich keinen Kuchen, aber diesmal machte ich eine Ausnahme, um Jean nicht zu enttäuschen. Jean kam wieder, um das Geschirr abzuräumen.

»Gut daß du kommst«, meinte ich, »ich wollte schon nach dir rufen.«
»Tue das bitte nicht. Benütze die Klingel, wenn du etwas brauchst! Sei ein bißchen verständnisvoll wegen der anderen! Wir haben auch Frauen und Kinder hier, außerdem viele Schwerverletzte, die ihre Ruhe nötig haben!«
»Jean, du hast mein Wort, daß ich ruhig bleibe! Weißt du, dieses Mal möchte ich länger hier bleiben! Ich möchte gern meinen Aufenthalt hier solange hinauszögern wie möglich. Dazu brauche ich deine Hilfe. Kann ich mit dir rechnen, Jean?«
»Ich zweifle zwar an dieser Absicht und traue dir alle möglichen Tricks zu, um wieder von hier wegzukommen. Aber, wenn du wirklich die Wahrheit sagst, helfe ich dir gern!«
»Ich werde dich nicht enttäuschen, Jean! Bringe mir jetzt bitte noch einen Kaffee, denn ich möchte nicht einschlafen, bevor der Besuch kommt!«
Darüber brauchte ich mir keine Sorgen mehr zu machen. Noch vor dem Kaffee erschien der Besuch. Als erste trat Madame Giselle ein, eine nette Überraschung! Ihr folgte, zu meiner großen Freude, Claudine. Ich fand gleich, daß sie sich verändert hatte; sie wirkte älter, oder zumindest reifer. Als dritter trat ein etwa dreißigjähriger gut aussehender Mann in Zivilkleidung ein. Er lächelte mich an und nickte mir zu. Ich spürte, daß ich dabei rot wurde. Das war mir schon lange nicht mehr passiert! Die ganze Situation war mir peinlich.
Claudine rettete mich, indem sie einfach an mein Bett herantrat und mir zwei Bussis auf die Wangen drückte. Anschließend machte sie mich mit ihrem Begleiter bekannt:
»Darf ich dir meinen Mann vorstellen? Jean-Pierre!«
Er streckte mir seine Hand entgegen und meinte:
»Freut mich, dich kennenzulernen! Habe schon viel von dir gehört!«
Ich fühlte mich nicht wohl. Am liebsten hätte ich mich vor meinen Besuchern versteckt. Jean kam herein und war nicht minder betroffen.

»Jean, einen Cognac!« rief ich, »oder bringe mir eine ganze Flasche!«
Er eilte los, Madame Giselle stand verlegen herum, Jean-Pierre versuchte zu lächeln und Claudine hielt meine Hand. Ich brachte kein Wort mehr heraus. Unsere Rettung nahte in Form von Jean mit einer Flasche Remy-Martin. Wir prosteten uns zu und die Spannung begann zu weichen, vor allem als Jean-Pierre zu reden begann:
»Ich war übrigens auch Leutnant, wie Claudines erster Mann. Ihretwegen habe ich meinen Dienst quittiert. Sie hätte keinen Soldaten geheiratet. Jetzt wohnen wir in Paris, und wenn du einmal in die Hauptstadt kommst, bist du unser gern gesehener Gast!«
»Wohnt ihr bei Madame Giselle?«
»Nein, ich habe mein eigenes Haus!«
»Ich werde euch bestimmt bald in Paris besuchen!«
Die Unterhaltung erstarb. Mir war auf einmal nicht gut. Mein Besuch schien das zu merken und verabschiedete sich rasch. Als sie gegangen waren, bat ich Jean zu mir herein.
»Du hast mich gerufen!«
» Ja, Jean! Ich möchte von jetzt an zwei Tage niemanden sehen! Hast du mich verstanden?«
»Ja, aber...«
»Kein Aber! Niemanden außer dir und dem Oberarzt. Auch euch bitte ich, kein Wort zu mir zu sagen. Halt, noch eines: Bringe mir das Ding, das ich beim Wachposten habe abgeben lassen! Wenn ich schon schlafe, wenn du zurückkommst, stecke es mir unter das Kopfkissen. Im übrigen rechne ich mit deiner Verschwiegenheit und Loyalität!«
Der ungewohnte Alkohol verhalf mir ungemein rasch zum Einschlafen. Das Erwachen am anderen Morgen war grausam. Mein Schädel brummte wie damals bei meiner Kopfverletzung. Ich konnte beim besten Willen nicht verstehen, daß sich manche Leute jeden Tag betranken. Unter meinem Kopfkissen

steckte der Revolver, auf Jean war also Verlaß. Ich nahm Schlaftabletten, um mindestens nochmal vierundzwanzig Stunden schlafen zu können, in der Hoffnung, mich danach wieder wohler zu fühlen.

Auch den nächsten Tag verschlief ich größtenteils. Jean wollte irgendetwas oder irgendjemanden ankündigen. Ich bekam es jedoch nur aus der Ferne mit und schlief wieder ein.

Am Morgen des fünften Tages im Krankenhaus konnte ich endlich wieder klar denken. Jean berichtete mir:

»Deine Freunde waren da! Ich habe ihnen gesagt, daß du nicht gestört werden willst, aber sie hätten mich eher verprügelt, als einfach wieder abzuziehen. Sie sahen selbst nach, ob du wirklich schliefst. Dann war dreimal ein Oberst da, der versprochen hat, wiederzukommen. Als nächstes kam ein Hauptmann, der recht unfreundlich wurde, aber der Oberarzt konnte ihn beruhigen!«

»Was hat der Oberst gesagt, wann er wiederkommt?«

Es klopfte an der Tür.

»Herein!« rief ich. Kaum sprachen wir vom Teufel, da trat er auch schon ein. Jean hastete hinaus.

Ich blickte meinen Besucher nicht sehr freundlich an, als dieser begann:

»Kleiner, Claudine läßt dir ausrichten, wenn du ihr nicht schreibst, kommt sie wieder her und geht nicht mehr weg. Du erinnerst dich, Clu ist jetzt bei meiner Frau. Es geht ihr gut, mach dir keine Sorgen um sie! Sie wird dich schon vergessen! Ist ja besser für uns Männer, wenn wir unsere Ruhe vor den Weibern haben!«

Ich war trotz den tröstenden Worten meines Gegenübers traurig und enttäuscht.

»Warum«, begann ich, »hat man mich nur hierher gebracht. Ich wollte nie in die Legion. Man hat mich hereingelegt. Gemein und hinterlistig hereingelegt! Ich werde meinen Eid nicht brechen und meine fünf Jahre hinter mich bringen. Aber dann könnt ihr mich vergessen mit eurer Scheißlegion und allem, was dazugehört!«

»Möchtest du in Urlaub gehen, Kleiner? schlug Patric vor.

»Nein, ich möchte zur nächsten Springerausbildung. Und dann ins erste Regiment versetzt werden zu den Fallschirmjägern. Das meine ich ernst! Kann ich zur nächsten Ausbildung mich anmelden?«

»Gut, ich habe verstanden! Aber ich glaube, das schaffst du nicht mehr! Der nächste Kurs beginnt bereits Ende dieses Monats!«

»Wann genau?«

»Am sechsundzwanzigsten in Sully bei Sidi-bel-Abbès!«

»Das schaffe ich schon! Ich muß zwar mein Wort gegenüber Jean brechen, aber er wird mich schon verstehen. Sie rechnen hier sowieso alle damit, daß ich bald verschwinde. Mein Bein tut nicht mehr weh, die Wunde ist zu, die Schwellung weg, also was soll ich noch hier!«

»Kleiner, noch was: Ich werde nach Paris versetzt. Da werden wir uns bestimmt bald sehen. Jetzt muß ich aber gehen. Es hat mich sehr gefreut, dich wieder zu sehen, ich hatte allerdings Schlimmeres erwartet!«

Er lachte und wandte sich zum Gehen.

»He!« rief ich ihm nach, »wie ist das mit dem Kurs?«

»Ach ja! Ich hol dich am fünfundzwanzigsten hier ab. Inzwischen erledige ich alles Nötige mit deinen Papieren. Um deine Sachen mußt du dich selber kümmern!«

»Ich werde bereit sein!«

Schon verschwand er durch die Tür. Wenige Minuten später kam Jean herein. Er wirkte neugierig.

»Jean«, wollte ich ihn über meine Absichten aufklären, »wir müssen leider umdisponieren!«

»Durch unsere Türen kommst du diesmal nicht hinaus!«

Das klang sehr überzeugend. Ich beschwichtigte:

»Ich möchte jetzt noch gar nicht abhauen, Jean! Laß mich erst

mal ausreden! Bringe mir Papier und etwas zum Schreiben, dann sehen wir weiter!«
Er brachte das Verlangte. Ich schrieb einen Brief an Sergeant Müller, in dem ich bat, einige Vorbereitungen für meine Abreise zu treffen. Darüber hinaus bat ich, mich vorläufig nicht mehr zu besuchen.
Im Geiste verabschiedete ich mich schon von Mascara. Ich dachte in den folgenden Tagen nur an die nahe Zukunft.
Die fluchtartige Abreise am fünfundzwanzigsten gelang ausgezeichnet. Jean brachte mir mein Geld und meine Privatsachen, die mir Rudi eingepackt hatte. Jean gab ich fünfhundert Dollar als Starthilfe für sein beabsichtigtes Lokal. Er wollte das Geld auf keinen Fall nehmen, aber als ich ihm versicherte, ihn zu besuchen und mir das Geld wieder zurückzuholen, war er einverstanden. Ich verabschiedete mich für immer von dem Funker im Krankenhaus, denn auch er hatte, ebenso wie Jean, seine Dienstzeit in ein paar Tagen hinter sich gebracht.
Der Fallschirmspringerlehrgang in Sully kam mir sehr kurz vor. Ich schloß noch eine Woche Erholung in Sidi-bes Abbès an, wo ich freiwillig an den dort zufälligerweise stattfindenden Funker- und Telegrafierprüfungen teilnahm. Ich war dabei erfolgreicher als ich mir selbst zugetraut hatte und schaffte gleich drei Scheine.
Insgesamt dauerten meine Zwischenstationen acht Wochen. Dann war es endlich an der Zeit, mich bei meiner neuen Einheit zu melden. Ich stieg zusammen mit den Kameraden, die ebenfalls den Springerkurs in Sully bestanden hatten, in Oran in eine alte Dakota und flog nach Algier. Am dortigen Flughafen stand ein Militärwagen bereit, der uns nach Zeralda bringen sollte. Auf mich wartete jedoch ein einzelner Jeep. Ich erkannte neben dem Fahrer meinen Freund Imre. Dieses alte Schlitzohr! Ich hatte den Freund eigentlich mit meiner Ankunft überraschen wollen, doch der mußte irgendwie von meinem Plan er-

fahren haben! Er lehnte lässig an der Kühlerhaube und lächelte mir entgegen. Ich schritt eilig auf ihn zu:

»Hallo, Kovács«, empfing er mich.

»Hallo, Kovács«, antwortete ich. Das war die ganze Begrüssung. Ich fragte ihn:

»Wo fahren wir hin, Imre?«

»Du übernimmst, nicht weit von hier, ein Militärbüro im Araberviertel. Ich werde dich noch etwas genauer darüber aufklären, aber das hat Zeit! Es liegt hier etwas in der Luft, sage ich dir! Ich habe ein komisches Gefühl!«

»Wie meinst du das, Imre?«

»Es geht um Politik, Kleiner! Aber wir werden das noch früh genug mitbekommen. Gehen wir erst einmal etwas trinken!«

»Imre, könnten wir uns mal irgendwo hinsetzen und uns in aller Ruhe unterhalten?«

»Warum nicht? Gehen wir zu Marlen. Die hat ein Hinterzimmer.«

Wir fuhren los. Ich erkundigte mich nach meinen Freunden in Mascara:

»Wie geht's den anderen?«

»Du meinst Béla?«

»Ja, er ist ja der einzige von unserem damaligen Freundeskreis.«

»Er hat mir ausrichten lassen, daß er, sobald wie möglich, hierher nachkommt. Ich glaube, er ist gegenwärtig auch bei der Springerausbildung. Kleiner, wieviel Sprünge hast du denn hinter dir?«

»Acht, und zwar bin ich aus einer Dakota gesprungen! Nach den vielen vorangegangenen Bodenübungen war ich richtig froh, als ich endlich in ein Flugzeug steigen und das Erlernte ausprobieren durfte.!«

»Das kenne ich! Es ist viel leichter aus der Maschine als vom Turm zu springen!«

Eine Weile schwiegen wir. Ich betrachtete den Freund. Er hatte sich nicht verändert, der Gute, er schien immer noch so lustig, wie vor einem Jahr. Ich war froh, ihn wieder um mich zu haben. Aber irgend etwas hinderte mich, meine Freude offen zu zeigen. Ich fragte mich, ob er genauso erfreut war über das Wiedersehen wie ich. Auf einmal kam er mir ein wenig bedrückt vor. Ich wollte ihn deswegen nicht befragen. Entweder würde er selbst auf mich zukommen oder er hatte Gründe, das Problem für sich zu behalten.

Ich wandte meine Aufmerksamkeit der Stadt zu. Algier gefiel mir. Im Europaviertel, das wir gerade durchquerten, sah man keinen einzigen Einheimischen auf der Straße. Nichts deutete darauf hin, daß wir uns auf afrikanischem Boden befanden. Wir bogen in eine Seitenstraße ein und erreichten Imres Ziel, ein Bordell. Marlen, die Besitzerin war jung und hübsch, nach meiner Schätzung ungefähr fünfundzwanzig Jahre alt. Sie hatte rote Haare, die sicherlich gefärbt waren, wozu aber die grünen Augen gut paßten.

»Hallo«, begrüßte sie uns.

Imre rief, ohne mich zu fragen:

»Lilli, Champagner!«

Im Nachhinein erkundigte sich der Freund doch noch bei mir:

»Kleiner, du trinkst doch mit?«

»Ja, Großer, ausnahmsweise!«

»Kleiner«, fragte plötzlich die grünäugige Schönheit, »was machst du heute abend?«

»Das weiß ich leider noch nicht! Ich muß zuerst den Großen fragen!«

»Wenn das so ist, dann kann ich dir die Auskunft gleich geben!«

Das war ja wieder eine Überraschung! Es schien, daß ich der einzige war, der nicht wußte, was er heute vorhatte. Aus meiner verabredeten Unterhaltung mit Imre würde heute sicher nichts mehr werden. Das hat ja auch Zeit! Bei diesem Gedanken legte ich den Arm um die Taille meiner Herausforderin und versuchte mit allem verfügbaren Charme ihr klar zu machen, daß ich

mich vor nichts fürchtete. Sie zog mich sanft zu sich und flüsterte mir was ins Ohr. Diese Nähe brachte mir das Blut in den Adern zum Wallen. Ich wandte mich ganz ihr zu, legte meinen zweiten Arm um ihre Schulter und drückte sie sanft an mich. Leider unterbrach uns Imre:
»Kleiner, ein Glas auf unser Wiedersehen!«
Er reichte Marlen und mir je ein Glas und blickte mir beim Anstoßen in die Augen. Dieser Kerl hatte, wie ich seinem Blick entnehmen konnte, wieder einmal alles im voraus geplant. Ich wandte mich wieder Marlen zu. Ihre Augen warfen Funken. Jede Abwehr gegen sie schien vergeblich. Das war ein Satansweib!
»Imre, alter Frauenheld, was hast du ihr denn von mir erzählt?«
»Nichts, ich habe ihr lediglich verraten, daß bald mein kleiner Bruder kommen würde. Das war aber bereits vor vier Wochen, seither habe ich sie nicht mehr gesehen.«
Er sagte das so überzeugend, daß ich ihm ohne Gegenfrage Glauben schenkte.
»Wann muß ich meinen Dienst antreten, Bruder?« wollte ich wissen. Dabei fiel mir auf, daß ich das Wort ›Bruder‹ wie selbstverständlich verwendete.
»Du hast Zeit,« versicherte er mir.
Ich blickte auf die Uhr. Es war 18.30 Uhr. Wenn Imre sagte, daß ich Zeit hatte, dann konnte ich mich bestimmt darauf verlassen.
»Was machst du heute abend?« fragte ich ihn.
»Ich hole dich morgen früh hier ab!«
»Sag mal, Imre, ganz im ernst: Müßte ich mich nicht irgendwo melden?«
»Das hast du doch bereits getan!«
»Du spinnst ja ganz schön, Großer!«
Er fischte ein zusammengefaltetes Stück Papier aus der Brusttasche und reichte es mir. Ich faltete das Schriftstück auseinander, las und lachte laut auf:

»Das Herz deines Bruders zerspringt vor Freude, dich wieder in seiner Nähe zu wissen!«
Ich faltete den Bogen zusammen, steckte ihn in meine Hemdtasche und sagte nur:
»Meins ebenfalls!«
Imre verschwand mit Lilli, ich blieb mit Marlen zurück. Ich möchte nicht sagen, daß ich Angst vor ihr hatte, kann aber auch nicht verschweigen, daß mich ein komisches Gefühl überkam, weil ich merkte, daß sie mir überlegen war. Sie schien das zu spüren und die Situation zu genießen. Na warte, du rothaarige Hexe, dachte ich. Ich werde dir schon zeigen, was ein junger Ungar alles kann! Ich beugte mich zu Marlenes Ohr, nahm ihre Ohrläppchen zwischen die Zähne und biß zärtlich darauf. Ich merkte, wie ein leichtes Beben durch ihren Körper ging. Sie begann zu schnurren wie eine Katze. Warum nicht gleich so? Ich spürte meine Unsicherheit verfliegen.
»Marle, wie lange hast du Dienst?«
»Nicht lange, Cherie, nicht lange! Heute sicher nicht.«
Ihre Stimme war so sanft und warm, daß sie einen Berg zum Schmelzen gebracht hätte, nicht nur den darauf liegenden Schnee. Ich erinnerte mich, daß sie die Chefin dieses Ladens war und fand es blöde von mir, daß ich so dumm gefragt hatte.
Imre hatte den Fahrer weggeschickt; es war also sicher vorgesehen, daß ich heute hier blieb. So brauchte ich mir keine Gedanken über die nächsten Stunden zu machen. Ich sah in der verzauberten Umgebung sowieso nur noch Marlen!
Als ich morgens die Huptöne eines Autos hörte, war das für mich das Zeichen zum Aufbruch. Ich lag schon eine Zeit lang wach neben Marlen und wußte nicht, ob ich in der Nacht überhaupt geschlafen hatte. Rasch zog ich mich an, um Marlen nicht zu wecken. Ich schnallte den Pistolengurt um, schnell noch ein Küßchen, dann nichts wie raus! Ich verschwand durch die Hintertür und sah den Jeep mit dem Fahrer, der mich gestern vom Flugplatz abgeholt hatte, bereitstehen.

»Guten Morgen, Sergeant«, grüßte er.
»Guten Morgen«, gab ich zurück, »wie heißt du?«
»Bert, Sergeant!«
»Gut, Bert, dann mal los! Du wirst schon wissen, wohin!«
Unterwegs fragte ich ihn weiter aus:
»Wo bist du eingeteilt? Unterstehst du mir oder dem anderen Kovács?«
Lächelnd gab er Auskunft:
»Ihnen, Sergeant!«
Wir erreichten kurze Zeit später unser Ziel, eine Kaserne, die direkt an der Grenze zum Araberviertel lag. Bert fuhr in den Innenhof, wir sprangen aus dem Fahrzeug.
»So, das ist ihr Reich, Sergeant«, erklärte mir Bert und zeigte mit dem ausgestreckten Arm auf eine Ecke der Kaserne, wo ein paar hundert Lehmhäuser standen.
»Ihr Bruder läßt ausrichten, daß er gegen neun Uhr zusammen mit dem Hauptmann hierher kommen wird.«
»Danke, Bert! Wie viele Männer haben wir?«
»Mit ihnen sind wir zweiunddreißig!«
Ich blickte auf die Uhr. Es war erst 5.30 Uhr.
»Wann ist Wecken?« fragte ich.
»Das kommt auf sie an!«
»Dann laß um acht Uhr antreten! Ich möchte meine Leute kennenlernen!«
»Ich habe vergessen zu erwähnen, daß im Nebenhaus noch zwanzig Mann von der Sûreté, der Sicherheitspolizei, wohnen, mit denen wir zusammenarbeiten!«
»Danke, Bert!«
Wir traten ins Haus ein. Es enthielt nur ein Büro und einen Schlafraum für die Wachsoldaten. Im Büro empfing mich in strammer Haltung ein Korporal. In seiner Hand hielt er einen Zettel, von dem er eine Meldung ablesen wollte. Ich winkte ab und fragte:
»Steht alles drauf?«

»Jawohl, Sergeant!«
»Dann gib den Zettel her, ich werde ihn selbst lesen!«
Er sah mich verblüfft an. Ich nahm ihm den Zettel aus der Hand und forderte ihn auf, das Büro zu verlassen. Bevor beide gingen, sagte Bert:
»Sergeant, ein Brief für sie liegt auf dem Tisch!«
Ich nickte und nahm hinter dem Schreibtisch Platz. Der Brief fühlte sich schwer an. Als erstes interessierte mich der Absender. Er lautete auf Sergeant Müller. Mit Hilfe eines Bleistifts öffnete ich ihn und fand darin, neben einem Briefbogen, ein weiteres Kuvert. Ich faltete das Schreiben auseinander und las:
»Mein Freund!
Du hast wahrscheinlich unsere letzte Wette vergessen. Ich auch, aber leider nicht unsere wilde Horde! Beim letzten Soldempfang streckte der degenerierte Preisboxer seine Hand aus und erinnerte mich an meine Ehre. Ich dachte jetzt gleichfalls daran und setzte mich sofort hin, um dir diese Zeilen zu schreiben. Das beiliegende Geld stimmt haargenau, es sind 162 00 Francs!
Es grüßen dich: Rudi, Otto, Martinez. Jack, Varga, Rivas und Jochen sowie Bäää! (Oscar).
PS: Ich möchte dir nicht schmeicheln, aber du fehlst uns!«
Ich lehnte mich ein paar Minuten in meinen Stuhl zurück und schloß die Augen. Ja, es stimmte, ihr seid mir sehr treue Freunde geworden und werdet mir immer fehlen. Ein Gefühl von inniger Verbundenheit übermannte mich! Ich tröstete mich mit einem alten chinesischen Sprichwort: Allein die Berge bewegen sich niemals fort. Dann öffnete ich den Brief, der in dem zweiten Kuvert steckte:
»Kleiner, auch wenn wir nach außen hin die meiste Zeit den harten Mann markierten, haben wir doch unser Herz auf dem rechten Fleck. Ich schäme mich nicht, dir zu sagen, daß ich mich beim Schreiben dieser Zeilen alles andere als wohl fühle und meine Augen feucht werden. Zwei unserer Freunde sind gefallen: Béla und Peter! Sie waren sehr tapfer! Das bräuchte

ich dir nicht zu sagen, aber leider fällt mir nichts anderes ein, um dich zu trösten.

PS: Wir haben alle einen Versetzungsantrag gestellt und hoffen, bald nachkommen zu können

Dein Freund Rudi«.

Bevor ich begreifen konnte, was ich da eben gelesen hatte, kam irgendein Idiot von der Gendarmerie herein und faselte blödes Zeug daher. Ich wußte nicht, ob ich böse oder froh war über diese Ablenkung. Ohne zu grüßen, geschweige denn mir einen guten Tag zu wünschen, begann er, über mein jugendliches Alter zu maulen und an meiner Erfahrung zu zweifeln:

»Die spinnen doch bei der Legion! Was denken die sich, wenn sie so junge, unerfahrene Leute hierher schicken? Du bist doch diesem Posten nie gewachsen!«

»Wer sind sie?« fragte ich schneidend und mit einer Eiseskälte, die mich selbst überraschte.

»Ich bin der Adjudant der Gendarmerie!«

Sein Blick war lauernd, als wartete er darauf, mich aufspringen und wie einen Rekruten strammstehen zu sehen. Ich machte genau das Gegenteil, rutschte noch tiefer in meine Stuhl und blickte ihn desinteressiert an. Ich war durch Rudis Brief so betroffen, daß mich die augenblickliche Situation kaum berührte.

Der Adjudant gab nicht auf: »Du weißt wohl nicht, wen du vor dir hast, mein Junge?«

»Oh doch, einen hornlosen Ochsen! Und zwar ohne jeden Anstand! Auch von Gehirn keine Rede! Er hat keines!«

Der Adjudant kochte vor Zorn.

»Wer ist dein Vorgesetzter?« fragte er scharf.

»Das geht dich einen feuchten Dreck an!«

Auf einmal belustigte mich die Situation. Platzte er? Er platzte nicht! Seine vor Fett glänzende Visage nahm undefinierbare Farben an. Er setzte zu einer neuen Schimpftirade an:

»Du kleiner Dreck...«

An dieser Stelle blieb ihm das Wort im Halse stecken, denn ich

hatte seelenruhig meine Fünfundvierziger aus der Pistolentasche geholt und auf seine Froschaugen gerichtet.
»Noch ein Wort«, drohte ich, und ich schicke dir ein 11,43-Millimeter Kugel in deine Stirnhöhle, wo eigentlich etwas zum Denken hinein gehört! Und jetzt mach', daß du rauskommst, bevor ich mir es anders überlege!«
Dieser Aufforderung kam der Adjudant blitzartig nach. Natürlich war ich mir im klaren, daß ich mir mit dieser Aktion jegliche Basis einer guten Zusammenarbeit zerstört hatte. Schließlich war dieser Sauhaufen ja auch daran Schuld, daß ich hier war, und daß ich wieder den Tod zweier guten Freunde zu betrauern hatte! Der Fettsack hatte eben Pech gehabt, mich ausgerechnet in diesem Moment zu besuchen und sich noch mit mir anzulegen. Jetzt kommt auch noch dieser Kerl von Korporal!
»Raus!« rief ich, bevor er seinen Mund auftun konnte. Kaum bin ich eine halbe Stunde hier, ist schon die Hölle los! Der Korporal war gerade verschwunden, da hörte ich im Flur eine weibliche Stimme weinen. Bert stand vor meinem Zimmer und wagte sich nicht herein.
»Bert, komm herein! Was ist los?«
Er begann:
»Ich weiß nicht, Sergeant, ob uns das etwas angeht, aber da draußen steht eine junge Frau und bittet um Schutz und Hilfe.«
»Laß sie zu mir!«
Herein trat ein etwa achtzehnjähriges splitternacktes Mädchen. Es sah unglaublich zugerichtet aus. Der ganze Körper war von Schlägen gezeichnet und das Gesicht so geschwollen, als wäre es in ein Wespennest geraten.
Ich ließ Bert etwas zum Anziehen holen und fragte:
»Wo kommen sie denn her, Madame?«
Bert gab ihr einen Kampfanzug. Nachdem sie ihn übergezogen hatte, bot ich ihr einen Stuhl an. Dann erzählte sie mir, was ihr zugestoßen war. Mich interessierte es eigentlich gar nicht, weil ich selbst viel nachzudenken hatte. Ich hörte aber dennoch zu

und erfuhr, daß sie knapp neunzehn Jahre alt und seit drei Monaten mit einem Algerier verheiratet wäre, der zwei Straßen weiter von hier wohnte. Sie war zusammen mit ihm in Paris auf die Schule gegangen. Nach Algier zurückgekehrt, verwandelte sich ihr Leben in eine Hölle. Er sperrte sie ein und verprügelte sie täglich. Darüber hinaus mußte sie mit all seinen Verwandten ins Bett gehen, dann auch noch mit Freunden, die in letzter Zeit immer mehr wurden. Jetzt war sie weggelaufen, weil sie das nicht mehr aushielt und wandte sich hilfesuchend an mich:
»Sergeant, bitte helfen sie mir, ich flehe sie an!«
Sie wollte sogar vor mir auf die Knie gehen, was ich verhinderte.
»Waren sie schon bei der Polizei?« fragte ich.
»Ja, schon zweimal! Aber die haben mich weggeschickt und gespottet, ich hätte einen Europäer heiraten sollen, dann wäre das vielleicht nicht passiert.«
Ich blickte auf meine Uhr: Halb sieben! Kurz entschlossen griff ich nach dem Telefon:
»Zentrale? Bitte den Flughafen!«
»Militär- oder Zivilflughafen?«
»Ich weiß noch nicht!«
»Zentrale, können sie mir Auskunft geben, wann die nächste Maschine Heimat fliegt?«
»Natürlich! Um zehn nach sieben!«
»Danke!«
Ich wandte mich an Bert:
»Schaffst du es bis sieben zum Flughafen?«
»Leicht, Sergeant!«
»Hier hast du Geld. Bringe das Mädchen hin und setze es ins Flugzeug!«
Die junge Frau war so verblüfft, daß sie nicht wußte, was sie sagen sollte.
»Alles Gute, Madame«, wünschte ich ihr. Mehr konnte ich nicht für sie tun, da es uns verboten war, uns in Privatangelegenheiten einzumischen.

»Bert, in meiner Brieftasche ist genug Geld! Gib ihr noch fünftausend Francs!«
»Gut Sergeant! Wir sind gleich wieder zurück!«
Ich wußte nicht, was ich von diesem Fall halten sollte. Am besten ich wartete, bis Imre zurückkäme und sich dazu äußerte. Schließlich war er ja mein direkter Vorgesetzter. Um mich ein wenig zu zerstreuen, begab ich mich in den Hof, spazierte ein wenig herum und sprach den Wachsoldaten am Tor an:
»Salut!«
»Salut, Sergeant!«
»Wann ist die nächste Ablösung?«
»Um sieben, Sergeant!«
»Kannst du mir vielleicht verraten, wo ich einen starken Kaffe bekommen kann? Oder noch besser, wie wäre es, wenn du mir einen bringen könntest! Ich bleibe solange hier!«
Er sah mich ein wenig mißtrauisch an, schätzte wohl ab, ob das ernst gemeint oder eine Prüfung war. Ich beruhigte ihn: Keine Angst! Ich bin keiner von der gewissen Sorte!«
Er lächelte, nickte und eilte dann mit schnellen Schritten in das gegenüberliegende Haus.
Zum ersten Mal seit Paris spielte ich mit dem Gedanken zu desertieren. Einfach alles stehen und liegen lassen und verschwinden! Du kannst dann zwar nie mehr nach Frankreich, aber was soll's? Es gibt auch andere schöne Länder! Und vielleicht gibt es irgendwann eine Amnestie für entflohene Legionäre! Erwischen würden sie mich bestimmt nicht! Aber nein! Ich darf das nicht tun! Schon wegen Imre nicht! Außerdem bin ich viel zu stolz, um mein Wort zu brechen! Damit wischte ich den Fluchtgedanken weg und nahm von dem Legionär einen Becher Kaffee entgegen.
»Danke, mein Junge! Wie alt bist du?«
»Einunddreißig, Sergeant!«
»Brrr, ist der Kaffee heiß!«
Ich blieb noch eine Weile am Tor stehen, bis ich aus meinem

Büro Telefonläuten hörte. Gemütlich schlenderte ich hinein, nahm den Hörer ab und meldete mich:
»Militärbüro, Sergeant Kovács!«
»Morgen, Kleiner!«
Das war Imres Stimme. Ich ließ ihn nicht zu Wort kommen:
»Sag mal, was bildest du dir ein? Wo steckst du? Ich muß mich hier mit vollgefressenen Gendarmen und verschleppten Ehefrauen herumärgern und du läßt mich einfach allein! Lach nicht so dumm! Was ich dir sage ist wahr! Ich gebe dir eine Stunde Zeit! Wenn du dann nicht hier bist, fliege ich auf der Stelle nach Europa zurück! Und wenn ich dabei einen Kompanie-Gendarmen umlegen muß!«
»Kleiner, du kannst mich doch nicht allein in Algerien zurücklassen! Ich komme gleich, bin eh in der Nähe. Bis gleich!«
Klick! Er hatte aufgelegt. Tatsächlich war er gleich darauf bei mir. Wir sahen uns aber nur kurz. Imre mußte zu einer Pension am Stadtrand, wo er sich mit jemandem wegen einer geheimen Sache treffen wollte. Heute, viele Jahre später, weiß ich, daß Imre zum französischen Staatssicherheitsdienst gehörte und in dessen Auftrag zu der genannten Pension geschickt wurde. Er sollte dort einen arabischen Spitzel treffen, um von ihm wichtige Informationen zu erhalten. Natürlich war ein derartiger Auftrag das reinste Himmelfahrtskommando!
Mein Freund ließ mich im sicheren Glauben zurück, gegen halb fünf Uhr nachmittags wieder da zu sein. Als er um fünf Uhr noch nicht zurück war, wurde ich nervös. Denn Imre pflegte äußerst pünktlich zu sein. So blieb mir nichts anderes übrig, als sein Fernbleiben zu melden. Man gab mir den Befehl, mich zusammen mit den Gendarmen und meiner Gruppe auf die Suche zu machen. Ich ließ einige von meiner Gruppe zur Bewachung des Büros zurück. Zehn Gendarmen begleiteten uns, so daß wir zusammen mit dreißig Mann losfuhren. Wir erreichten die von Imre beschriebene Pension am Stadtrand und fanden dort ein verlassenes Grundstück vor, das den Anschein erweck-

te, schon lange unbewohnt zu sein. So mußten wir, nachdem wir es umstellt hatten, erst einmal das Tor aufbrechen, um hinein zu kommen. Auch der Innenhof zeigte keine Spuren, die darauf hinwiesen, daß in letzter Zeit ein Mensch hier war. Der Leutnant der Gendarmerie, der das Kommando übernommen hatte, wollte wieder umkehren. Ich erklärte mich damit nicht einverstanden und versicherte dem Leutnant, daß Imre, der hierher bestellt worden war, auch dagewesen sein mußte oder vielleicht noch hier war. Meine Leute brachen die Eingangstür des Hauses auf. Wir teilten jeweils einen Legionär und einen Gendarmen ein, die in Zweiergruppen das Haus durchsuchten. Es dauerte nicht lange, da eilte ein Korporal aufgeregt zu mir und drängte mich, ihm zu folgen.. Er führte mich in ein Zimmer, wo sich uns ein scheußlicher Anblick bot: Imre saß auf einem Stuhl gefesselt, die Arme waren vom Körper weggestreckt und an den Handgelenken mit Riemen an Haken festgebunden. Man hatte ihm die Oberarme abgebunden und ihm bis zu den Ellbogen Muskeln und Fleisch heruntergekratzt, so daß die Knochen freilagen. Trotz dieser bestialischen Folter war Imre bei vollem Bewußtsein. Ich sah nur eine Sekunde in seine bettelnden Augen und wandte mich ab. Natürlich hatte ich verstanden, was er von mir verlangte. Ich konnte durchaus verstehen, daß er seinem Leben ein Ende gesetzt haben wollte, doch ich konnte das beim besten Willen nicht tun. Ich stürzte in den Hof hinunter und schickte den Leutnant hinauf. Kurz darauf hörte ich einen Schuß krachen. Nach Jonás, Béla und Peter hatte ich nun in Imre den vierten guten Freund verloren. Das war nach etwas über eineinhalb Jahren Fremdenlegion meine bittere Zwischenbilanz.

Nun sitze ich im bayerischen Wald, nicht weit von Rudis Geburtsort entfernt, und erinnere mich an all das, was ich eben erzählt habe. Lebt wohl Freunde! Irgendwann gibt es sicher ein Wiedersehen! Und wenn es nicht auf dieser Erde sein soll, dann dort, wo wir einmal alle hinkommen!